巧手回春

2

文創風 430

芳菲 著

目錄

第三十三章

劉七巧回到自家禪院的時候，王妃正打算讓青梅去問問老王妃什麼時候回去。聽劉七巧說了之後，便道：「她們也多年未見了，想聚一聚也是自然的。」又讓青梅去法華寺的齋房打招呼，今晚的這一頓全素宴掛恭王府的單。

外頭，春月挽了簾子進來道：「大少爺來了。」轉身伸手將簾子高高挽起，等著那人進門，這才又轉身出去到隔壁的茶房沏茶。

王妃見了周珅，也不由有些奇怪道：「你怎麼過來了？」

周珅進門落坐，此時春月已從外頭沏了茶進來，他的視線淡淡地落在一人身上，繼而很快避開。他接過了茶盞輕吹了口氣，抬頭對王妃道：「父親讓我過來看看，順便多添一些香油錢，還說這兒靠山面水，正好可以避避暑氣，母親若是喜歡，倒可以多住兩日的，不必太過舟車勞頓。」

王妃臉上浮起笑意。「他倒是想得周到，這兒確實比王府清涼許多。」

周珅掃視了一圈，問道：「怎麼沒見老祖宗？」

「老祖宗和她幾個老姊妹聚聚，這會兒正在安靖侯老夫人那邊。」王妃說著，便又提起一件事來。「你媳婦回了娘家，明兒託人去問問，她想什麼時候回來，你且親自去接她，別讓人說我們王府不重規矩。」

周珅聞言，臉上神色淡淡，只是點了點頭，端著茶盞抿了一口茶道：「這茶倒是不錯。」

一時間，房裡有些安靜，劉七巧便笑著道：「這茶是春月姊姊泡的，自然不錯。奴婢泡的茶，到了大少爺這邊就變成了僅可入口而已。」

周珅知道劉七巧素來古靈精怪，也不禁搖搖頭，裝作無奈道：「妳的茶本來就沏得不好，難不成我還說錯了？」

春月聞言，忙道：「大少爺快別這麼說，七巧有她能幹的地方，春月卻只會泡一壺茶而已。」

周珅臉上淺淺一笑，不過轉瞬即逝，轉頭又問劉七巧道：「聽說王老四是妳的同鄉，他人怎麼樣？」

劉七巧依稀從劉老二的口中得知，如今王府侍衛隊是歸周珅管理的，他作為王老四的直系上司，問劉七巧這個問題，顯然是已經注意到王老四這個人了。

「老四是個特別誠懇索利的人，做事從來不用人喊就可以幫對方辦得妥妥帖帖，是個靠得住的人。」

周珅端著茶盞笑。「妳這話說得倒是跟他誇妳差不多，說妳多麼聰明伶俐、多麼能幹懂事，全天下的女孩子都沒妳好一般。」

劉七巧不好意思，可又不能表現出來，便厚著臉皮道：「他倒也沒誇大其詞，我原本就是有這麼好的，除了沏茶的功夫有點差以外……」

這下連王妃都被劉七巧逗樂了，直連連搖頭道：「妳這丫頭，說妳胖妳還喘上了。」說著便伸手擰了擰劉七巧臉上的肉，道：「我倒要看看妳這臉皮是什麼做的，怎麼就這般厚實？」

王妃笑過了，才滿意道：「不過也虧得有妳，我才能這般開懷，不然倒是缺了不少樂趣。」

一會兒青梅回來了，王妃便命婆子們進來擺飯，她跟周珅兩人吃了起來。席間，周珅又問了劉七巧幾個有關王老四的問題，劉七巧都毫無保留地回答了。周珅用完了晚膳，又續了一杯茶，隨便聊了幾句便道：「我去外頭和兄弟們睡廂房，這就走了。」

王妃看著自己成才的兒子，滿心安慰，點點頭道：「明兒一早你不用過來了，直接回去吧，省得耽誤了時辰。」

周珅點點頭，起身離去，春月忙不迭上前為他掀了簾子，等他走出去之後，愣了半晌才放下簾子來。

過了半刻，丫鬟婆子們也用了晚膳，王妃便命劉七巧和春月一起去把老王妃接回來。春月在前頭打著燈籠。夏日的傍晚不算炎熱，微風吹著兩人的髮絲，散發出陣陣的馨香。春月主動跟劉七巧搭訕道：「七巧，妳可真是一個聰明的姑娘。」

劉七巧覺得被同齡姑娘誇獎很不好意思，便隨意地說：「說得妳好像不是姑娘家一樣。」

月光照在春月嫻靜的臉蛋上，映著她似有似無的笑容。

春月又向前走了兩步，忽然間就停下了腳步，摀著肚子道：「七巧，我肚子有些不舒服，我想去如廁。」

劉七巧前後看看，這裡是一條過道，離她們住的禪房比離安靖侯夫人住的禪房還要近一些，便上前接過了她手裡的燈籠道：「妳先回去吧，老祖宗那邊還有秋彤，路不遠，我們兩個人就夠了。」

春月擰著眉頭道：「那好，就有勞妳了，我先回去為老祖宗整理鋪蓋。」

劉七巧來到安靖侯夫人的禪房時，晚膳剛剛結束，幾個老太太正在玩葉子戲。老王妃見劉七巧進來，便笑著道：「妳再不來我可是要著急了，我已經輸得頭點地了，快回去拿幾吊錢來才好。」

劉七巧笑著上前，看了看桌上的形勢，笑道：「這才開始呢，老祖宗就算是想送錢給老太太們花，也得慢慢來才是。」

這時候，杜大太太正從外頭進來，引了身後的丫頭上前，給四位老人送消食茶。劉七巧見了便上前一步，恭恭敬敬地說：「太太，我來。」

杜大太太先是一愣，繼而又自然地把手裡的茶盞遞給了她。

劉七巧按序給幾個老太太上了茶，笑著道：「飯後百步走，活到九十九，老祖宗們吃完了就玩葉子戲，還不快把這消食茶用了，不然一會兒可就不舒坦了。」

這消食茶其實是杜家的規矩，其他幾戶人家沒這說法。杜老太太便先端起來抿了一口，皺眉想了想，抬頭問杜大太太道：「這茶不是妳的手藝。」

杜大太太笑道：「這是大郎熬的。他說今日沒有用什麼葷腥，所以就少了幾味藥材。」

幾個老太太又羨慕了起來。「瞧瞧妳這福氣啊，大孫子親自熬的消食茶，只怕便是太后娘娘也沒這個福分享到。」

這時候杜若正從外頭進來，聽了讚美，恭敬地站在一旁。幾個老太太繼續玩葉子戲，沒空理丫頭們，所以劉七巧站在一邊陪著，但她畢竟不是專門訓練過的丫鬟，不一會兒就覺得睏得快要打盹了。

杜若走到門口，偷偷給劉七巧使了個眼色，劉七巧看了他一眼，見老王妃正玩在興頭上，便回道：「老祖宗，奴婢回去給您取幾吊錢來，一會兒就來。」

老王妃看看自己面前的銅錢，催促道：「快去快去。」

劉七巧跟著杜若出來，抬頭看見院子裡有一個又大又圓的月亮，細細算了一下日子，今兒居然是六月十四了，再過半個多月，就是她十四歲的生辰了。

「七巧，我送妳過去吧。」杜若誠懇要求道。

「我可以拒絕嗎？」劉七巧翹著嘴巴問他。

「當然不可以。」杜若一本正經地說著，拿著燈籠在前頭引路。「順便過去為王妃請個平安脈。」

「你這算是假公濟私嗎？」劉七巧想了想問他。

杜若蹙眉想了想，然後斬釘截鐵地說：「這是假私濟公。」

劉七巧回了禪院，把杜若一併也請了進去。王妃正好在院裡散了一圈步回來，見杜若在，便笑著招呼。「杜太醫怎麼過來了？」

杜若恭敬地行禮道：「今日王妃奔波勞累，晚輩特來給王妃請個平安脈。」

王妃聽了一陣感動，攤手將手臂平放在茶几上，感激道：「那就有勞杜太醫了。」

杜若雖說是假私濟公，卻也是認真非常，望聞問切一步也沒有少，最後道：「脈象平穩，看來王妃最近養得極好。」

春月正好從外頭進來，臉色還有些蒼白，劉七巧見了便道：「杜太醫，春月姊姊方才說她腹痛，不如你也給她瞧瞧。」

杜若正要開口，春月卻連忙道：「不用了七巧，我已經好了。」她的神色透著幾分慌張，低下頭福了福身，進了一旁的房裡去了。

其實在古代，這樣諱疾忌醫的下人並不少，因為生病就代表著要養病，養病就代表著自己的位置要被別的丫鬟給取代。像春月這種的，雖然說還有家裡人，可人家早已經不把她當成閨女，如果在老王妃這邊也混不下去，只怕只有死路一條了。

想到這裡，劉七巧也理解她的想法，從王妃那邊拿了幾吊錢給老王妃送去。

老王妃許久沒有玩得這麼開心，一把葉子戲玩到了亥時，等上床睡覺的時候，直呼腰都快直不起來了。

劉七巧伺候老王妃睡下，從裡間出來，看見春月正在次間收拾鋪蓋。她的臉色這會兒看上去已經好了不少，但是精神狀態略顯萎靡，七巧從房裡出來，她都沒有打一聲招呼，還是劉七巧先喊了她道：「春月姐，妳今兒沒事吧？看妳臉色還是不大好，不如說說妳哪裡不舒服，改明兒我讓杜太醫偷偷給妳開副藥吃一吃？」

春月似乎正在想心事，聽劉七巧這麼說，一下子回過了神來，神色閃爍道：「我也沒什麼不舒服，只是我不大能坐馬車，也許是這害的。」

劉七巧覺得也合理，便沒有再多問。

第二天一早，因為辰時老和尚就開始講經，所以一眾人卯時不到就起床了。匆匆用完了早膳，劉七巧跟著老王妃和王妃一起去了佛堂。

劉七巧見杜老太太一家人都不在，便有些奇怪，那邊青梅已經開口道：「今兒一早，杜老太太一家已經回京了。」

「怎麼了？是跟著老侯夫人一起走的嗎？」劉七巧不禁問道。

青梅搖搖頭道：「不是的，聽外頭老婆子打聽來的消息，是說皇上要派太醫去前線給蕭將軍治傷，因為幾個老太醫都在忙太后娘娘的病，所以派了小杜太醫去。」

劉七巧一聽，嚇得險些絆到了臺階，急忙穩住了神色，心想：杜若向來是一副救死扶傷的醫者心腸，到底這是皇上的旨意還是他自請的只怕還不知道呢！

果然，杜家的大廳內，杜若端然地跪在裡頭，臉上帶著一副無所畏懼的表情。杜老太太嚴肅地坐在上首，帶著幾分怨念道：「我們杜家是開醫館藥鋪的，不是開善堂的，朝中那麼多太醫，就偏偏你這番忠心耿耿的要去前線嗎？」

杜老太太說著，支著額頭嘆息道：「那前頭是個什麼光景，京城裡頭一概不知，仗打了大半年了都沒個準信，你這會兒去，什麼時候能回來呢？」

杜二老爺此時也坐在一旁，不過這一次他也無話可說。邊關傳來八百里急報，說蕭將軍傷勢嚴重，軍醫束手無策，皇帝是恨不得能馬上派一個神醫過去，讓蕭將軍立刻妙手回春。可眼下，後天太后娘娘就要動刀子，這時候要是讓其他資深的太醫去了前線，皇上也不放心；如今一頭是孝道、一頭是家國大義，心裡頭也是七上八下的。

派一個名不見經傳的太醫去吧，怕寒了軍中將士的心；派幾個老資歷的太醫親自前往吧，這萬一太后娘娘有個什麼，他於心不忍。於是想來想去，也唯有杜若算是一個比較合適的人選。

一來，杜家的名聲在整個大雍都是鼎鼎有名的，杜若雖然進宮時間不長，但年少時就跟著杜二老爺四處行醫，素有少年神醫的名聲。二來，杜若的醫術也確實不在幾位太醫之下，他缺乏的不過是常年行醫的經驗，蕭將軍畢竟是外傷，只要處理得當，性命應該能保得住。

「這實在不能怪大郎，太后娘娘後天就要開刀，皇上這時候派任何一位老太醫去，心裡都不放心。我與幾位太醫也已經演練了很多次，這時候要是讓他們其中一個離去，勢必會影響太后娘娘的手術。」杜二老爺語重心長地勸慰道。

杜大太太一直沒發話。杜若長這麼大，從來沒有離開過她身邊半步，這會兒猛地聽說要去前線，還走得這麼急，說是明日一早就要啟程，心裡自然是捨不得的。但她是個婦道人家，向來不會對這些家國大事說三道四。

「讓大郎去軍營看看也好，他不過是個大夫，又不用上陣殺敵，我杜家雖然沒有男兒從軍，也總算是為國出力了。大郎，你早些回去準備，有什麼東西要帶的，一併帶上了，明日一早就出發吧。」男人們的心胸總是比女人們更豁達一點，杜老爺覺得讓杜若去一次軍營，沒準還是一件好事，可以歷練歷練。

這時候，杜大太太知道杜若去前線的事已經沒有轉圜的餘地了，也只能擦了擦眼角的淚痕道：「大郎，你自己常用的藥也要記得備著，不要吃生冷的東西，也不要太過勞累了，若是蕭將軍好了，你便早些回來，知道不？」

杜若只一一點頭，感激地看一眼杜二老爺和自己的父母。杜老太太見自己是勸不住的，只是嘆息道：「罷了，你們一個個都已經下定了決心了，又何必還去廟裡頭通知我們婆媳倆？還不如讓我們就住在那裡，給大郎多上香祈福較好。」

杜二老爺連連安慰親娘道：「老太太不用太過擔憂，軍營又不是戰場，韃子再厲害也打不到人家軍營裡頭來。」

杜老太太恨恨地瞟了一眼杜二老爺道：「說得輕巧，蕭將軍那麼厲害，怎麼還會給韃子射傷了？都說戰場上刀劍無眼的，我的大郎怎麼就這麼命苦呢！」

杜若越聽越覺得慚愧，忙解釋道：「老太太，蕭將軍現在在後方的營地，離戰場據說還有幾十里路呢，那韃子再厲害，也不可能打到幾十里後頭來，您就放心吧，孫兒心中有數。」

杜老太太雖然怨念頗多，但還是揮了揮手，命他們都下去了。

第三十四章

誰知杜家一走，第二日早上，周珅的小廝忽然也來了法華寺，見了王妃便道：「世子妃在娘家的時候忽然發病了，這會兒昏迷不醒的，世子爺已經去請太醫了，讓小的來廟裡跑一趟，問問七巧姑娘可有空回去看一眼？」

劉七巧一時間也有些糊塗了，那秦氏的懷相看著不差，幾次檢查也沒出過什麼大毛病，而且她也是從現代穿越過來的，應該懂得一些比較科學的懷孕常識，怎麼會弄出昏迷不醒這回事呢？

王妃嚇了一跳，忙拉住劉七巧的手腕道：「七巧，妳快回去看看，她究竟怎麼樣了？怎麼會昏迷不醒呢？」

那小廝以為王妃問他，便道：「這事奴才也不知道，聽跟著世子妃的丫鬟說，是跟她家裡人吵了幾句嘴，生了什麼氣。奴才今兒一早跟著世子爺去接世子妃，才知道世子妃昨晚就被氣暈了，宣武侯府的人知道我們府上老太太和太太都不在府裡，怕我們擔心，就自己請了陳太醫去看；陳太醫開了藥也服下了，可今兒一早還是沒醒。世子爺去了之後，那邊人知道瞞不住了，才說了這事。如今世子爺又去請了別的太醫，也已經差人把世子妃先接回王府了。」

王妃氣得不行，拽著手絹道：「好糊塗的侯府！難不成他們不說，等世子妃醒了她自己也不說不成？她肚子裡懷的可是我們王府的孫兒！」

這時候，老王妃在裡頭聽見了動靜，也忙跟著出來，問明白之後，便張羅道：「也別在這兒待了，我們一起回去了才好，別出了什麼事情，大意不得。」

那小廝應了，便去了外頭準備車隊，劉七巧忙喊了院外的婆子們進來收拾行李。

王妃心裡又急又亂，雙手合十唸著阿彌陀佛。老王妃也是坐著，手裡一遍遍地撥著蜜蠟念珠，頻率很是快速。

一路上，大家的表情都很沈悶，劉七巧想著杜若離京，心裡也很是擔心。他那一碗米飯就能打倒的腸胃，也不知道去了那種地方該如何才好？萬一水土不服怎麼辦？萬一讓他和大軍一起吃乾糧怎麼辦？萬一……戰場上有太多的萬一了……劉七巧覺得自己要往好的方面想，杜若現在是一個文質彬彬的瘦弱小帥哥，說不定經過戰場的洗禮，他會成長為大男人……

王妃臉上神色黯淡，這一路上一直在阿彌陀佛唸個不停。劉七巧覺得，自己一定要想辦法讓秦氏知道，這個她千方百計想陷害的婆婆對她是真心的！雖然可能對秦氏肚子裡的孩子真心更多一點，但王妃確實是一個很好的女人！

「太太不用太擔心了，世子妃吉人自有天相，一定不會有事的。」青梅安慰道。

王妃睜開眼睛，嘆了一口氣道：「希望如此，只是這畢竟是頭一胎，還是希望能穩當一點好。」

劉七巧也安慰道：「太太放心，沒準這會兒世子妃已經醒了，太太也要注意自己的身子，不要太過擔心了。」

劉七巧回到王府的時候，王府的人已經請了杜太醫來給秦氏診治。劉七巧還沒空把王妃送進青蓮院，就被王妃推了出去道：「妳快去玉荷院看看，我一會兒就過去。」

劉七巧福了福身子，往玉荷院去了。

院裡頭靜悄悄的，幾個歪瓜裂棗的丫鬟們都站在廊下，時不時往房間裡頭探望探望，見劉七巧來了，便忙著給她讓出了道來。

劉七巧進去，見杜太醫正在那邊給秦氏把脈。只不過兩日不見，秦氏的臉就腫了一整圈，完全不復往日的光彩照人，讓劉七巧也嚇了一跳。

周珅難得坐在房中，見劉七巧進來，也點了點頭。劉七巧朝著杜太醫福了福身子，小聲詢問起秦氏的病情。「杜太醫，世子妃她是怎麼了？」

杜太醫鬆開秦氏的手腕，沈默不語，思考了半刻道：「應是陽亢之症。目前喜脈還算正常，只不過以後日子還長著，若是控制不好的話，只怕大人和胎兒都有危險。」

幸好劉七巧之前在周珅的書房裡看過很多中醫書籍，知道這陽亢之症就是古代對高血壓的稱呼，心裡咯噔一下。若是輕度的，控制控制就好；但現在已經造成了高壓暈厥，後期會有什麼真是不好說了。對於這種症狀的病人，最穩妥的辦法就是馬上終止妊娠……

杜太醫顯然是這方面的老手，應該是在手裡遇到過不少這樣的病人，開始勸說周珅道：「依老夫的意見，世子妃這胎凶多吉少，如今只有打了這孩子，才能保證世子妃的身子不受過多影響。」

周珅臉色有些陰沈，這是他第一個孩子，說實話自己還是很期待的。秦氏自從嫁入王府，雖然面上做了幾件事情是有些過分，但她素來在自己面前溫柔小意，伺候公婆又小心謹慎，如今有這樣的下場，實在讓自己很不忍心。

「還請世子爺儘早做決斷。」因為王爺上呈冊封世子的奏疏已經批了下來，府中的下人已經開始稱大少爺為世子，所以杜太醫也這樣稱呼周珅。

周珅想了想，看了一眼躺在床上、臉頰臃腫的秦氏，點頭道：「那就勞煩杜太醫開藥吧。」

這時候，秦氏忽然間清醒了過來，拉著劉七巧的手道：「七巧，妳想想辦法救救我和我的孩子好不好？我知道妳一定有辦法的！」

劉七巧被秦氏一拽，險些踉蹌跌倒。劉七巧看看杜太醫和周珅，小聲道：「世子爺、杜太醫，奴婢能跟世子妃單獨說幾句話嗎？」

周珅知道秦氏現在定然心緒很差，便當劉七巧是要勸誡她的，所以也不及多思考，便起身去了門外，杜太醫也跟著他一起到廳中等候。

秦氏還拉著劉七巧的衣袖，浮腫的臉上滑下兩道淚痕，對劉七巧道：「七巧，我知道妳有辦法治這種病的，對不對？妳前世肯定是個醫生，對不對？求求妳救救我的孩子！」

劉七巧有些頹然地看著秦氏，她確實心懷叵測，但她腹中的胎兒也確實是無辜的，偏偏這種病她也沒有辦法，只能抿了抿唇道：「對不起，我也沒有辦法救妳的孩子，妳這種病就算是在現代，也只有人工流產這一個結局。」

說完這句話，她臉上的神色陡然變冷，低頭看著秦氏道：「我知道妳現在很需要安慰，我下面說的那些話，可能聽上去很沒有同情心，但是，我還是要說，妳自己的孩子，妳千般呵護，可別人的孩子和別人的健康，妳從未當作一回事。別當我沒看出來妳之前對王妃用的手法，這古代婦女生孩子是一道坎，妳天天給她好吃好喝的送去，為的是什麼？別人看不出來，可我劉七巧看得一清二楚。」劉七巧冷笑，看著秦氏凸起的小腹，挑眉問她。「妳難道不知道有一句話是這麼說的：善惡終有報，天道好輪迴。不信抬頭看，蒼天饒過誰！」

秦氏的身子在床上怔了怔，軟綿綿地靠在了身後的引枕上，一臉頹然。

劉七巧說完之後，又恢復了原來平靜的表情，一本正經道：「妳這個病，孩子沒了之後好好調養，過幾年省心省力的日子，把妳的那些歪念頭都放在一旁，以後再懷了孩子，不要想著害人，第二胎沒準就不會出這個問題了。」

秦氏見劉七巧這麼說，也知道必然是回天乏術了，只轉身靠在床裡頭嚶嚶哭了起來。劉七巧站起來，看了眼躺在床上的秦氏，轉身道：「行了，我出去讓杜太醫給妳開藥，一會兒再過來給妳引產。」

秦氏面無表情地躺在床榻上，閉著眼睛不說話，伸手撫摸著小腹。過了小半個時辰，翠屏端了一碗中藥進來，遞給她道：「世子妃，這是杜太醫開的藥，說是喝下去了，過不了多久孩子就會下來的。」

秦氏端過藥碗，忽然想起了方才劉七巧說的那句話：善惡終有報，天道好輪迴。不信抬頭看，蒼天饒過誰……生生冷笑了兩聲，閉上眼睛，一口氣把藥給灌了下去。

秦氏的事情算是這樣過去了，劉七巧也覺得這個教訓夠了。這日恰逢休沐，劉七巧因為念著飄香樓的南乳肉，所以就請了在王府當家將的王老四和錢大妞一起上館子。

因為兩人都是未出嫁的姑娘，所以劉七巧特地要了一個小包間。劉七巧點了一個大份的紅燒南乳肉，吃得津津有味。

錢大妞看劉七巧這樣吃東西，不由笑了起來道：「七巧，妳這是怎麼了？王府沒好的嗎？看妳吃的！」

劉七巧哭笑不得地說：「王妃以前吃得太多了，我自從進去之後，就開始給她控制體重，而且這兩日又去了法華寺，我都許久沒沾葷腥了！」

錢大妞不解地問道：「懷孕不能吃葷菜嗎？我記得以前我娘懷喜兒的時候，最喜歡吃雞鴨魚肉的了。」

劉七巧擺擺手道：「不是不能吃葷菜，是不能過量，也不能吃太多甜食，這樣會讓胎兒長得過大，胎兒太大就容易難產，妳明白了嗎？」

錢大妞皺皺眉道：「真的那麼嚴重？怪不得經常聽說有錢人家的少奶奶難產，卻很少聽說窮人家的媳婦難產的。」

劉七巧嘆了一口氣道：「現在有錢人家的人心眼可毒了，有的人就是知道了這一點，所以主母一旦懷孕了，小妾們就變得千依百順，各種送吃送喝；當然也有小妾懷孕，當正室的忽然把她捧上了天，天天當菩薩供著養的。還有婆婆懷孕，做媳婦的恨不得讓婆婆吃成一個球的，反正就是各種沒安好心。」

王老四聽得一愣一愣的，張大嘴巴問道：「這世上竟然有這麼惡毒的女人？」

劉七巧不屑道：「多呢！不過壞事做多了，肯定會遭報應的，你們說對不對？」她想起秦氏，頓時又有些為那個夭折的孩子可惜。

錢大妞聽了，只低著頭道：「怪道以前我娘說，吃大戶人家飯是最難的，就算做個小妾，不愁吃喝，可是那些陰私就能把自己害死。如今聽七巧說了，我還真覺得後怕。」

劉七巧正要安慰錢大妞，忽然間砰地一聲巨響，包間的門從外頭被踢開了。劉七巧轉頭，看見周珅一臉陰沈地看著自己，那雙狹長的鳳眸帶著幾分戾氣，一步上前拉住她的手臂，狠狠拖出了門外。

飄香樓的樓梯上傳來噔噔噔的腳步聲，劉七巧被拽得一個勁地往下跑。

「世子爺、世子爺放手，有話好好說啊！」劉七巧被周珅連拖帶拽地從飄香樓的二樓一路往門口走，身後還跟著不明所以的錢大妞和王老四。

眾人的眼光從劉七巧的身上又看向王老四的身上，眸光中頓時透出幾分同情來：這又是哪家作死的小妾要跟著馬夫、車夫、看門的私奔被抓了現形吧？眾人從周珅的眼神中看出了這兩人悲哀的結局，紛紛向劉七巧投去了安息的眼神。

劉七巧纖細的手腕被周珅牢牢握住，已經掐出了兩個指印，她紅著眼睛不肯往前。周珅忽然猛地一回身，抱著劉七巧往路邊的馬車裡頭一扔，對車夫道：「馬上回府！」

劉七巧被周珅丟入馬車，渾身被撞得疼痛不已，紅著的眼睛裡都泛起淚光，小心翼翼地看了周珅一眼。

「世子爺……」劉七巧看著周珅如黑土一樣的臉，嚥了嚥口水問道：「世子爺這是要幹什麼去？」

「回外書房，磨墨。」周珅回答。

磨墨幹什麼？該不會寫休書吧？劉七巧縮著脖子道：「我今兒休息。」

「今日幫我磨墨，明日我回了太太，讓她再放妳一天假。」周珅臉上有著不容置疑的神色，劉七巧不敢再說話，低著頭坐在馬車的角落裡。

周珅抬起頭，看著劉七巧，眼神如一道劍光似地射過來，冷冷地問道：「妳一早就知道世子妃沒安好心，為什麼不說出來？」

劉七巧把脖子縮得更緊了，小聲道：「這種事情又沒有什麼證據，也沒有人會相信我一個丫鬟說的話，不如盡我的能力，先好好把王妃調理過來；再說只要別人沒得逞，也出不了什麼事情，如今世子妃沒了自己的孩子，想來她也痛定思痛了，以後斷然不會有這種念頭了。」

周珅冷冷一笑，臉上帶著幾分無奈之色，搖頭道：「想不到，我竟然娶了一個如此蛇蠍心腸的女子。」

劉七巧抬起頭，小心地試探著周珅道：「世子爺，您真的要休了世子妃嗎？」

「休了她？妳為什麼會這麼問？」周珅看著劉七巧，眼神有著探究的意味。

劉七巧低下頭老實回答。「您不是要我磨墨來著嗎？難道不是要給世子妃寫休書？」

周珅臉上神色淡淡，抬起眼皮看了一眼劉七巧道：「我要給聖上寫請戰書，蕭將軍如今生死未卜，朝中擬要派人前往接替，父親雖然是最佳人選，但是母親現在身懷六甲，這時候走實在讓人不放心。」

「那您要效仿花木蘭，替父從軍嗎？」劉七巧問道。

周珅瞥了她一眼。「我不是女的，什麼叫替父從軍？只不過我的軍中資歷不夠，怕聖上未必會同意。」

「您該不會是因為世子妃失去了孩子，所以自暴自棄了起來？孩子可以再有的，你們都還年輕呢。」劉七巧苦心勸慰。

「劉七巧，妳當我三歲小孩嗎？妳這一本正經說話的模樣，不知道的，還以為妳三十了。」周珅嘆了一句，低下頭道：「一開始是很想寫休書，但是後來想想，這時候她剛剛失去孩子，若是休了她，對王府的名聲也不好。更何況我雖然不喜歡她，卻也曾經仰慕她的才華……罷了，這正妻的位置便留給她好了。」這時候，周珅忽然抬起頭看著劉七巧，而劉七巧正低著頭，大眼睛無辜地睜著，滴溜溜地看著馬車的四個角落。

周珅忽然覺得有些口乾舌燥，隨意問了一句。「七巧，妳說我這個做法，可行嗎？」

劉七巧窘迫地抬起頭，看了一眼周珅，擰眉道：「您問我幹麼？您應該問將來您要納的妾室們，或者問您將來的真愛：我有一個正妻，妳在不在意做我的妾？」

周珅玩味地看著劉七巧不知所措的回答，忽然起了玩心，問道：「那我問妳，我已有了一個正妻，妳在不在意做我的妾？」

劉七巧這回真的被嚇壞了，抬起頭呆愣愣地看著周珅，不知所措地嚥了嚥口水，愣怔怔地說：「我已經有了喜歡的人，您認識的，就是……就是那個王老四，我們青梅竹馬的，哈哈。」

周珅呵呵笑了幾聲，點點頭若有所思道：「原來就是他啊，他喜歡妳我是知道的，倒不知道原來妳也喜歡他，怪不得為了妳，他從鄉下跑到了城裡來。」

劉七巧聽周珅這麼說，索性也就直來直去地道：「世子爺，老四想當王爺的親兵，您能給他這個機會嗎？」

周珅瞧了劉七巧一眼，想了想道：「當兵是頂頂危險的職業，弄不好上了戰場就回不來了，妳那麼喜歡他，捨得他去冒險嗎？」

劉七巧煞有介事地拍拍胸脯道：「有什麼好不捨得的？男子漢大丈夫有報國之心是好事，我才不會讓老四兒女情長英雄氣短呢，真正的男子漢就應該頂天立地，國家興亡匹夫有責！」

第三十五章

劉七巧回王府之後，整整在外書房磨了半天的墨，眼看已近未時了，周珅才把劉七巧放回了青蓮院。劉七巧一臉頹然地回到青蓮院，飢腸轆轆，想起飄香樓裡還沒吃完的紅燒南乳肉，嚥了嚥口水。

「七巧，妳怎麼這個點回來？我還當妳明兒一早回來呢。」青梅招呼她道。

劉七巧看了一眼，發現王妃不在院中，便好奇道：「太太呢？」

青梅上前挽了劉七巧的手道：「太太去老祖宗那邊了，今兒二太太請了安靖侯家的大姑奶奶來，所以太太也去了，太太說放了妳的假，也該給我一天假期，於是我就在這裡看院子了。」

卻說周珅見劉七巧走了，果真提起筆寫了一紙休書，那休書的下方簽了自己的名字，起身回到玉荷院。

秦氏正躺在床上坐月子，她的身子還未完全消腫，頭上戴著雪青色抹額，看上去似乎一夜之間老了十來歲。她見周珅回來，勉力坐起身子，翠屏忙拿著引枕給她墊在身後，這才回身給周珅行禮。

周珅揮了揮手示意翠屏出去，翠屏走到外間，關上了門在外頭候著。

「秦巧蘭。」周珅頭一次連名帶姓地喊了秦氏，嚇得秦氏抬起眼皮看著周珅，只覺得渾身冷颼颼的，也不知是冷汗還是虛汗。

「世子爺，你今兒是怎麼了？」秦氏慣會伏低做小的，低下頭偷偷用眼神去睨周珅。

周珅睇了睇眸子，視線就像一把尖刀落在秦氏的身上，秦氏打了一個寒顫，忙低下頭。

周珅從袖中拿出那封休書，扔到秦氏的身上。秦氏顫顫巍巍地打開來，還沒等看完便哭著道：「世子爺，你聽我解釋……我實在不知道會這樣的，我是真心服侍婆婆的，沒有半點歹心思。那劉七巧胡說八道，你怎麼能信她呢？」

周珅厭惡地看了秦氏一眼，冷冷道：「孩子都沒了，還在這裡狡辯，我周珅這輩子沒做過虧心事，好好的孩子怎麼就沒了？妳做過什麼，心裡清楚，還當真沒有人知道嗎？這事不是劉七巧說的，她也不屑說這些陰私勾當！」

周珅難得說這麼多話，卻句句向著劉七巧，秦氏一下子著急了道：「劉七巧她是個妖孽！她才十四歲又懂醫術又會接生，你們不覺得奇怪嗎？她根本就不是人，她……她是個妖怪啊！」

周珅不知道秦氏居然會說出這種毫無根據又毀人清白的話，一巴掌打在秦氏的臉上，指著她罵道：「妳說什麼混帳話！七巧就算是妖怪，她一沒做壞事，二沒害人，不知道比妳強了多少？妳看看妳現在這個樣子，算是個人嗎？虧妳還是一個名滿京城的大家閨秀！妳的那些賢良淑德、那些才華橫溢、那些溫柔體貼都到哪兒去了？難道都是裝出來的？」

秦氏捣著臉放聲大哭，又軟下身子扯住了周珅的袖子道：「世子爺，我不是這樣的；世子爺，你聽我說，我……」

外頭的翠屏聽見裡頭的動靜，卻不敢闖進去，只小聲在外頭喊。「世子爺，這是怎麼了？」翠屏從未聽世子妃哭得這般凶狠，一下子就著急了，急忙喊了一個小丫鬟道：「快去壽康居請老祖宗和太太過來勸勸架。」

房內，秦氏還沒說完，周珅一甩袖子，指著那封休書道：「妳若是還想在這王府待下去，就簽了這封休書，我會好好保管，只要妳以後不再為非作歹，這世子妃的位置還是妳的。」

秦氏這時已是呆若木雞，周珅冷著臉從袖中拿出一管筆，遞到秦氏面前道：「妳若不簽，我現在就把整個王府的人喊來，讓他們聽聽妳做的好事！」

秦氏身子顫了顫，臉上一片死灰，接過周珅的筆，簽下了自己的名字。

秦氏眼神黯淡地看著周珅將那休書摺好了放入袖中，帶著幾分幽怨看著周珅道：「珅郎，你非要待我如此薄情嗎？珅郎，我待你可是一片真心的，若不是為了你，我何至於……」秦氏這次乾脆連稱呼都一併改了。

周珅轉身，用眼角看了她一眼道：「妳好好養著吧，從此之後，我不會再進這正房。」

就在此時，房門忽然間就被小丫頭推開了，老王妃板著臉道：「你說什麼渾話，哪家的原配夫人只是當個擺設的？孫媳婦哪裡不好，惹得你這麼對她，你不看在她的面上，好歹看在昨天剛沒了的那個孩子面上！」

周珅雖然出身王府，最是一個重禮數的人，卻在這一點上毫不退讓，看了一眼躺在床上的秦氏道：「孫兒決定的事情，就不會改變。至於理由，孫兒不想說，也不屑說。」周珅看見王妃也在老王妃身後，跪了下來重重磕了一個頭道：「孫兒這就去祠堂罰跪，只希望老祖宗不要再問這件事的起因，孫兒還不想因為她，壞了王府的名聲。」

周珅說完，起身甩袖離開，只留下滿屋子不明所以的主子和奴才。老王妃見秦氏臉上浮腫，又哭成了一個淚人的模樣，很是心疼地問道：「有什麼事非要在月子裡鬧，好好地把自己糟蹋成這樣？受苦的可是自己，快跟我說說，到底是個什麼大事？」

秦氏是啞巴吃黃連、有苦說不出，只能一味地抽噎落淚，也愣是不肯說出個所以然。

誰知這事情並沒有這麼算了。王爺回來，知道了這件事之後，二話不說，居然請了家法把周珅打了整整十鞭子。

於是等王妃回來的時候，劉七巧就瞧見王妃哭得紅腫的雙眼。

劉七巧扶著王妃進了中廳，青梅已沏了清茶上來，蹙著眉道：「好好的，王爺怎麼動起了家法，世子爺可是有些年沒受這鞭子了。」

周珅在長輩們看來，是頂頂懂事乖巧的孩子，他身為嫡子又是王府的長兄，下面那麼多弟妹，從小便是以身作則的好榜樣。王妃一向覺得，周珅的品格就是在整個京城的王府子弟中都是拿得出手的，她怎麼也想不明白，今兒這事情到底是秦氏觸了他哪根逆鱗，才會鬧出這麼大一齣戲來。

「七巧，妳說說看，這世子爺怎麼今兒就這般倔強呢？有什麼事情是不能攤在檯面上說的嗎？」王妃問起劉七巧，劉七巧皺著一張小臉，窘迫道：「這下奴婢可真被太太給問住了，奴婢總共在世子妃的院子裡待了不到兩天，又在世子爺的外書房待了不到十天，加起來跟他們也沒說幾句話，他們為什麼會吵架，奴婢還真是不知道。」

王妃見劉七巧一本正經的表情，便笑著道：「我不過也就是隨口問問，夫妻之間的事情，哪個外人能說得清道得明呢？」

劉七巧笑著道：「今兒許嬤嬤做了牛乳菱粉香糕，我覺得特別好吃，太太還沒用晚膳吧？我這就傳膳去。王爺今兒還在我們這兒用晚膳嗎？」

王妃擺擺手道：「今兒王爺在老祖宗房裡用晚膳，不過來，我們就簡單吃一些算了。」

劉七巧點點頭正要出去，王妃忽然又問道：「七巧，今兒怎麼就回來了？我還當妳明兒一早才回來呢！」

劉七巧低著頭道：「奴婢覺得明兒一早進來，又得趕著天沒亮起來，奴婢實在太愛賴床，心想不如就今兒進來了，明早還能多睡片刻工夫。」

果然這理由很適合劉七巧，王妃笑著搖頭道：「妳這懶丫頭，以後要是嫁了人，有厲害婆婆要讓妳每天早起站規矩的，看妳可怎麼辦。」

劉七巧皺著眉頭，一臉為難。「難道她們就不喜歡睡覺的嗎？非要一早起來？我瞧著睡覺最養身子。」

王妃也只是笑笑，見劉七巧往外頭去，喊住了她道：「讓小丫頭去傳膳吧，妳去我房裡，從紫檀木藥箱裡頭拿一瓶祛腐生肌膏給世子爺送去。」

劉七巧聞言，雖恨不得找個洞鑽了進去，也只能硬著頭皮應了下來，往王妃的房裡去找那祛腐生肌膏。

玉荷院裡頭，一片黯淡，正房大廳的門都關著，周珅已經讓人在後面的小書房備了鋪蓋，打算在書房落戶了。

綠柳見了劉七巧過來，也小心翼翼地上前招呼，小聲道：「世子爺這回是真生氣了，連翠屏姊姊都不讓進門，回來的時候是由兩個小廝攙扶著呢，方才洪嬤嬤說要進去給他上藥，也被他給攆了出來。」

劉七巧深深覺得「禍從口出」這句話太有道理了，她平常在王府已經算是很小心謹慎的了，誰知道出門吃一頓飯還能發生這種倒楣的事情。

「世子爺還沒上藥嗎？」劉七巧皺著眉頭問綠柳。

「上是上過了，是讓貴順上的，也不知道上的是什麼藥。」

劉七巧嘆了一口氣，繞到後面的書房門口，叩了叩門道：「世子爺，奴婢是七巧，太太讓我過來送藥。」

周珅這會兒正赤著上身，身上披了一件月白色的中衣，後背鞭傷錯綜，坐在案前拿著一本兵書隨意翻看，聽見劉七巧的聲音，只皺了皺眉道：「進來吧。」

劉七巧進門，見他散著頭髮坐著，書桌上的一盞燈有點暗，便上前用剪子撥了撥燈芯，又轉身點了另外一盞燈。「光線不好看書最傷眼睛了，雖然字比較大，但是也不能這樣黑壓壓的。」

周珅沒回話，任由劉七巧這樣自說自話。她這會兒見了他還有六、七分的心虛，便順著毛誇讚道：「世子爺您可真是男人，都這樣了，還顧全著世子妃的面子，不過下次大可以編個理由隨便糊弄了過去，何必非要領什麼家法呢，您看看您這後背。」

劉七巧瞅了一眼周珅的後背，中衣上還沾著血跡，隱約能看見裡面凌亂的鞭痕。

周珅扭頭，看了一眼劉七巧道：「妳心疼了？」

劉七巧一本正經地說：「身體髮膚受之父母，就算我不心疼，可是太太和老太太都很心疼。世子爺這是在跟誰賭氣呢？非要吃了一頓鞭子才算是爽快了。」

周珅點點頭，幾乎被逗得笑出來，開口道：「是，果然爽快了，至少知道父親的鞭子威力還同往日一般。」

劉七巧倒是不知道周珅還能說出這樣的冷笑話，噗哧地笑了一聲道：「太太讓我送的東西已經送來了，那奴婢就先走了。」

周玶這時候坐著，忽然伸手扯了披在身上的中衣，抬頭看了她一眼道：「太太沒讓妳給我上完了藥再走嗎？」

劉七巧見他脫衣服，急忙拿雙手蓋住了自己的眼睛道：「太太沒交代過，奴婢還是先走了。」

「太太既然沒交代，那我交代一聲總可以的，還請七巧姑娘為我上個藥吧。」周玶忽然轉過身來。

她遲疑了片刻，咬了咬牙道：「世子爺吩咐，奴婢不敢不從，不過奴婢笨手笨腳的，要是弄疼了世子爺，那世子爺可不能怪奴婢。」

就讓你徹底死心好了！劉七巧打開瓶蓋，用指尖扣了一點點清涼的藥膏出來，咬著牙狠下心腸按了上去。她只覺得那在掌心下的後背沒來由地緊繃了一下，抬眼看見周玶臉頰兩側的咬肌都鼓了起來，愣是不吭聲。

劉七巧想想，這樣的動作無疑就是找死，可她這次就算找一次死，也要讓周玶知道，她真的不是好惹的！

於是劉七巧鐵面無私的用手指扣著藥膏，動作極其粗魯地將藥膏按壓在周玶的鞭痕上頭。

周玶流下了一串串冷汗，後背的肌肉僵成一塊，只在最後關頭，周玶終於忍無可忍，一把握住了劉七巧的手腕。

劉七巧的手一抖，藥膏落到了地上。周珅看見劉七巧手腕上的紅印子，鬆開手，淡淡道：「這是早上留下的？」

劉七巧蹲下來把祛腐生肌膏撿起來，放在案桌上，揉了揉自己的手腕。「世子爺這回應該知道自己是個多粗魯的人了吧？」

周珅側頭，似乎是在看後背的傷處，問劉七巧。「比得上妳嗎？」

劉七巧頓時被問得面紅耳赤，狠狠瞪了一眼周珅，轉身跑出門去。

周珅目送劉七巧離去，疼得哆嗦了一下，咬牙切齒道：「這丫頭，好利的爪子，簡直無法無天了！」

劉七巧回到青蓮院，彙報了周珅的傷勢。王妃素來知道周珅跟著王爺在軍中供職，從小也是吃過苦頭來的，但免不得慈母心思，見自己兒子被打，總還是有幾分傷心，因此晚膳都沒有用幾口就命丫鬟們撤了。

沒想到晚上亥時末刻的時候，王爺居然來了青蓮院。平常這個時候王妃早已經入睡，可今兒好像是專門等著王爺一般。

王妃披著一件淡青色銀線團福如意錦緞長袍，臉上帶著幾分哀怨的神色，站在簾子裡頭定定看著王爺。

王妃本就容貌秀麗，此時雖然懷著五個月身孕，但是臉色紅潤、風韻猶存，又是這種帶著哀傷的神情，越發讓王爺心上一動，忍不住蹙眉道：「今日是我用了狠，不該這麼打珅兒的。」

誰知王妃竟然低下頭去，臉上神色淡淡的，只輕輕道：「七巧、青梅，妳們先出去，我有話要和王爺說。」

七巧和青梅如今都是王妃的心腹，之前幾乎從未有什麼事情是不能當著兩人私下說的。劉七巧心道，只怕這夫妻倆今日得吵架了。

第三十六章

劉七巧跟著青梅出了大廳，遠遠到走廊外頭候著，也聽不見裡頭人說話。

青梅擰著眉道：「七巧，今兒王妃看著不對，萬一和王爺吵起來怎麼辦？」

劉七巧看著天上的月亮，搖頭晃腦、老氣橫秋地說：「俗語有云：夫妻吵架，床頭吵床尾和，王爺和王妃這般恩愛，放心啦，他們不會有事的。」

青梅瞥了一眼劉七巧，啐了她一口。「妳這小蹄子說話越發沒個羞恥了，這種話是我們姑娘能說的嗎？還真是不害臊啊。」

劉七巧不以為然。「青梅姊姊問我，我自然據實以答，總不能騙青梅姊姊吧？據我所知，王妃絕對不會對王爺發火的。」

她的猜測沒有錯，王妃並沒有和王爺發火，卻是柔情似水地上前，靠在了王爺的懷中。

「王爺，今日你這般打珅兒，我原本是再氣不過的，可是忽然轉念一想，心裡頭便一分氣也沒有，有的只是對王爺的感激。」王妃說著，眼淚奪眶而下，按著王爺坐了下來，親自斟了一杯茶給王爺端了過去，道：「王爺這幾日，難道沒有什麼話要同我說嗎？」

王爺原本就是提著一腔柔情來了，見王妃這般深明大義，只覺得慚愧得很，卻還是不肯說話。

王妃親自端了茶盞，送到王爺的手中道：「北邊打得那麼厲害，蕭將軍都受了傷，皇上肯定著急得很。王爺這幾日軍營沒日沒夜地跑，我估摸著只怕也是時候了。原想著能等一天是一天、能拖一天是一天，可今兒你對著珅兒這一頓打，我就全明白了。」王妃抬起頭，眸光閃閃地看著王爺，繼而低下頭輕輕說：「只怕皇上暗中已經跟你通過氣了，你是怕珅兒想跟著你一起走，所以才故意把他打傷的吧？」

王妃的話說到這裡，連坐著的王爺也忍不住抬起頭來，看著自己這位秀外慧中的妻子，眸中掩飾不住讚許和驚訝。

「卿卿，妳是如何知道的？我原想過幾天再同妳說。」王爺一激動，便喊起了王妃在閨中的小名，握住她的柔荑不捨得鬆開。

王妃嘆了一口氣，推開王爺的手，站到他身後為他揉捏著後背道：「我跟你幾十年的夫妻，難道這一些都不能想明白嗎？你是皇上的堂兄，說白了，這天下也是你們周家的天下，身為朝廷宗室，有些事情自然是逃不過的。如今皇上身邊也沒有幾個能靠得住的宗親了，只有恭王府這一支算是強盛，你向來是個不服輸的性子，只怕人雖然還在京城，心已經是飛到了邊關去了。」

王妃低著頭，細細看著這男人的眉宇，稜角分明的面頰、炯炯有神的眸光、高挺的鼻梁。當年她嫁給他的時候，就知道自己嫁了一個英雄，如今她雖然不捨，卻也不忍心折去他的羽翼。

「你去吧，家裡有老祖宗，還有二叔、弟妹，還有這麼多丫鬟婆子照顧著，不會有事的。前幾日我瞧見了那蕭夫人，便覺得自己比起她已是幸運太多了。」

王爺幾乎是震驚地從凳子上站了起來，看著自己的髮妻。她美貌、她聰慧、她善解人意，她是男人心目中最夢寐以求的女子，卻嫁給了自己……王爺伸出雙臂，將王妃緊緊抱在懷中，一字一句說道：「妳放心，我定然會得勝歸來，妳要好好保重自己，等著我回來抱兒子。」

王妃將臉頰靠在王爺的肩頭，溫柔地點了點頭，內心柔軟萬分道：「早些回來，可別讓閨女等急了。」

王爺蹙眉。「我明明說的是兒子，怎麼到妳這裡就變成了閨女？」

王妃不依地說：「可是，我很想要一個閨女。最近老跟七巧在一起，我便想著，若是我能有七巧這麼一個聰明伶俐、古靈精怪的閨女，那該多好啊？」

王爺本來想說「妳都有幾個庶出閨女了」，可再想想自己那幾個庶出閨女，好像確實沒劉七巧這樣伶俐，便笑著道：「行行行，若不是閨女，等我回京之後便給妳做主，收了七巧做乾女兒。」

王妃眼神一亮，匆忙問道：「王爺說的可是真的？我確實喜歡七巧得緊。」

王爺蹙眉想了想，忽然也起了別的心思，便道：「做乾閨女還不如做真閨女，夫人何不想個法子，撮合撮合七巧與珅兒，將來珅兒繼承爵位，讓七巧當一個側妃，想來劉老二總應該是願意的吧？」

王妃原本不是沒有這個想法，但周珅和秦氏的感情很好，秦氏又是不容人的性子，所以王妃為了玉荷院的平安無事著想，就沒再往這方面想。但如今周珅和秦氏鬧得不可開交，想來今後自己的兒子也不可能讓秦氏拿捏住，王妃被王爺這麼一說，內心又蠢蠢欲動了起來。

可劉七巧畢竟不是家生子，不是主子一句話就一定要進府當妾室的；若是讓劉七巧做妾，怎麼說也應當是一個貴妾，這其中自然要有些說法。況且劉七巧現在還不到十五歲，這時候便是提了這個事情，似乎也有些操之過急。

王妃想了想，索性道：「這事情倒不急在一時，七巧是個有性子的姑娘家，跟其他院裡的丫鬟們不一樣，從不想著往主子的房裡鑽，也不能直接賞了去當通房，不如等過幾日問問珅兒的意思，看看他有沒有這個心思，若是有的話，再提也不遲。」

幾日之後，王爺回府，說是太后娘娘在手術後昏迷了整整六個時辰，終於醒了過來，目前人很清醒，太醫說手術非常成功。整個王府的人都在唸著阿彌陀佛，老王妃跪在小佛堂裡頭，整整唸了三遍大悲咒，才起身就寢。

也就在那天晚上，王爺又宣布了另外一件事情，那就是五天之後，他就要整肅軍隊，戎裝待發了。

和幾代都身為武將之家的蕭家不一樣，王爺出征，從某種意義上代表著御駕親征。這說明大雍即將派出最精銳的部隊，和韃子展開最後的戰爭。

「你去吧，皇上如今還能想起你，就代表你還是他能倚重的人。我還記得十五年前，當時就是你老子帶著你和蕭老將軍聯手，給韃子最後一擊，把他們趕出了大雍。雖然你老子最後受了傷，沒活多久，為了這事，我也不敢再讓你上戰場，可我知道你的心裡頭還掛念著戰場。你跟你老子一樣，是個熱血心思的人。」老王妃說著，似乎是想起了老王爺，一時感慨萬千，眼淚汪汪。

王爺想起當年自己父親的風範，也忍不住心懷嚮往，當年若不是同力抗敵，哪裡來如今京城百姓的安居樂業。

「老祖宗能這樣體諒兒子，是兒子的福分，兒子在這兒就立個軍令狀，不滅韃子，誓不回京！」

老王妃笑了笑，搖頭道：「快別這麼說，那韃子是殺不完的，就跟春草一樣，殺一批長一批，沒有個盡頭。你打了勝仗就快回來，家裡的老婆孩子老娘都還等著呢，明白不？」

王爺連連點頭，跪著給老祖宗磕了幾個響頭，眸中淚光閃爍，似是要奪眶而出。這時候，外頭忽然傳來一陣腳步聲，匆匆走進壽康居的大廳，開口道：「父親，孩兒也要跟您一起出征、一起上陣殺敵！」

王爺面色一冷，厲聲道：「你不准去！你的傷還沒好，在家守著王府，照看老祖宗和你母親。」

周珅神色肅然，臉上帶著幾分桀驁不馴，直挺挺地跪下來道：「孩兒的傷早已經好了。所謂打虎親兄弟，上陣父子兵，孩兒要跟著父親一起上戰場，天下興亡，匹夫有責，更何況孩兒不是匹夫，孩兒是姓周的！」

王爺聽周珅這麼說，一腔熱血上湧，恨不得立時就飛去戰場，殺他一個肝腦塗地！便拍著周珅的肩膀道：「好，這才是我周氏的子孫！」

確認了最後的出征日，這最後的幾天就成為了王府的緊急備戰時間。劉七巧不知道劉老二有什麼打算，所以向王妃請了半天假，去前院找劉老二，兩人一起回家商量起了事情來。

劉老二趕著車送劉七巧回家，李氏開門，見父女倆一起回來了，臉上帶著幾分喜氣道：「今兒不是休沐，怎麼你們兩個人倒是一起回來了？」

劉七巧跳下馬車，上前接了繩子在門口的石柱上拴上，也不說話便低著頭進門了。

李氏見了便有些奇怪，還沒開口呢，那邊劉老二道：「今兒吃餃子吧，好久沒吃妳包的牛肉餃子了。」

李氏搖頭笑笑。「我說今兒我去集市，鬼使神差就買了一塊牛腱子肉，原來是你想吃牛肉餃子了。」李氏說著，往廚房吩咐道：「大妞，沏杯茶出來，一會兒喊啞婆婆包牛肉餃子，妳大伯和七巧回來了。」

不一會兒，錢大妞笑嘻嘻地從廚房裡送了茶水過來。錢喜兒正在學針線，聽說劉七巧回來了，便拿出幾塊帕子送到劉七巧的面前道：「七巧姊姊，這是我給妳做的帕子，上面還繡了妳的名字，是八順寫給我的。」

劉七巧一看，雖然字體歪歪扭扭，至少沒寫錯，從針腳看起來，基本功顯然比自己扎實多了——她也只有給人縫肚子的時候才算是有得發揮了。

劉老二覺得時間差不多了，對劉七巧說：「七巧，妳去後院請老爺過來，我有話要說。」

劉七巧知道劉老二也是牛脾氣，決定的事情不輕易改，所以只好點點頭，往後面去喊劉老爺。

劉老爺這會兒正在中廳裡面納涼，手裡拿著一把芭蕉扇，不緊不慢地打著。沈阿婆坐在一旁，手裡是一件藏青色的福祿紋外袍，正在趕著針線。劉七巧進門福了福身子，小聲道：「爺爺，我爹回來了，請您去前廳商量事呢。」

劉老爺精氣神很好，前兩天還找了以前在王府的老同僚摸了牌九，顯然對劉老二的事情已經知道了一些，便懶懶道：「我不管你們年輕人的事情了，他要跟著王爺，這是好的，做奴才的只要參悟了一個『忠』字，到哪兒都不會吃虧。妳就把我這話帶給妳爹就好了。」

劉七巧看了一眼劉老爺，六十多歲的老頭子一副精明的樣子，心思卻是清明的，於是點了點頭道：「那好，七巧一定把爺爺這幾句話帶給我爹。」

她回了前廳，見劉老二正坐在那邊，李氏有點侷促地坐在另一邊的靠背椅上。李氏心裡完全沒有什麼打仗、出征的想法，她現在頭腦一熱，只覺得能勞動劉老二要喊了劉老爺才能說出來的話，莫不是想要納妾了？

李氏自從進了京城，雖然住的是下人的街巷，但這條街上住的也是一些高門大戶有臉面的下人，家裡有個把姨太太也都是常見的。李氏覺得，莫不是自己的好日子就要到頭了，劉老二終於也免不了要給她找個妹妹了？

李氏忐忑不安地坐在椅子上，小心翼翼開口。「她爹，有什麼話非要今天就說嗎？你瞧瞧這八順還沒回家呢？」

劉老二端起茶盞喝了一口茶道：「這事和八順沒關係。」劉老二看見劉七巧從角門進來，卻沒見劉老爺的影子，便問道：「七巧，妳爺爺呢？」

劉七巧板著臉，一本正經地說：「爹，爺爺讓我帶一句話給您：『做奴才的，只要參悟了一個『忠』字，到哪兒都不會吃虧的』。」

劉老二笑了笑，伸手讓劉七巧過來，拍拍她的肩膀道：「那妳覺得呢？」

劉七巧想了想說：「您是我爹，我當然都聽您的了。」

李氏這會兒覺得不大對勁，便問道：「你們父女倆打哈哈的一樣，倒是說些什麼呢？」

劉老二捏了捏劉七巧的鼻尖，轉頭對李氏道：「王爺再過幾天要出征了，我在王爺身邊跟的時間長了，一時間王爺也離不開我，所以老祖宗希望我能陪著王爺去北邊。」

李氏默默聽完劉老二的話，雖然劉老二說的並不是要納妾，可李氏覺得這個消息還不如方才她所想的那樣，至少像方才那樣，一家人還是在一起，高高興興團聚著，就算多了一個人，那又怎麼樣呢……

劉七巧見娘親心情低落，便勸慰道：「娘，您這是怎麼了？爹不過就是和現在一樣去服侍王爺的，您看看人家王爺，帶著兒子一起上戰場去了，太太的肚子裡還懷著孩子呢，還不是說走就走的。」

李氏不滿道：「人家是姓周的，自然不能推託，我們不過就是小老百姓，能過上好日子就不錯了，何必非要去那種地方呢？」李氏抬頭看了眼劉老二，有些不甘心地問道：「她爹，能不去嗎？這刀啊槍啊的實在太怕人了，我這會兒還記得小時候那會兒韃子打進來，我爹帶著我幾個兄弟躲牛棚的事呢！一輩子都忘不了。」

劉老二看著自己的髮妻，伸手理了理她鬢邊的髮絲，笑著道：「這回兒都快要打贏了，不過就是蕭將軍受傷了，皇上派王爺去坐鎮的。想想我們那時候的經歷，這回邊關的百姓也是這樣，不把韃子趕出去，他們就沒一天好日過。」

李氏雖然沒文化，將心比心還是懂的，只是一想到劉老二要走，心裡還是滿滿的難受委屈，只能低著頭抹淚。

劉七巧想了想，又勸慰道：「杜大夫這會兒也在邊關呢，蕭將軍受傷，皇上派了杜大夫去救治，邊關沒那麼可怕的。王爺是主帥，住在幾萬人圍著的大軍裡面，沒可能有什麼危險的。娘這麼擔心，不如明天去廟裡給爹求一個平安符，讓爹帶在身上保平安。」

李氏逐漸被勸慰了下來，連連點頭道：「對對對，要去求平安符，聽說娘娘廟的平安符最靈，我得去求兩個，還有一個讓妳爹給杜大夫帶過去。」

劉老二一臉不解地看著李氏，奇怪問道：「一個平安符還送人？杜太醫跟妳什麼關係，人家稀罕這些嗎？」

李氏被說得一愣，才想起來劉七巧和杜若的事情還沒對劉老二坦白，便咬著牙齒道：「這……這不順便嗎？別的在邊關的人我也不認識，就帶一個給杜大夫好了。」

第三十七章

劉七巧吃過了晚飯就回王府，今兒輪不到她值夜，便早早地洗洗睡了。半夜，忽然覺得胸悶得喘不過氣，一翻身醒了過來，看見自己胸口正壓著一個赭紅錦緞大引枕，原來她剛剛睡的時候翻身，把窗臺上的引枕給踢翻了，一直壓在自己的胸口。

劉七巧起身，倒了一杯茶水喝了口，忽然聽見外頭有人大喊了一聲。「荷花池裡頭有死人啊……」

劉七巧一個激靈，從床上跳起來，穿上外衣、套上比甲忙往外頭去。

這時候，正房裡面的燈也亮了，青梅一邊繫衣帶一邊出來問情況。劉七巧道：「妳先進去服侍太太，我出去看看就好。」

半夜的王府原本靜悄悄，只有門上幾個值夜的老婆子會在院子裡巡視幾圈，不過就是看看四處的燭火，免得沒人看著走水了，一般來說偷懶的居多。今晚負責巡夜的是二門的陳婆子，她在外頭一喊，幾個人就都圍了上去。

劉七巧上前，果然看見荷花池裡面有一個不明漂浮物。幾個婆子知道劉七巧如今是在王妃面前說得上話的丫鬟，便上前問主意道：「七巧姑娘，妳說這該不是王府裡的人吧？」

劉七巧心想：廢話，難不成這東西還能飛進來不成？

她趕緊吩咐道：「妳們去二門外喊兩個會鳧水的值夜小廝進來，先把這東西撈上來再說，不要在院子裡亂嚷嚷，主子們都還在睡覺，別吵得滿院子的人都知道。」在這種人家，最重要的就是家醜不能外揚。

幾個老婆子立馬心領神會，個個噤聲，按照劉七巧的指示各自去喊人。這時候，從玉荷院那邊跑來一群五、六個丫鬟，為首的翠屏一臉驚慌地說：「七巧姑娘，妳看見我家奶奶了嗎？我家奶奶不見了！」

劉七巧一個扭頭，從一旁婆子的手裡拿了燈籠往水面上照了照，心裡頭突突地跳了起來。不會吧……世子妃好歹也是一個穿越女，心理素質不應該這樣差才對啊？

這時候，周珅也從玉荷院出來，見了水面上的漂浮物，也不等那些小廝正從對面趕過來，把外面的長袍一脫，縱身跳入水中。雖然是三伏天氣，可劉七巧還是忍不住打了一個激靈。

沒過多久，屍體就被周珅從水裡帶到了岸邊，幾個小廝一起又拖又拽的，才把屍體拉上了岸邊。那屍體在草坪上滾了一圈，一偏頭，平躺在地上，浮腫的腦袋正朝著劉七巧的方向垂著。果真是秦氏！

劉七巧平素很大膽，這會兒卻還是被嚇著了，大喊了一聲，身子連連往後退了兩步，差點兒給絆倒了。周珅忽然就上前一步把劉七巧抱在懷裡安撫道：「七巧，別怕。」

這時，四周十幾雙的眼睛正看著呢，劉七巧被嚇壞了，一時沒反應過來。等她反應過來，連忙推開了周珅的懷抱，勉力走上前去，看著秦氏的屍體道：「世子妃怎麼會投水的？」她轉身，看著玉荷院裡跟出來的幾個丫鬟開口問道。

「我……我們也不知道，下午、下午秦二小姐還來看過世子妃，並沒有覺得有什麼不對。不過世子妃這幾日心情都不大好，也鮮少和人說話，只在床上躺著，奴婢以為坐月子都是這樣的，便沒覺得有什麼奇怪的……」說話的是秦氏一起陪嫁來的翠屏，她算是秦氏的心腹，便先回答了劉七巧的問題。

劉七巧自從來到這個世界，做得最多的就是救人，她雖然討厭秦氏，但作為老鄉，劉七巧覺得自己對秦氏還算仁慈，至少也給了她改過自新的機會。可是……我不殺伯仁，伯仁卻因我而死，她還是不可遏制地難過了起來。

她心裡有悔恨、有難過，還有一些自責，但抬起頭，視線掃到周珅的臉上，他似乎沒有過多的悲哀。

劉七巧站起來，擦了擦臉上的淚，抬頭道：「妳們幾個把世子妃抬回玉荷院去，給世子妃擦身子換衣服，姑娘家膽小的，陳婆子，妳去幫襯一點。綠柳，妳去老祖宗的壽康居通知一聲，就說世子妃沒了。碧玉去二太太那裡，不准多嘴說世子妃是怎麼沒的，實在有人問起來，就說是之前小產沒注意將養，病死的。」

這時候，周珅也回過神來，對著荷花池邊的眾人說：「今晚的事情，不准洩漏出去半個字！世子妃是病死的，這水池裡頭什麼都沒有，若是讓我知道外面有什麼人知道了王府的事情，不管你們是家生的還是外買的，統統發賣出去！」

老婆子和小廝們知道世子爺是從戎的，向來說一不二，個個都點頭道：「奴才們知道了，奴才們今晚什麼都沒有看見。」

周珅說完話，眾人各自散去，已有小廝拿了擔架來抬秦氏的屍體。劉七巧看了一眼仍舊穿著潮濕中衣的周珅，頭也不回地走了。

周珅則目送著劉七巧的背影，一時有些愣怔。

這時知書上前福了福身子道：「世子爺，您身上的衣服都潮了，快回去讓奴婢服侍您更衣吧。」他這才回過頭，跟著幾個丫鬟一起回了玉荷院。

劉七巧回到青蓮院的時候，方才後背嚇出的冷汗已經把衣服都打濕了。今日王爺沒歇在王妃的院中，只有王妃一人由青梅扶著坐在中廳等消息，見劉七巧進來便起身問道：「外頭到底是什麼事情？」

劉七巧舒了一口氣，有氣無力地說：「世子妃沒了。」

王妃一驚，差點跌倒，幸好青梅在身後穩穩扶住，她這才落坐道：「怎麼好好的就沒了呢？」

「不知道。」劉七巧低垂著頭說：「是投水的，被發現的時候屍體已經浮了上來，奴婢方才讓下人們只准說世子妃病死了，絕口不能提投水這件事。」

王妃這時候也鎮靜了下來，見劉七巧情緒低落，便拉著她的手道：「好丫頭，妳做得對，王府從沒有出過這樣的事情，傳出去總是不好的。只是還有四天王爺就要出征了，這時候出喪，只怕太不吉利了。」王妃想了想，陡然站了起來，斬釘截鐵道：「這樣吧，妳馬上吩咐下去，讓玉荷院的人把世子妃收斂好之後，送到城外的家廟裡頭去。等王爺和世子爺順利出征之後，我們再找一個日子給世子妃辦喪事。」

劉七巧一聽，果然是王妃想得周全，如今在這節骨眼上，若要推遲出征，那肯定是不可能的。可若是讓將士們知道主帥家裡出了喪事，這仗還沒開始打，晦氣就先找上門來了，只怕會造成軍心不穩。

劉七巧這會兒也顧不得害怕，急忙轉身往玉荷院去。

這時候的周珅已經換了一身乾淨的衣服，劉七巧見了，只是一本正經的福身行禮，很有幾分大丫鬟的派頭，把王妃的意思說了一遍。

周珅瞇著眼睛想了想，贊同地點了點頭，轉身道：「傳我的話，世子妃陪嫁來的那幾戶人家以及丫頭婆子們，馬上在玉荷院集合，連夜把世子妃送到弘福寺去。」

幾個陪嫁過來的丫鬟聽了，立時就哭了，更跪在地上求了起來。周珅看了她們一眼，冷冷道：「妳們好好在家廟待著，到時候我自然派人把妳們接回來，若是口角不乾淨的，就別怪我不留妳們了。」

小廝們連忙出去安排馬車，一次調集了十多輛馬車過來，周珅披了一件披風，領著小廝們抬著秦氏的屍體送往門外的馬車上。這深更半夜的，路上連隻老鼠也沒有，有王府的權杖，一行人很容易就出了城門。

劉七巧回到青蓮院，又打了水洗了一把臉，卻怎麼睡也睡不著，一閉上眼睛就能看見秦氏瞪著自己，嚇得她翻來覆去的。

第二天一早，劉七巧頂著一雙黑沈沈的眼圈去為王妃準備早膳。

「夫人，我想請兩天假。」劉七巧服侍王妃用過早膳，精神恍惚地開口。她需要一段時間平復自己鬱悶的心情。

「怎麼了？」王妃見劉七巧精神不振，也關心地問道。

「沒什麼，只是看著世子妃就這麼沒了，覺得心裡有些難受。」

王妃安慰她道：「傻孩子，生老病死，人之常情，沒有什麼過不去的坎。罷了，我放妳兩天假，妳回家好好休息休息。」

劉七巧下午就跟青梅告假走了，才回到家，就聽李氏說：「我今兒求了一打的平安符，改明兒讓妳爹帶上，見了好兄弟也都送一個，畢竟都是當家的男人，出入平安才好。」

劉七巧無精打采的，也沒接李氏的話，回自己房間睡覺去，可偏生還是心神不寧，越是想要睡覺就越是睡不著。如此渾渾噩噩直到太陽下山，總算睡了過去。

劉七巧睡飽一覺，覺得精神好了很多，睜開眼睛卻看見杜若坐在她的床頭。她以為自己在作夢，狠狠捏了自己一把，疼得眼淚都要飆出來了，才發現這一切不是夢。

「唔……你去哪兒了，這麼久都不在，我……我想你了……」劉七巧一把抱住杜若，不爭氣地哭了起來，鼻涕眼淚擦在杜若的肩頭。杜若心疼地撫摸劉七巧的後背，安撫道：「怎麼了這是？妳那麼厲害，難道還有人欺負妳了不成，我這就去幫妳欺負回來！」

劉七巧止住了哭，噗哧一聲笑了出來，靠在杜若的肩頭，朝著門外看了看道：「你怎麼在我家啊，誰讓你進來的？」

「妳娘啊，她說妳睡著了，讓我自己進來瞧瞧。」杜若隨意地說。

劉七巧心想，娘可真是……認準杜若當女婿了，居然連避嫌都不懂了啊！

「杜若若，我遇到煩心事了。」劉七巧靠在杜若的肩膀上，伸手握著杜若的手指，他的指尖上有中藥的香味，讓她聞了特別安心。

劉七巧把這幾天在王府的事情都說給杜若聽一遍。

「你說，世子妃怎麼就死了呢，她那麼要強厲害的人，不會真的因為我那幾句話就想不通死了吧？」她有氣無力地說。

「善惡終有報，天道好輪迴。不信抬頭看，蒼天饒過誰。」杜若複述著劉七巧的話，噗哧一笑道：「妳這句話倒是挺有震懾力的，從哪兒學來的？」

劉七巧瞪了杜若一眼，捶著他的胸口說：「你能正經一點嗎？我還沒想通她為什麼要死呢！」

杜若看著劉七巧，握住她的手，放在唇瓣下輕輕蹭了蹭，小聲道：「七巧，妳不必過於自責，若是世子妃因為妳的話而想不通，也不會等上好幾天才自尋短見。一般人自殺輕生，那都是一時衝動的結果。依我看，可能是那天有人讓世子妃受了什麼刺激，世子妃才會想不通走上絕路的。」

杜若勾起劉七巧秀氣的下巴，緩緩低下頭，親了上去。

這是一個極具安撫意味的吻，像一頭溫柔的小獸舔舐著劉七巧心頭的傷口。杜若鬆開劉七巧，捏著她的臉頰道：「七巧，妳知道這一路上，我有多想妳嗎？」

劉七巧鄭重其事地點點頭，回答道：「知道，因為我也一樣，那麼那麼想你！」

過了兩日，之前劉七巧接生的那戶人家請吃滿月酒，杜若便來接了劉七巧過去。誰知道她多吃了幾口酒，便有些醉了，杜若只好把她抱上馬車送回去。

街巷比較窄，馬車走得也比較慢，杜若索性把劉七巧給抱了起來，讓她坐在自己的身上。

頂著劉七巧渾圓挺翹的小臀瓣，杜若覺得自己的手有些不聽使喚，亂動了起來。他看了看劉七巧帶著弧度的胸口，滿懷期待地按上去，不禁有些疑惑。這觸感怎麼跟棉花胎差不多？杜若有點不敢確信地揉了揉，才隱約感覺著薄薄的棉花胎底下，才是劉七巧真實的實力。

胸口被鹹豬手揉捏著，劉七巧還是靠在杜若的懷裡睡得很安詳。杜若開始得寸進尺，低頭封住了她紅潤可愛的小嘴。

劉七巧掙扎了一下，忽然張開雙手抱住了杜若。她睜開眼睛，雖然依舊醉意朦朧，但已經清楚意識到眼前正在乘機吃豆腐的人就是杜若。

劉七巧在杜若的身上扭了一下，推開杜若小聲道：「你要死了，居然……」杜若還沈浸在方才那個讓自己沈淪的吻中，見劉七巧忽然醒了過來，簡直羞憤得想要咬舌自盡。

劉七巧見了他的模樣，忍不住噗哧一笑，雙手勾上了他的脖頸，湊上自己的嘴唇。「吶，輕一些，大白天的沒那麼多蚊子。」

杜若紅著臉，伸手捧著劉七巧的臉頰，從她的嘴角輕輕地親吻了起來。

一吻既罷，兩人都有些尷尬，劉七巧在杜若的身上換了一個姿勢，驚訝地發現杜若的下身已經頂起了小帳篷。

劉七巧使壞地伸手按了一把，起身坐到一旁，側著頭不去看杜若。

杜若更是面紅耳赤，也側身背對著劉七巧。

劉七巧想了想道：「其實，這樣也不好受吧？」她絞著手指道：「不如一會兒去我家，我給你用手試試看？」

杜若只覺得原本快要熄滅的火跟澆上了油一樣，又熊熊燃燒了起來。他忍無可忍地轉過頭看著劉七巧，咬牙道：「七巧，妳能少說兩句嗎？一會兒妳自己回去吧，我不送妳進去了。」

劉七巧見杜若羞得滿臉通紅還一本正經的樣子，忍不住又逗他。「你一個人回去，是要……」

杜若斜著眼睛瞪了劉七巧一眼，決定再也不要和她講話了。

第三十八章

好容易到了劉七巧家門口，杜若果真言出必行不下車。劉七巧轉身，正要跳下馬車，忽然又湊上去在杜若的耳邊道：「真的不下來嗎？錯過了這村可沒這店了。」

杜若哭笑不得地捏了捏劉七巧的臉頰，有些留戀地說：「傻子，妳整個人都是我的，我急什麼呢？快些回去吧。」

這會兒劉七巧的酒醒了，點點頭，伸手捏了捏杜若的手，也很捨不得地說：「等太太這一胎生了，我就讓我爹求我出來。」

杜若雖然萬分不願意，但是想到王爺出征，皇上對王府格外關照，幾次下令讓太醫們好好照看王妃，便也嘆息道：「七巧，再忍耐一些時候，不過年底，我總能想出辦法，讓我祖母接受妳的。」

劉七巧乾笑了一聲，出個壞主意道：「辦法有很多啊，大不了你假裝病一場，我進去給你沖喜去！嘿嘿！」

杜若看看沒個正經的她，苦笑道：「沖喜的丫鬟都是當妾的，那怎麼行呢？三書六聘、明媒正娶，我一樣都不會少。」

劉七巧用力點頭。「你慢慢想，反正你是我的人了。」

杜若的臉又紅了起來，劉七巧說起情話來，嘴巴甜得很。

外頭的車夫拿著煙桿在車板上敲了幾聲，有些疑惑地說：「杜少爺，是順寧街劉家嗎？這都到半宿了，姑娘怎麼還沒下車呢。」

劉七巧縮縮脖子，扭頭在杜若臉上親了一口，跳下車道：「原來到了呀，師傅你趕車技術真好，我都在裡頭睡著了。」她的酒才剛醒，從馬車上一跳下去，就跌倒在地上了。

杜若趕緊掀開簾子，看見劉七巧一臉委屈地跌坐在地上，只好從車上下來，想了想道：「師傅你先回去吧，一會兒我自己走去鴻運街的藥鋪，也不遠。」

趕車的師傅應了一聲，駕著車走了。杜若上前敲了敲劉家的大門，誰知道裡面沒人應，門卻開了，劉老二站在門口，看著劉七巧歪歪扭扭地被杜若摟在懷中，她身上的衣襟似乎還有被扯動過的痕跡。

杜若這時候就算丟開劉七巧也來不及了，而劉七巧這時候就算推開杜若也來不及了。兩人各自知道，便越發自然地就這樣摟著。

「劉二管家，七巧腳扭傷了，我……我把她送回來了。」

這時候，李氏的聲音也從影壁後頭傳了出來道：「她爹，是七巧回來了嗎？」李氏繞過影壁，看著摟摟抱抱的兩人，頓時臉色發白。

劉老二看了一眼自己的媳婦，頓時就明白了，冷哼一聲，負手往正廳裡頭去了。

李氏看來是方才還在做家務的，見劉老二就這樣氣呼呼地進去了，連忙向兩人使了一個眼色，自己則跟在劉老二的身後，轉身道：「杜大夫，這可真是巧了，上回我家七巧腳扭傷，也是你給遇上的。」

劉老二聽了，頭也不回地丟出一句話來道：「那妳倒是說說，怎麼就那麼巧，兩次都讓杜大夫給撞見了？我劉家的門檻也沒那麼寬，這麼多貴人進進出出的。」

杜若聞言，臉色微微泛紅。這時他已經鬆開了劉七巧，兩人跟在劉老二的身後，各自站著。

杜若道：「劉二管家，我就是個給人看病的大夫，什麼貴人不貴人的，倒是見外了。」

劉老二已經到了正廳，杜若看見廳裡頭的長几上放著一套軍中將士穿的鎧甲。王爺後天就要啟程了，劉老二也要跟著王爺一起走，這大概是他臨行前最後一次回家看看了。

劉八順也在家，從廚房跳著出來道：「喔喔……今天中午吃餃子嘍。」劉八順看見杜若在場，連忙噤聲。

劉老二卻忽然喊住了劉八順，道：「八順，去你書房拿筆墨紙硯來。」

劉八順以為劉老二又要考他學問，一張臉皺成了一團，苦著臉慢吞吞地進去。劉老二轉身看著杜若，神情自若。「我後天就要去邊關，什麼時候回來還真說不準，既然杜大夫看上了小女，那就留一份婚書下來，等小女及笄了，就等著杜家上門明媒正娶。我劉老二只有這麼一個閨女，給人家做小，那是絕對不可能的。杜大夫若是能寫下婚書，那我也就認了這門婚事，等著杜家的八抬大轎上門；但若是遲了，哪怕一天，七巧可就是別人的了。」

杜若被這一段話劈頭蓋臉地澆下來，還有點木然。劉七巧抬起頭看了一眼自己的父親，臉色剛毅果敢，有著特別的威懾力。

杜若臉上的神情頓時也嚴肅了起來，點頭道：「好，有劉二管家這句話，晚輩我也放心了，若不是皇上對王妃這一胎也很重視，晚輩實在不忍心讓七巧在王府裡多待一天。」

劉老二見杜若的神色不像是在騙人，便也稍微緩和了一下面色。「當初是我沒有考慮周全，不知道王府裡會有這麼多事情發生。」劉老二昨兒在府裡聽說了世子妃的事情，還有人將劉七巧被世子爺抱著的那一段透露給他，所以劉老二也深深覺得劉七巧在王府越發危險了。

劉八順一臉頹喪地把筆墨紙硯端了出來，臉蛋上還掛著「不開心」三個字。就連錢喜兒跟在他的後面也帶著擔驚受怕的眼神，悄悄扯著他的衣襟。

「爹，筆墨紙硯都拿來了。」劉八順吐出一口氣，慢悠悠說道。

劉老二見了劉八順那個樣子，也覺得有些不忍心了，便開口道：「放下了，帶著喜兒院裡玩去，一會兒喊你們吃餃子。」

劉八順如蒙大赦，丟了盤子轉身拉著錢喜兒的小手開開心心地跑了出去。

杜若上前，拿了一張宣紙平鋪在一旁的茶几上，蘸飽了墨水在宣紙上寫下「婚書」兩個字。

杜若寫下了婚書，心情越發平靜了下來，與其說這婚事是劉老二用來壓制自己的，不如說是自己在劉老二這裡得到了首肯。他寫完婚書，等待這上面的墨跡慢慢風乾，低頭朝劉七巧的方向看了一眼。劉七巧鬢邊的長髮有些散亂，貼在她粉紅色的臉頰上。十四、五歲的姑娘，渾身上下都洋溢著青春靈動的氣息。

杜若想了想，低下頭，在食指上面輕輕咬了一口，血珠順著指尖溢出來。劉七巧抬起頭，看見杜若將手指印按在了婚書的末尾。

杜若做完了這一切，才將那婚書遞到劉老二的面前。「劉二管家，這婚書就交給你保管了。」

劉老二掃了一眼婚書上的內容，點了點頭，對站在一旁的李氏道：「她娘，妳把這婚書收起來，過了明年七夕，若是杜家沒來提親，咱們再給七巧找戶好人家嫁了。」

李氏顫顫巍巍地接了過去。她是個不識字的，迄今為止只認識銀票、地契和田契。她接了這婚書，小心摺疊了起來，想了想，又從身上取下一個平時放碎銀子的荷包，把碎銀子拿了出來，把婚書放了進去。「一會兒我拿針線納幾針，這樣就不怕丟了。」

劉七巧有些不好意思地看著李氏，撅嘴道：「娘，那麼緊張做什麼，難不成他還會賴帳不成？」

杜若聞言，便甩袍落跪，對著李氏和劉老二道：「劉二管家，你在邊關一切放心，晚輩會照顧好七巧和大娘他們的。」

劉老二冷著臉道：「少給我套關係，哪個男人不會說幾句好聽的？說一百句好聽的，也頂不上真刀真槍的上場。我就這麼一個閨女，你要是不好好待她，我下了戰場回來第一件事情就是收拾你。」

劉七巧送走杜若，全家人也吃完了餃子。

劉老二在房中試著新領到的鎧甲。李氏低著頭，為他整理好每一處有皺褶的地方，抬起眸子看著眼前這位英武的男人。「她爹，這身鎧甲雖然穿著合適，可畢竟太重了，沒有家常穿的袍子舒服，你說是不？」

李氏是傳統的家庭婦女，相夫教子、克勤克儉，在劉老二面前永遠是溫順的羊，所以不管劉老二在外頭混得多好，或是見過了多少有故事的女人，只要一回家，見到了純真善良的李氏，劉老二所有的花花腸子就跟打了結一樣，再也理不清了。

「妳心裡捨不得就直接說，聽妳說話拐彎抹角的，我倒不習慣了起來。」

李氏的臉上露出一些紅暈，低著頭道：「其實，七巧和杜大夫的事情我一早就知道了，起先只以為他們是一時興起，沒想著兩人真的能看對眼的。」李氏說著，聲音也越發小了起來，道：「一開始還是我覺得杜大夫不錯，尋思著或許他會喜歡七巧，可後來想想，我們這樣的人家，萬萬是配不上杜家的，我本想攔著的，奈何——」

劉老二聽著，伸手打斷了李氏的話道：「妳的心思我知道，七巧大了，想給她找好人家是好事。我雖然今天讓杜大夫寫了婚書，卻並非已是認同了杜大夫。杜家在京城有些根基，且不說杜大夫對七巧是不是一往情深，光他家裡的家長，未必就能接受七巧的出身。我今天這麼做，是怕到時候七巧被杜大夫傷了，還要反被他們家的人詬病，說我們一戶鄉下人家想著攀高枝了，連女兒都管不好了，任她出門亂勾引人。到時候他們家若是敢這麼說，我就拿著婚書貼在他們腦門上，讓他們好好瞧瞧。」

李氏一聽，嚇得心跳加速。「她爹，被你這麼一說，我越發害怕了起來。這大戶人家的門檻當真就那麼難進去嗎？若是這樣，不如現在就給七巧張羅了一家可靠老實的人家，先定了下來才好。」

劉老二聽李氏這麼說，頓時搖搖頭道：「妳糊塗，這是後招。我瞧著杜大夫對七巧還是真心的，只是不給他一些壓力，他如何能讓七巧進他家門過好日呢？我這麼做，也不過就是防小人不防君子而已。若是他真的有辦法讓七巧進杜家當正頭少奶奶，我也樂得當寶善堂杜家的親家。」

李氏被劉老二君子小人地繞得雲裡霧裡的，只一個勁兒地點頭，嘴上又不捨地說：「也不知道你這一走，今兒過年之前能不能回來？過不了幾日就是七巧十四歲的生辰了，往年都是一家人一起過的，這會兒她又要去王府當差，只怕王府裡也沒人給她做長壽麵了。」

劉老二攬了李氏，湊到她耳邊道：「我過兩日就要走了，妳拿什麼犒勞犒勞我呢……」

當夜，一家人吃了團圓飯，劉老二便送了劉七巧回王府。他明日一早也要去軍營集合，後天就要隨軍出發了。

因為王爺要出征，王妃請了三位姨娘來青蓮院送王爺一程。

徐側妃是大姑娘的母親，王妃還沒進門的時候就已經是王爺的通房丫頭，生了大姑娘之後便一直無所出，如今已經提前進入了老年唸佛的生活。

方姨娘是在王妃生下了世子爺之後，她身邊的丫鬟正好到了年紀，出去配了人，老王妃賞過去的。當時只說是賞個貼身丫鬟用用，可王妃又如何不明白老王妃的意思，所以等身子索利了，乾脆給她開了臉，跟在王爺的身邊。她生下了二姑娘之後，還生了一個庶出的兒子，如今也已十一歲了，都在家學裡頭上課。

還有一位姨娘，也是這一群人中最年輕的，說起來倒是有些來歷的。當年皇帝下江南的時候，一路上帶回了十幾個美人，在太后娘娘的授意下，賞給了京中的達官貴人。

皇帝對王爺一直敬重有加，所以這人選裡頭並沒有王爺，可偏偏有王妃的父親梁大人。梁大人五十多歲，家中只有一妻一妾，被傳為京中美談。王妃得知此事之後，見母親哭紅了眼眶，便在王爺的枕邊吹了些耳旁風，王爺想了半天，最終還是答應了，替老丈人解了這燃眉之急，把這女子納回了自己家裡。

這位姨娘在進了王府之後，一直是一個安安靜靜的女子，閒時撫琴寄思、累時枕書安眠，如今一晃十年過去了，她卻還像是當初進王府時候的模樣。二十六歲的年紀在劉七巧看來，正是女人散發魅力的時候。

按照她這樣的容貌和才情，照道理就算不寵冠後宅，也不應該是如今這副光景。劉七巧暗暗觀察過這位林姨娘，從身段形容來看，還像是一個處女……

王妃進門，見三人都已經在廳內候著，便道：「明日一早王爺就要去軍營了，也等不及妳們一一來行禮，所以這麼晚才讓人把妳們喊過來，也算是話別一番了。」

人家夫妻之間話別，總是兩人在閨房中卿卿我我一番，耳鬢廝磨，可是作為小妾，她們沒有選擇的權利，只能在主母的寬厚待遇下，做一番循規蹈矩的話別。

「王爺儘管放心，太太這邊有丫鬟服侍著，我們幾個也會時常過來請安，王爺在戰場上一定要小心自己的身子，莫要讓太太擔心才好。」先開口的是徐側妃，說話很是穩妥得當，就是沒有一點點身為女人的自覺，完全就是把自己當一個奴才。

第二個開口的是方姨娘。方姨娘算是王爺比較寵愛的一個人了，是三個妾室中唯一生了兒子的，總覺得王府另外一個側妃的位置非她莫屬，常常拿自己當個角色看。

「妾身希望王爺早去早回，得勝歸來，能回來吃上年夜飯是最好的，若是不巧，那也好歹能趕在蕙姊兒出嫁之前回來，妾身就心滿意足了。」這句話是站在一個男人的女人的基礎上說的，比起徐側妃的規規矩矩更顯得貼心一點。王爺點點頭，表示知道了，先對兩位說：「妳們兩個都是府裡的人，在王府的日子比太太還久，最應該知道府裡的規矩，太太用不著妳們服侍，妳們守好自己的一畝三分地，不出來搬弄是非就行了。」

王爺交代完了，兩人忙點頭稱是，林姨娘只站在一旁，依舊一言不發。

王妃見她神色淡淡的，倒真像沒有什麼話想說的模樣，便道：「時候也不早了，妳們各自回去吧。」

三人點頭，林姨娘朝著王爺福了福身子，眉眼中並沒有半點留戀，轉身跟著徐側妃和方姨娘走了。

第三十九章

林姨娘回房，淡然坐到了床邊，眼神冷冷看著窗外黑壓壓的天，嘆了一口氣。

一個老嬤嬤從簾子外頭閃了進來，見了她這樣子，只嘆息道：「小姐，您何苦這樣為難自己、為難王爺呢？依我看王爺對太太的心思，那是斷然不會改的，您盼著王爺和太太生分，還得順著王爺，以後若是有了一兒半女的，在王爺面前說話也有了底氣。您瞧瞧人家方姨娘，如今都有正頭主子的派頭了。」

林姨娘扭頭，神色黯然，想了想道：「我若是從了他，只怕他越發不把我放在心上了；我雖不委身於他，可他還不是隔三差五往我房裡來。他已將我的身世查了個一清二楚，但凡我有一點點的動靜，他都絕饒不了我，我也只能憑著這股傲氣，讓他不看輕我罷了。」

那老嬤嬤心疼地為她點上了燈，走上前來道：「如今王爺要去邊關了，家裡頭又是二太太管家，她怎麼管也管不到大房來，不如趁這個機會，索性就……」

見眾人走後，王爺便留下來和王妃說起了悄悄話，夫妻之間自然是濃情密意，何況王爺臨行在即，王妃是越發難捨難分。

「明兒你就要走了，千言萬語我也說不出口，這是前些日子在法華寺求的平安符，了然大師開過光的，可以保平安，你好歹隨身帶著，我也好放心。」

平安符是再樸素不過的東西，王爺接在了手中，卻是滿滿的暖心，只把它放在平日隨身掛著的荷包裡面，道：「我已經隨身帶著，妳在家中也要注意身體，凡事不要太過操勞，好好養胎，一切等我回來再說。」

王妃點點頭，看見王爺身上帶著的荷包有些舊了，便道：「許久都不曾做針線了，這都舊了，你還不如換了別人的呢。」

王爺搖頭道：「妳做出來的，和別人的怎麼一樣？」

王妃又是一陣羞澀，兩人坐在床頭又說了好一會兒話，王爺本來想溫存一番，但是想起王妃如今的身子，便也忍了下來。

青梅一早就洗漱完了，坐在床上打了一個哈欠，對劉七巧道：「七巧，妳這兩日不在可把我給累壞了，明兒開始我可要休息休息了，我給小少爺做衣服呢。」

劉七巧見青梅一本正經的模樣，便笑道：「孩子還沒出生呢，妳怎麼知道就是個少爺呢？」

青梅很肯定地道：「我聽人說，肚皮尖的生兒子、肚皮圓的生女兒，我看太太這肚皮又尖又挺的，準是生兒子的。」

劉七巧保持沈默地笑了笑。肚皮的形狀取決於胎兒在母體的位置，哪怕孕婦的肚子尖出一個小山頂，也未必一定生出男孩子。

「行了行了，明天妳忙妳的，我來服侍太太就好。也不知道過幾日會怎樣，世子妃的死訊還瞞著，妳說萬一讓宣武侯府的人知道了，會不會上門來鬧事呢？」好好的閨女在別人家死了，就算是個庶出的，只怕宣武侯府也不會就這樣善罷甘休吧？

青梅在炕上翻了一個身，看著七巧道：「這還真說不準，不過我聽綠柳說，世子妃死的那日白天，侯府的二小姐來過，兩人在世子妃的房裡說了好一會兒話。世子妃那幾日精氣神一直不好，聽說是又哭了一回。」

「怎麼沒聽翠屏這麼說呢？」劉七巧狐疑道。「那日翠屏只說侯府的二姑娘來了，可沒說起世子妃哭的事情啊？」從第一次見到侯府的二姑娘，她就覺得是個厲害角色，對著搶了自己夫婿的姊姊還能笑得出來，要麼她是個真好人、要麼她是個假傻子。

「我聽綠柳說，世子妃自從沒了孩子，心情就一直不好，日日以淚洗面。就因為這個，翠屏才去請了侯府的二小姐過來，原本是想勸勸她的，誰知倒是把世子妃給勸死了。」青梅說著，臉上也露出對秦氏的同情，只蹙眉道：「終究是個庶女，若是嫡女，怎麼說侯夫人也該親自來看看才是。」

劉七巧一時不知如何接話，只嘆了一口氣道：「人已經死了，現在說什麼都晚了。」

這世上沒有不透風的牆，雖然王府上下把秦氏的死訊給瞞得結結實實的，可還是有下人偷偷把事情通報給了宣武侯府。

宣武侯府的大廳內，宣武侯夫人正指著外頭罵道：「這恭王府居然做出這等事情來，簡直太不把我們宣武侯府放在眼裡了！如今人都死了兩天了竟秘不發喪，大熱的天，屍體在弘福寺放著，只怕是要壞了啊！」宣武侯夫人對秦氏倒是有幾分真心，畢竟打小就跟在自己的身邊。

這時候，宣武侯還沒下朝回家，那個不成器的庶子又不在家，秦巧月把那些下人們都遣了出去，安慰起自己的母親來。

「母親太糊塗了，這是什麼節骨眼，要是亂喊出去，只怕皇上不但不會幫我們侯府，還會連累到爹爹。」

宣武侯夫人愣怔道：「理虧的明明是恭王府，關我們侯府什麼事？」

「就算理虧的是恭王府，可這時機也不對啊！明天恭王就要帶兵出征，這事要是被鬧了出去，可大可小；家裡出了喪事，他是去還是不去呢？他若是去不成了，誰最心煩？萬一到時候龍顏大怒，就算我們侯府是無辜的，也會因此受累的。母親斷不能為了一時的意氣，讓爹爹在皇上面前失了顏面。」

宣武侯夫人被二姑娘這番話一說，頓時也清醒，想了想又道：「可是，好好的一個人就這麼沒了，難道妳心裡頭就沒有過妳這姊姊嗎？好歹也是跟著妳一起長大的。」

秦二姑娘臉色一冷，挑眉道：「她若是心裡有我這個妹妹，怎麼會做出奪我夫婿這種事情來？從一開始她就沒當我是她的妹妹，我又何必當她是我的姊姊？」秦二姑娘說著，轉身看著宣武侯夫人道：「而且依我看，她是不是我姊姊，還難說呢！」

宣武侯夫人聽她越說越離譜，便道：「妳胡說什麼呢？她雖然不是我肚子裡下來的肉，但也肯定是妳爹的女兒，這難道還會有錯？」

秦二姑娘冷笑道：「母親還記得不？我和她從小是一起長大的，她唸什麼書，我也唸什麼書，爹是崇尚女子無才便是德的人，我跟她只上了一年閨學，認了幾個字而已，結果我成了眾人眼中的白丁，她卻成了大家交口稱讚的才女。她看的書，我一本沒少看，緣何我就是個笨的，她就如此聰明絕頂了呢？依我看，還不知道她是從哪裡冒出來的妖怪呢！」

秦二姑娘說著，湊到宣武侯夫人的耳邊繼續道：「娘，上回她跟世子爺吵架，翠屏就親耳聽見她口口聲聲說那王府的劉七巧是個妖怪，說她什麼十幾歲就能接生治病，還不知道從哪裡來的。依我看，她們準是一夥的。」秦二姑娘說得眉飛色舞，又將那天在王府劉七巧把秦氏堵得臉面全無的事情添油加醋地說給了侯夫人聽，繼續道：「翠屏還說，她一開始想著把王妃養肥了，等生的時候孩子太大，好讓王妃難產死了。誰知道後來來了一個劉七巧，一下子就看穿了她的心思，幫王妃把關得緊緊的，她這才沒了辦法。」

宣武侯夫人聽著女兒口中一五一十地說出這些話來，嚇得一時間連話也說不清楚，萬分驚恐道：「這……這……這些事情都是翠屏跟妳說的？」

秦二姑娘臉上露出得意的神色，點頭道：「那是自然，翠屏說雖然秦氏讓她開了臉，但她從沒讓世子爺碰過一回，翠屏心裡悔得很，直呼自己跟錯了主子。」

宣武侯夫人漸漸平靜了下來，看看自己眼前的女兒，又想起秦氏生前的種種，瞇了瞇眼睛道：「只怕是妳瞧見了恭王世子，也起了心思吧？」

秦二姑娘被說中了心事，臉上微微露出些紅暈，擰著頭道：「他本來就是我的，我還不能惦記自己的男人嗎？」

宣武侯夫人憋著一股氣，險些內傷，又瞧了秦二姑娘這副樣子，也只搖頭道：「妳最好燒高香讓他這次能平安回來，到時候我再託人去王府說一說，雖然妳姊姊沒留下孩子，不過妹妹給姊夫當續弦的事情也是常有的。」宣武侯夫人說完之後，忽然想了想道：「只不過，妳若是過門了，翠屏這丫頭就不要留著了。這樣的丫頭，慣是牆頭草兩邊倒，是最下賤的人。」

秦二姑娘見宣武侯夫人話中都向著自己，頓時害羞地點了點頭，母女兩人又開開心心聊了起來……

第二日一早，劉七巧服侍王妃起身，青梅正在房中為王爺穿上鎧甲。

劉七巧服侍王妃坐下，親自到門外囑咐小丫頭去廚房傳膳，才抬腳就見周珅從門外進來，也是穿著一身銀色的甲冑，手中抱著一頂帽盔，上面的紅纓鮮豔。

他看見劉七巧，只勾了勾唇角，劉七巧急忙低下頭，面癱一樣地任他從自己身邊走過。

他忽然停下來，轉過頭看了一眼劉七巧道：「七巧，等我得勝歸來，妳也是時候及笄了吧？」

劉七巧挺直了脊背道：「七巧還小，過幾天才是初七，七巧要到明年七月初七才及笄。」

他卻淡淡一笑道：「渾說，過了年就是長了一歲，從沒說要等到生辰的。」

劉七巧瞪了他一眼，笑著道：「那七巧還要麻煩世子爺多多照顧著老四，七巧還等著他回來向我提親呢。」

周珅若有所思地點點頭，笑意淡淡。「照顧，一定好好照顧。」

劉七巧這才覺得後背涼涼的，這麼說……不會給老四招事吧？萬一送死的事情都讓老四去做，可不是她害死王老四了？

劉七巧連忙道：「唉呀，老四渾身肌肉，看著就倒胃口，我還是再考慮考慮別人吧。」

周珅忽然笑道：「好，妳好好考慮。」

劉七巧腹誹道：我再怎麼考慮，也不會考慮到你身上啊……

周珅進去，向王爺和王妃行過禮。王妃問他道：「可有用過早膳了？」

周珅道：「還不曾用過，先過來瞧瞧母親。」

王妃起身，伸手為周珅整了整鬢髮，萬分疼惜道：「你生下來的時候，不過一尺來長，如今卻已經和你父親一般高了。」王妃感嘆著，又看向王爺，兩人眼神交流一番，視線又回到了周珅的臉上。「如今你和你父親一起出征，一定要好好保護好你父親，知道嗎？」

「孩兒會的，孩兒保證一定讓父親平安歸來。」

王妃點點頭，有道：「不光是你父親，還有你，還有我們王府出去的任何一個人，都要平安歸來。大家都是有家有口的人，我們當主子的是帶著他們過好日子，不是讓他們為我們賣命的，你可知道？」

周珅使勁地點了點頭，誠懇道：「挑出去的家將都是訓練過的，都有些身手，母親儘管放心。倒是母親，一定要好好注意身子，給我添個弟弟才好。」

王妃聽他這麼說，便笑道：「你已經有了一個庶弟了，我這一胎是不是男孩也不打緊，只盼著一切平安才好。」

周珅點頭，王妃拉著他坐下，又把自己從法華寺求的平安符也給了他一個，開口道：「一起用了早膳，同你父親一起去壽康居給老祖宗磕了頭再走吧。」

不一會兒，劉七巧備了早膳進來。因為是王爺臨走前最後一頓早膳，劉七巧特別起了個大早，用心準備了幾個有彩頭的早膳。

「這是四喜餃、這是鴛鴦卷、這是如意糕、這個是金絲燒麥，還有這是桂圓蓮子紅棗糯米粥。」劉七巧一邊說，一邊上前，將袖口捲起三寸，用公筷為三人布菜。

那白嫩的手臂在周珅的眼前晃來晃去，讓周珅忍不住心猿意馬了起來。他埋頭吃著劉七巧送上來的早點，連話都顧不得說一句。

「今兒這早膳倒是有點意思，七巧，妳是特意準備的嗎？」王妃一邊吃一邊問起劉七巧。

劉七巧笑著道：「不過就是討個口彩，希望王爺這次上戰場能旗開得勝，早日把那些韃子打走了，我也好早點見到我爹啊！」

王妃見劉七巧這麼說，又想起馬上要去邊關的丈夫兒子，頓時覺得和劉七巧同病相憐，拉著她的手道：「好七巧，改明兒開始我們就茹素，一起祈禱著他們早些回來的好。」

劉七巧聽王妃這麼說，笑著搖頭道：「那倒不必了，其實……肉很好吃。」

王妃聽劉七巧這麼說，原先的鬱悶一下子掃盡了，摀著嘴笑道：「妳這丫頭，專挑不正經的說笑，是在我這邊肉吃少了，覺得身上沒油水了？」

劉七巧笑著道：「可不是？上回老祖宗還說呢，明明我和秋彤看著差不多大，怎麼她像個姑娘家，我就跟一個黃毛丫頭似的。」

王妃聽劉七巧這麼說，上下打量了一眼劉七巧，確實還是一個黃毛丫頭的身段。她本來就瘦削，雖然比來的時候看上去似乎高了一點，但這張娃娃臉和胸口，還是讓她比同齡人小了一點。

劉七巧偷偷瞥見周珅的視線也落在自己的身上，故意低頭。因為天氣太熱，她今天特意穿了錢大妞做的新式肚兜，很薄，就連原來還有一些的弧度都給遮掩了起來。

劉七巧心道：看吧看吧，我就是這麼一個乾巴身材，求求你千萬別看上我。

周珅收起視線，繼續喝了兩口粥道：「我吃飽了。」

王妃便道：「怎麼才吃這麼一點？七巧再為世子爺挾一點。」

劉七巧只好上前，拿起公筷為周珅又添了一塊如意糕。她個子不高，站著才超過周珅坐著的高度一些，周珅的視線淡淡掃過劉七巧的胸口，臉上神情一如以前一般淡然。

片刻之後，王爺和世子爺都用過了早膳，兩人便辭別了王妃，往老王妃的壽康居去。王妃一路目送兩人穿著盔甲的背影慢慢遠走，低頭落下淚來。

第四十章

杜老太太這幾天已經吃了幾瓶開胸順氣丸了。

原本這杜若回京，一家子開開心心的，皇帝也論功行賞，給了杜若很多嘉獎，可誰知道二房這幾天很不稱心如意。

首先是那位鄉下丫頭姨娘，也不知道得了什麼病，每日裡哭哭啼啼不止。以前還是小聲抽噎，最近變成了大聲嚷嚷，最厲害的一次甚至已經把白綾吊在了房樑上，準備一了百了了。

杜老太太氣得渾身打顫，直指著門口罵道：「她要死，你們都別攔著，吊死了最好！」

杜大太太連連上前為她順氣，那邊，杜二太太也低著頭不說話。杜老太太正在氣頭上，說話難免也難聽了起來。「當初妳若是勸著點，何至於讓這樣的賤人見縫插針，如今弄得家宅不安，真是造孽啊！萬一當真出了人命，還當我們杜家慣是欺良霸女的！這些鄉下人什麼做不出來，到時候有妳受的！」

其實杜老太太也是一時氣過頭了，杜家院裡面用的丫鬟，還當真有不少是從莊子裡選進來的丫鬟，不過大多的丫鬟都是老實人，至少在杜老太太面前都是恭恭敬敬的，也從未當面勾引主子，難得出了這麼一個，就被杜老太太抓到了。

杜蘅有杜二老爺的風流，卻沒有杜二老爺的手腕。杜二老爺的四房妾室能相處得和和美美，互相稱姊道妹的，他自己才一妻一妾，就已經如此焦頭爛額了。

事情的起因是杜老太太不讓那妾室養自己的閨女，雖然在古代嫡母養庶出的子女是正常的事情，奈何杜二老爺的二房沒做好榜樣工作，杜若的那些庶出的堂弟堂妹，都是養在姨娘跟前的。

所以這位姨娘為了爭這一口氣，天天給杜蘅吹枕頭風，杜蘅終於忍無可忍，決定把孩子還給她；誰知道趙氏也是個硬脾氣，當初是答應了閨女給她養，她才鬆口讓那個女人進門的，所以這件事免談。

而且趙氏自己生的是兒子，雖然對那個女人恨之入骨，倒沒有牽連孩子，對那閨女也是真心喜愛，所以不管是杜老太太還是杜二太太都站在趙氏這一方，任憑杜蘅怎麼說都不鬆口。

那妾室一看沒轍了，乾脆使出了一哭二鬧三上吊的把戲，還偷偷地進趙氏的房間去搶孩子，整個人瘋瘋癲癲。杜蘅一開始是心疼不捨，後來也漸漸麻木了，妾室見杜蘅都不管自己了，才想不開要勒脖子。

恰逢今日杜若在家，便去給那妾室把了脈搏，開了幾副平心靜氣安神的藥，讓丫鬟去給她熬了端過來。

這丫鬟是和妾室一個地方的老鄉，因為人老實，經常受人欺負，妾室對她倒有幾分憐憫之心，收了她當貼身丫鬟，因此她對這妾室還有幾分感恩之心，便對杜若道：「大少爺，依我看沐姨娘只怕是病了，好好的人怎麼就想著抹脖子呢？」

杜若方才給沐姨娘把過脈搏，除了身體虛弱的脈象之外，並沒有別的可疑之處，所以一時也不好回答，只道：「等她醒了，讓她把藥吃了，好好勸慰她，放鬆心緒，身子自然就會好的。」

杜若從沐姨娘處出來，又進去給杜老太太行禮。杜老太太一臉不高興地說：「這種人，死了都不足惜，大郎你還過去給她看病。」

杜若只笑笑道：「孫兒是大夫，她是病人，站在這個立場上，孫兒自然要去看病。」杜若看看角落裡的沙漏，命春生揹起了藥箱道：「今兒還要去恭王府為王妃請平安脈，孫兒就先走了。」

自從劉七巧進了恭王府，杜若恨不得每天都能去恭王府請平安脈，從前是每十日一次，到了如今是每五日一次。恰巧今天還是恭王出征的日子，想起這樣的日子，王妃定然會心緒不佳，作為太醫，他前去診脈以示關心是必要的。

人有了心事，難免就睡不踏實，王妃昨夜果然是一宿未眠，就連值夜的青梅今兒一早也頂著睡眼從王妃的房裡出來。相比之下，劉七巧一覺睡到了天亮，精神奕奕地在廚房跟著許婆子弄早膳。

劉七巧翻了翻黃曆，笑著道：「許嬤嬤，這黃曆還真有些講究，我昨兒出門運氣就不錯。」

許婆子笑著道：「這就是信則靈不信則不靈，準著呢！」

這時綠柳從廚房外頭進來，見了劉七巧便悄悄朝她招了招手。

劉七巧拿了兩個剛出鍋的窩窩頭，遞給綠柳一個，兩人躲到廚房外頭說話。

「綠柳，什麼時候玉荷院要妳親自來廚房傳膳啦？」玉荷院有專門跑腿的丫鬟，那時候，秦氏把每個丫鬟的分工都寫得很明確，綠柳是專門看院子的，不像自己，為了讓王妃吃得健康一點，每天必須早起，做出讓王妃滿意的早餐來。劉七巧覺得她從王府出去的那一天，要開一家菜館應該是沒問題的了。

「妳忘了，世子妃的陪房和丫鬟們都去了弘福寺了，如今玉荷院沒幾個丫鬟，還有兩個又滿是老太太賞的通房，就等著世子爺回來升姨娘呢，怎麼可能親自來傳膳？」綠柳說著，心中又滿是不服道：「知書也就罷了，她從小就跟著世子爺；可是那秋彤長得沒妳好看，她爹又沒妳爹能幹，怎麼就輪到她了呢？老祖宗不是很喜歡妳嗎？」綠柳一臉可惜地看著劉七巧道：「七巧，妳怎麼那麼老實呢？那天在荷花池邊上，我們都看見了，世子爺抱著妳的樣子，心疼得跟什麼似的，她們倆見了臉都綠了。」

劉七巧猛然發現，那天在荷花池邊上的事情，雖然該忘記的她們都忘記了，但是某些沒有特別囑咐一定要忘記的事情，她們卻深深記住了，並且一傳十，十傳百地傳播開來了。

「我這不是膽小嗎？世子爺是見我膽小，所以才……」劉七巧也覺得這種解釋很沒說服力。果然綠柳吐吐舌頭，道：「旁邊的丫鬟個個都嚇得兩腿打顫呢，可世子爺偏就看見了妳一個？偏就抱了妳一個？妳說這話也未免太糊弄人了。」

劉七巧為難了，看著綠柳一臉關心的表情，只能咬牙道：「不瞞妳說，我爹走之前，已經給我許配好人家了，就等著他和王爺得勝歸來，便要把我求出去給嫁了呢！這事妳以後可別再提，萬一讓我未來男人知道了，可是不得了的！」

綠柳聽了，先是一臉震驚，然後是一臉失落，最後道：「七巧，不會吧？妳爹真的把妳嫁了？妳爹到底怎麼想的啊？連王府的側妃都看不上，他倒是給妳找了戶什麼人家呀？」

劉七巧只能一臉茫然地皺眉道：「我也不知道。」

綠柳見劉七巧實在沒有半點自覺，也只能搖了搖頭，一臉無奈地說：「好吧，七巧，祝妳能嫁得好。」

劉七巧想起了杜若，心情頓時很好，點了點頭道：「承妳吉言，一定一定。」

綠柳覺得劉七巧沒救了，便也不再勸她了，忽然抬頭道：「我想起一件事來，那天翠屏說起秦家二小姐來看世子妃的事情，她沒說實話！」

劉七巧頓時警覺了起來，小聲問綠柳。「妳倒是說說她哪兒沒說實話？其實依照世子妃的心性斷然不會自尋短見，就算她是因為沒了孩子才輕生的，那也不會等到十幾天之後才想到。依我看，這裡頭肯定有什麼是我們不知道的。」

綠柳瞧著左右沒人，便也不隱瞞地對劉七巧道：「那天我在院子裡，聽見秦二小姐在房裡跟世子妃吵得很凶，世子妃就在那兒一個勁兒地罵翠屏姊姊，說她吃裡扒外，就想著爬世子爺的床，根本沒把她的臉面當成一回事，搞得整個王府現在都知道她跟世子爺的關係不好。」綠柳說著，也不敢太過張揚，壓低了聲音道：「我那時候還想著，我要是被人這麼罵，我自個兒都想去死了，誰知道半夜翠屏姊姊沒死，倒是世子妃死了。」

劉七巧聽到這裡，越發覺得秦氏的死定然不簡單，且不說一個大活人從玉荷院走出來，這不只有幾步路的距離，總該有值夜的丫鬟婆子看見，可偏偏那天晚上大家都沒有說半句話，那些跟著秦氏一起嫁來的人似乎對秦氏的死並沒有多少驚訝……

劉七巧還想再問幾句，裡頭的許婆子道：「七巧，王妃早膳好了，妳領著小丫鬟拿走吧。」

她連忙辭別了綠柳，拿著許婆子早已裝好的食盒，領著幾個小丫頭回青蓮院去了。才服侍王妃吃過了早膳，杜若就過來了。

杜若一進門就看見劉七巧站在王妃的身側。她今日穿著一件水綠色的綢緞長裙，外頭套了一件短褂子，梳著在王府中丫鬟常梳的雙髻，亭亭玉立在一旁，朝著杜若點頭笑了笑。

杜若只覺得心上要開出了花，忙不迭避過了劉七巧的眼神，向王妃行禮道：「今日王爺遠行，太太覺得如何？可有哪裡不適？」

王妃被說中了心事，也只是搖搖頭道：「只怕這心病還需心藥醫，我且自己稍微放寬些心思，幸好還有丫頭和孩子們陪我聊天說話。」

杜若拿了藥枕出來，為王妃請脈。他行醫問診的時候分外認真，表情一絲不苟。劉七巧站在一旁，偶爾不自然地垂下頭去，偷偷瞄杜若一眼。

「脈象上倒也穩妥，我開一副調理的藥茶，若是太太晚上睡不著，可以讓丫鬟熬一碗喝下去，能讓自己睡得舒坦些。」杜若開口，從藥箱拿了紙箋，鋪在一旁的茶几上寫了起來。

劉七巧等他寫完，便喊了院裡頭的小丫鬟，命小廝出去拿藥。

因為劉七巧把秦氏的死告訴了杜若，所以杜若知道秦氏已經不在府中。可他例行公事是要為秦氏也診脈的，所以開口道：「今兒玉荷院那邊的小丫頭怎麼沒來迎？」

王妃一聽，只覺得心煩的事情一樁接著一樁，只是支著額頭皺眉。劉七巧對著王妃福了福身子道：「太太，這事我來跟杜太醫說一說。」

王妃聞言，便點了點頭，先由青梅扶著進房休息去了。

劉七巧揹著藥箱，跟在杜若的身後。

秦氏的事情杜若已經知曉，所以她也沒有再說，只是沒頭沒腦地說：「你知道自己淹死的人和死後被人丟進水裡的人，屍首上有什麼區別嗎？」

杜若有些不解地問道：「妳怎麼又研究起這個了？」

劉七巧皺眉道：「我就是想不明白，世子妃那樣的人，處處掐尖要強，會為了掉了一個孩子就自尋短見嗎？我那天在她房裡那樣說她，她最後還不是一口喝了打胎藥，別提有多慷慨激昂了。」

杜若有些不理解道：「怎麼，妳覺得世子妃的死另有原因嗎？」

劉七巧皺眉，想了想那日玉荷院裡那些下人們的反應，搖搖頭道：「問只怕問不出什麼來，倒是要讓世子妃自己開口了。」

杜若不禁覺得後背發冷，汗顏道：「七巧，世子妃都已經死了，妳怎麼讓她開口說話呢？」

劉七巧揚起了臉，笑嘻嘻地看著杜若道：「死人也是會說話的，而且死人只會說實話。」她說著，忽然頓了頓步子，把身上的藥箱遞給了杜若道：「你等著，我去王妃那裡說一聲，可千萬別走。」

無論如何，劉七巧也不願意秦氏就這樣不明不白地死了。雖然她死了那麼多天，娘家那邊半點動靜也沒有，要麼就是宣武侯府當真不知道這個消息，要麼就是宣武侯府已經商量好了對策，打算以不變應萬變了。

劉七巧回到青蓮院，見王妃正在裡間的軟榻上靠著，便湊到王妃的耳邊道：「太太，奴婢想去一趟家廟，看一看世子妃的屍身。」

王妃睜大了眼珠子道：「好好的妳去那兒幹什麼？這屍體放了有些日子，又是大熱的天，只怕都不好了。」

劉七巧壓低了聲音道：「太太，妳認識的世子妃，是個會因為掉了個孩子就想不開去自盡的人嗎？她從沒了孩子之後在玉荷院養著，便是老太太送了知書和秋彤去，她也沒吭半聲，我怎麼瞧都覺得她不像是個會輕生的人。」

王妃從未想過這個問題，如今被劉七巧這樣一說，頓時也覺得有點說不過去，只是心上還不能確定地道：「難道是玉荷院裡的人把她給害了？」王妃有些後怕地想了想，按著胸口道：「這屍體是從荷花池裡撈起來的，誰那麼能耐，能從玉荷院把她給弄出來呢？」

這是事情的關鍵，可是那天劉七巧沒有跟著回玉荷院，所以也沒有問過玉荷院裡的下人。那時候已是下半夜了，值夜的婆子偷懶睡覺也是有的……反正一句話，如今肯定是死無對證了。

劉七巧想了想道：「奴婢斗膽，把世子妃的事情跟杜太醫說了，我尋思著左不過這一、兩天，太太也要跟老祖宗商量給世子妃發喪的事了，到時候宣武侯府追究起來，難道太太就只說世子妃是心窄、尋了短見？」

王妃昨晚沒睡好，今天正頭暈著，聽劉七巧這麼說，越發覺得混亂成一團。想了想，終究還是不放心。「被妳這麼一說，我越發也擔心起來了，不如妳和杜太醫去看看，若世子妃真是被人給害死的，我們也要還她一個公道。」

劉七巧這時候並沒有什麼把握，只是憑自己對秦氏的為人去推測而已，便道：「太太莫擔心，等我和杜太醫查明了世子妃的死因再回來告訴太太，到時候，太太再和老祖宗商量出喪的事情也不遲。」

王妃只點了點頭，目送劉七巧出去。

第四十一章

杜若正站在一棵梧桐樹下等著劉七巧，見她笑容燦爛地從青蓮院出來，身上洋溢著自信飽滿的神采，他的目光流露出濃濃的愛戀，只恨不得能馬上牽起劉七巧的手。

劉七巧走到杜若面前，想要伸手接他身上的藥箱，杜若避過身子讓開了，執意要自己揹著。她嬌嗔道：「別鬧，讓人看見了不好。」

杜若只好乖乖把藥箱遞給她。劉七巧揹著藥箱道：「杜若若，怕不怕死人？我們一起去讓死人開口說話好不好？」

杜若見劉七巧那一本正經的臉，笑著道：「七巧，我怎麼不知道妳除了能當穩婆，還能當仵作呢？」

劉七巧湊到杜若耳邊小聲道：「我還有很多很多的功能，你以後就慢慢知道了……」

杜若忽然想起上次他們同坐一輛馬車的時候，他的臉頰頓時又紅到了耳根。

兩人上了馬車，杜若坐在馬車裡，慢慢靠到劉七巧身邊，伸手把她摟在了懷裡。他聞著劉七巧髮絲中清新的皂角香味，覺得心曠神怡。

劉七巧側頭，看見杜若正盯著自己看得出神，靠到他的肩膀上道：「就算你這樣一眼不眨地看我，我也不會長得快一點。」

杜若被劉七巧說穿了心思，頓時覺得有些尷尬，想了想才開口道：「後天是七夕，我告了假，妳能也告一天假嗎？」

劉七巧被杜若這麼一提醒，才想起後天是七夕，也是自己的十四歲生日。往年生日都是在家裡，李氏給她下一碗長壽麵，她吃了麵條，就算是過完了生日。

「我這一個月告了好多假，再告假，只怕太太要辭工了吧？」劉七巧雖然覺得不好意思，但還是不忍心拒絕杜若道：「那我試試，告半天假如何？」

杜若點點頭，手上有點不安分地攬緊了劉七巧的腰，臉上露出淡淡的鬱悶神色。他想起杜蘅的那個妾室，頓時又頭疼了起來。就因為她，杜老太太把所有的鄉下人全部都一竿子打死了，為此還攆了幾個原來從莊子上來的丫鬟。

「怎麼了？不開心？」劉七巧伸手揉揉杜若的眉心，在他耳邊咬耳朵。

「妳說有什麼辦法能讓一個女人的心情可以平靜一點？讓她不要那麼激烈，明明沒什麼病，整天弄得跟失心瘋一樣，真是讓人頭疼。」

「心情不平靜？很暴躁？失心瘋？」劉七巧挑眉問杜若，心道：莫非是杜大太太提前進入更年期了？可是不可能啊，杜大太太怎麼看才三十七、八的樣子，怎麼可能更年期呢？難道是杜老太太推遲進入更年期了？那也不可能啊，杜老太太都快六十了，很明顯是老年人的花甲之態，只怕早已經過了更年期了。

「你能把她的症狀好好說一遍嗎？這沒頭沒尾的，就算我是劉神醫也不好判斷啊。」劉七巧打趣說。

杜若順勢把她抱入了懷中，讓她坐在自己大腿上，握著她一雙手道：「是這樣的，原本我不覺得跟我奶奶說妳的事情有那麼難辦，只是因為最近家裡出了一點小事情，我奶奶對鄉下人特別敏感。」

杜若說著，便把杜二老爺兒子的事情一五一十地告訴了劉七巧。在劉七巧看來，千錯萬錯，最錯的就是那個杜蘅，於是惡狠狠地道：「你那堂弟也忒不是東西了，怎麼能趁著老婆大肚子就搞了院裡的丫鬟？兔子還不吃窩邊草呢！更何況你那弟媳婦已經把自己的兩個丫鬟都拱手送給他當通房了。」

劉七巧越聽越窩火，擰著杜若的脖子道：「我沒陪嫁，就我一個人，你是不是將來也要左一個通房右一個通房的？快點現在都說明白，省得以後我也跟你弟媳婦一樣苦命。」

杜若見劉七巧發起火來，頓時有些忍俊不禁，連忙發誓道：「我房裡如今一個通房也沒有，我這身子骨，有妳一個剛好湊合，再多一個只怕消受不起。」

劉七巧見他說得一本正經，噗哧一聲笑了出來。

兩人纏綿了半刻，才又繼續開始談別的正事。

劉七巧從杜若的話中得知，這位沐姨娘前一陣子剛生了一個閨女，可惜還沒看幾眼就被正室給領走了，才會無所不用其極地希望能奪回孩子。但是作為一個沒有地位的妾室，這顯然是沒有用的，所以她決定用死亡來爭取這個權利。

可她忘記了一件事情，她要是真的死了，那孩子就真的不是自己的了。

而且，從杜若的形容中，劉七巧覺得這位姨娘可能得了產後憂鬱症。

古代的醫療條件非常有限，對身體治療還處在落後階段，更不要說對心理健康的重視。基本上他們遇到這樣的病患並不會覺得她們是身體有病，而多半覺得她們是腦子有病。

心病還需心藥醫，其實心病在心藥醫的同時，也是離不開藥物控制的。

劉七巧想著想著，心道：秦氏會不會也是因為產後憂鬱症，所以才自殺的呢？不過按照她的厚臉皮程度，要抑鬱起來只怕難度還挺大的。

「你說的這個病例，我在前世確實遇到過，主要還是心理的問題。我覺得現在需要的是勸慰為主，藥物治療為輔，首先要讓她接受這個事實……」劉七巧說著，就覺得自己很沒說服力，孩子被人抱走了要怎麼接受啊？早知今日何必當初呢，當真以為少爺們的床都是好爬的啊……

「有可能讓她自己養孩子嗎？」劉七巧試探地問杜若。杜若沈默了半天，最後還是一臉為難地搖了搖頭。當初讓她進門的代價就是孩子歸趙氏養，杜老太太親自發的話，基本上是沒有任何更改的餘地。

劉七巧抬眼看看杜若，感嘆道：「身子弱點也好，就不怕你出去招蜂引蝶了。」

杜若被劉七巧這句話弄得莫名其妙，想通的時候，臉色就脹得通紅了。

劉七巧擰眉想了片刻。「不然這樣吧，回頭我去你家，我勸勸她。」

弘福寺離京城大約三十里路，那一片有著不少公爵侯府的家廟，靠著家廟有幾個莊子，也是王府的莊子。看管家廟的奴才不認識劉七巧，可是世子爺身邊的貴順卻是認得劉七巧的，見劉七巧來了，以為是王府終於想起了這事情，忙迎了出來問道：「七巧姑娘，世子妃的事情怎麼說？聽說今兒王爺和世子爺都走了，什麼時候發喪？這家廟不比王府，天氣太熱，冰窖裡的窖冰都快用光了，再這樣下去，世子妃的屍首都要壞了。」

貴順領了世子爺的命，奉命在這裡看守這些宣武侯府帶過來的下人。

劉七巧便開口道：「這是杜太醫，是王妃請來給世子妃驗屍的。世子妃那日走得蹊蹺，事出緊急，所以一應細節都沒來得及細問。眾人雖然是看著世子爺把她從水中拉起來的，但究竟是掉下去死了，還是死了之後又被推下荷花池的，卻不得而知了。」

貴順聞言，頓時警覺了起來，也覺得事態嚴重，引著兩人去了停放秦氏屍體的斂房。

「那夜我們來了之後，便把世子妃的屍體放在了這棺材中，下面用窖冰冰著，每日輪番換水。世子爺說，世子妃的死訊少說也要等他出征之後才會發布，所以讓我們千萬要保護好屍首。」

劉七巧走上前去，淡淡看了一眼秦氏的臉頰，顯然是已經整理過的，她原本就在月子中，看上去有些浮腫，但到底乾乾淨淨的，並沒有什麼傷口。收斂的人給她上過了胭脂，兩片臉頰上還帶著一絲不自然的紅暈，神態倒也安然，並不像是掙扎下猝死的模樣。

劉七巧又問道：「那天我先回了青蓮院，後來是什麼人給世子妃換的壽服？」

貴順一一回道：「是世子妃的陪房周嬤嬤。」

劉七巧又問道：「那她們除了給世子妃換衣服，還做了些別的嗎？」

貴順有些不好意思地說：「這個奴才也不知道，奴才從不進玉荷院的院門。」

她點了點頭，轉身看著杜若道：「杜太醫，我們兩個一起看看如何讓世子妃開口說話吧？」

杜若笑著點頭，轉身放下身上的藥箱，一旁的貴順嚇得東張西望了一番，縮著脖子道：「這這……七巧，不然我還是在外面給你們守著吧。」

劉七巧點點道：「你出去吧，世子妃怎麼說也是女兒身，你在這邊，只怕她會害羞，便不敢開口了。」

貴順連忙往後退了幾步，從斂房跑了出去，還覺得後背依然是涼颼颼的。

劉七巧這時候再看見秦氏，心裡已經沒有半點恐懼。如果說懼由心生的話，那夜小廝們把秦氏從荷花池拖出來滾到她前面的時候，她只覺得是自己的無心之失害死了秦氏，所以心裡內疚，才會那樣害怕。而今天她再看秦氏的時候，秦氏只是一具沒有生命的屍體。

杜若上前，伸手按了按秦氏的腹部，幾次用力之後，才有一絲絲的血水順著她的嘴角流出來。杜若遞給劉七巧一副羊皮手套，她戴上手套，拿帕子擦乾了秦氏嘴角的血水，按住秦氏的嘴迫使她張開嘴巴，從她的口腔中看進去。

沒有任何異物堵塞住秦氏的口鼻，就連幾次擠壓都只有血水，並沒有泡沫狀的東西從口鼻處出來。劉七巧放開秦氏的口腔，轉而去看秦氏的手指。秦氏手指修長，指甲修剪得很整齊，手掌隨意交疊在身前。劉七巧伸出自己的手，將秦氏冰冷的手握在掌中，很小心地從上到下依次檢查過秦氏手指的每一個關節。

秦氏手指的每一個關節都靈活自如，沒有因為過度掙扎而造成的勞損。再看秦氏的指甲裡面，顯然沒有任何一點點的泥沙和污漬。劉七巧知道，人在瀕死邊緣的掙扎是出於本能，並不會因為是自己跳河就主動不掙扎，除非是在落入水中的時候，她已經喪失了掙扎的能力……

現代法醫學可以根據解剖的屍體來判定屍體是自然溺死，還是死後造成溺死的假象；可是在古代顯然沒有這種技術，而且劉七巧也不想把秦氏開腸破肚，去看看她肺部的積水和腸道留下來的積液。畢竟在古代，能給死人留有一個全屍是一件很重要的事情。不過從剛才杜若擠壓出來的液體看來，顯然秦氏的體內沒有多少泥沙。

杜若見劉七巧開始檢查秦氏的四肢，他便又去檢查秦氏的頭。杜若伸手，正想托起秦氏的頭顱，忽然看見秦氏脖頸下面墊著的雪青色軟枕上有少許暗紅色的液體，看上去像血，又不像血。若不是因為他站的位置正好是光線折射，讓他看見那一點污跡，一般情況下是很難被人發現的。

「七巧妳過來。」杜若一時不能確定，便喊了劉七巧過去。劉七巧低頭，湊在秦氏腦袋邊上聞了聞，道：「這是組織液，難道她的後腦勺上有傷口？」人死去之後血液就停止流動，所以傷口不會滲出血液，但是會有暗黃色的組織液從傷口處溢出來。

第四十二章

杜若索性托起秦氏的身體，劉七巧除下了手套，解開秦氏盤在腦後的髮髻，一點點摸索著傷口的位置。被重物擊打過的地方會比較腫大，這是眾所周知的道理，但因為秦氏在坐小月子，且又是淹死的，所以她的頭看起來就比平常大很多，這一點點的腫大反而讓人忽略了。

劉七巧仔細辨認了一下，秦氏的左後腦大約有一處半塊銅錢那麼大的傷疤，有一道痕跡還比較深，一時間卻也分辨不出是什麼凶器。但是這樣大的一個傷口，也足以把秦氏打暈過去。

「杜若若，謝謝你！」劉七巧看著杜若。從剛才的那一刻，她已經確定，秦氏的死絕對不是自盡。

「七巧，是妳的細心和堅持，才能給世子妃洗清冤屈。當日妳在趙家村的時候，若不是因為妳，趙寡婦就要蒙受不白之冤。」杜若握住劉七巧的手，顧不得她剛才碰過秦氏的傷口，就要在手背上印下一吻。

劉七巧沒等他碰到自己手背，急忙抽回了手道：「做醫生的更要講究衛生，我們去洗洗手。」

他們洗好了手出來，貴順也在外面等得有些著急了。

劉七巧看了這一院子宣武侯府跟過來的奴才，頓時有了主意。

「你去把她們都喊過來，我有話要對她們說。」她覺得，秦氏如果是被人打暈了再丟進荷花池的話，玉荷院裡肯定有內奸，凶手一定就在這群人之間。

不一會兒，貴順就把宣武侯家的下人都喊到了斂房的門口。劉七巧站在臺階上向下面掃了一眼，神色鎮定地道：「你們世子妃醒了，我跟她沒什麼交情，如今她想找幾個信得過的人進去說幾句話，你們誰願意進去的，我去向世子妃通報一聲。」

此話一出，下面幾個下人都嚇得身子跟篩糠一樣，幾個人面面相覷、竊竊私語。秦氏的陪房周嬤嬤聞言便道：「這位姑娘可真會說笑，世子妃都死了幾天了，怎麼可能活過來呢？妳當我老婆子是三歲小孩子不成，這裡可是廟裡，菩薩們都看著呢，妳在這邊裝神弄鬼的，也不怕遭報應嗎？」

劉七巧聽她說完，淡淡一笑道：「我可沒說世子妃活過來了，我只是說她醒了過來。原則上，世子妃還是死的，不過就是詐屍了。」劉七巧這話一出，嚇得下面跪著的幾個丫頭尖叫了一聲，幾個人抱在了一團，一旁的丹桂急忙抱住了周嬤嬤，一張小臉嚇得發白。

周嬤嬤安撫了一下自己的孫女，挑眉對幾個丫鬟道：「少聽她胡說，大白天的詐什麼屍啊，還不就是嚇唬嚇唬妳們膽小的嗎？我老婆子不怕，我先進去見世子妃去。」

劉七巧看了一眼周嬤嬤，點點頭道：「周嬤嬤好膽量，那妳跟我進來。」

貴順帶著周嬤嬤進了斂房，劉七巧坐了下來，指著秦氏的屍體道：「妳跪下吧，一會兒世子妃該問妳話了。」

周嬤嬤雖然膽子大，但見了秦氏的屍體，難免心裡還是有些發怵，便恭恭敬敬地在蒲團上對著秦氏的棺槨磕了三個響頭，道：「世子妃，您有什麼話就問吧。」

劉七巧清了清嗓子，開口問道：「我問妳，那日我去了之後，是誰給我梳頭髮的？是誰為我穿壽服的？」

周嬤嬤抬起頭，看見發話的人是劉七巧，便知道她在裝神弄鬼，一下子也就不害怕了，擰著脖子道：「七巧姑娘想問什麼直接問就是了，我老婆子身正不怕影子斜，知道什麼就說什麼。」

劉七巧聽了，點點頭道：「那妳把我方才問的都說一遍。」

周嬤嬤回道：「那日給奶奶梳頭的是翠屏、給奶奶換衣服的是我。」

劉七巧擰眉想了想，又問：「妳為什麼不給世子妃梳頭，平日梳頭不都是妳幫她梳的嗎？」劉七巧在玉荷院當過兩天差，知道周嬤嬤梳頭好，平常秦氏都是指明了讓她進去服侍梳頭的。

周嬤嬤道：「我原先也是要梳的，翠屏說她服侍世子妃一場，最後也想為世子妃出點力，所以頭是她給世子妃梳的。」

劉七巧點了點頭，又問周嬤嬤道：「平常玉荷院外頭，會不會有男的來？」

周嬤嬤想了想道：「小廝們不准進二門，一般都沒人來。那天我休息，人不在院子裡，也是後來小廝們來喊了才進院子，一家老小就都被抓了過來。」周嬤嬤說著，又挺起了胸脯道：「世子妃這都死了五天了，王府就把我們這些人關著，到底是個什麼意思呢？我們好歹也是從宣武侯府跟過來的下人，世子妃在侯府也是慣受疼愛的，如今死了還要受這麼天大的委屈，也太不是個道理了。」

劉七巧也不生氣，任由周嬤嬤把話說完了，見她臉上神色倒是有幾分誠懇，便開口道：「既然這樣，那我也跟周嬤嬤實話實說了。妳覺得，按著世子妃的性子是個會尋短見的人嗎？上回世子妃回娘家，聽說妳也是跟著去的，究竟在宣武侯府發生了什麼事情，世子妃才突然暈了過去？」

周嬤嬤不是笨人，劉七巧提示到這兒，她茅塞頓開，臉上神色陡然嚴肅，低著頭，連話都不肯多說一句了。

劉七巧瞥了周嬤嬤一眼，笑著道：「玉荷院在世子妃的打點下，上上下下都是妳們宣武侯府的人，世子妃又在妳們院中不明不白地死了，這事情若是想賴到王府的身上只怕不容易。實話告訴妳吧，王妃已經知道世子妃並不是自盡的，不過就是念著這一年妳們在玉荷院中的苦勞，想放妳們一馬，識相的，最好把妳知道的都說出來。」

周嬤嬤跪在下頭，雖然是大暑天，卻覺得後背涼颼颼的，整個斂房陰風陣陣。她低著頭，慢慢開口道：「世子妃那日回去之後，和二小姐有些口角，究竟說了些什麼，奴才也不清楚。」

劉七巧心裡慢慢有了些想法。秦氏回了一趟娘家，和秦二姑娘吵了一架，孩子就沒了；之後，秦二姑娘下午來探望秦氏，晚上秦氏就投河了。說秦氏的死和這秦二姑娘沒關係，劉七巧可不相信。

「周嬤嬤倒是說說，世子妃和秦家的二姑娘之間到底有些什麼過節？我之前見過秦二姑娘一次，看著是一個很和善的人，不過就是高傲了些，對世子妃也是有禮的。」

秦氏搶了秦二姑娘男人這事，王府的人不大知道。雖然王府很多人都覺得奇怪，堂堂的王府嫡長子怎麼會娶了一個侯府庶女？但因為秦氏素來在京城有才女之稱，所以大多數人認為或許是王府惜才，壓根兒不會想到這門親事是秦氏半路截胡來的。

周嬤嬤想了想，事到如今秦氏也死了，也沒有什麼不能說的，於是便道：「七巧姑娘來府裡晚，一些緣故不知道也是有的。其實當初王妃到侯府求娶的是二姑娘，可誰知道最後王妃定下的卻是世子妃。」

劉七巧頓時張大了嘴巴，心道：果然人不可貌相，秦氏能嫁入豪門肯定有她的厲害之處。但所謂奪夫之恨不共戴天，劉七巧倒也覺得秦二姑娘恨得有道理。

可究竟秦氏死的時候，秦二姑娘是有不在場證明的，就算她有殺人動機也不能因此定罪。劉七巧覺得，應該想一個辦法引蛇出洞。

她支著下巴想了半天，忽然心生一計，到門口把貴順喊了進來，又問杜若道：「你有沒有什麼辦法，可以讓一個人假死的？」

杜若素來知道劉七巧古靈精怪，睨著眼看她道：「妳又想到什麼鬼主意了？」

劉七巧不依不饒地說：「你先說，到底有沒有這種辦法呢？」

杜若想了想，撓撓後腦道：「古書上確實記載了一種針灸之法可以讓人進入沈睡狀態，形同假死。」

劉七巧一聽，高興道：「那就是說你會嘍？來來來，快把她給針上。」

周嬤嬤一聽，連連擺手道：「不行不行，老婆子我年紀大了，禁不起假死，回頭萬一真救不活了該怎麼辦？」

劉七巧揚著下巴道：「世子妃的冤屈不解，妳們整個院子的人都要陪葬，反正到時候也是一死，周嬤嬤覺得是現在先假死一回好呢？還是到時候真死好？」

周嬤嬤還在猶豫，她湊過去道：「丹桂還在外頭跪著呢，她年紀那麼小，還沒許配人家吧？」

周嬤嬤一聽，臉上的神色頓時黯然了下來，只皺眉問杜若道：「杜太醫，真的只是假死而已嗎？」

杜若笑了笑，點點頭道：「不過就是閉息，幾個時辰就好了，嬤嬤不必擔憂。」

周嬤嬤想了想，世子妃死了，如今她和丹桂都被關在了王府的家廟，這種被關著的日子當真不好過，若是真的如劉七巧所說，世子妃是被人害死的，那人豈不是白害她們受那麼長時間的罪？周嬤嬤想到這裡，倒也很想知道她一手調教出來的那幾個丫頭片子，誰有那麼大的膽子！

「既然有杜太醫打包票，那老婆子我就姑且試試了。若是老婆子我醒不過來了，七巧姑娘可要負責這棺材錢。」

劉七巧笑著點頭，當即命貴順拆了一扇門板下來，讓周嬤嬤躺在上頭。

杜若從藥箱中拿出銀針，在周嬤嬤身上幾處穴道施針之後，劉七巧再去探那鼻息，果然只有進氣沒出氣了。劉七巧轉身跟貴順說了幾句話，貴順出門，對跪著的男男女女道：「周嬤嬤方才承認是她害死了世子妃，如今已經自盡為世子妃陪葬了。我知道妳們都是無辜的，奈何這件事關係到王府的名聲，所以老祖宗下令這件事不再追查下去，明日為世子妃開喪。妳們以前雖然是宣武侯府的下人，如今卻是王府的下人，若是想在這府裡安安生生待下去，最好都守口如瓶。」

下面幾個丫鬟老婆子聽了，震驚的震驚、哭的哭、嚇的嚇。但是躲在門後面的劉七巧還是瞧見了有鬆了一口氣的。

她不動聲色的轉身，對杜若道：「我們走吧。」

杜若不解問她。「費了這麼大的周折，就這麼走了嗎？」

劉七巧見杜若一副老實的模樣，剜他一眼道：「傻瓜，我們不走，蛇怎麼肯乖乖出來呢？」

這些下人在家廟裡已經關了整整五天，心裡肯定飽受煎熬，自然希望早些解脫。如今聽說明天就可以開喪，自然是巴不得的事。而真正的凶手這會兒除了鬆一口氣之外，應該還會意外為什麼周嬤嬤會認罪。一般人越是做了錯事越是心虛，所以這個人定然會趁著大家都不在的時候，偷偷來看看周嬤嬤是不是真的死了。

劉七巧走到門外，見大家都還跪著，便嘆了一口氣道：「大家稍安勿躁，我原本來這裡也是為了查證世子妃的死因，如今周嬤嬤既然已經認罪，那我也可以回王府回話了。」她說著，還故意流露出嘆息的神情道：「周嬤嬤是世子妃身邊得用的老人，我們大家也都受過她的指點，做出這種事情來，真是讓人心痛。」她說著，抬眸看了一眼丹桂道：「她是妳奶奶，妳先進去看看她吧。」

丹桂的爹娘都在秦氏陪嫁的莊子上打雜，只有她一個人跟著周嬤嬤在秦氏的身邊，聽劉七巧喊到自己的名字，頓時哭得險些背過氣去，抱著一旁的碧玉搖頭道：「不可能的，我奶奶不會害世子妃的，一定是你們弄錯了！不可能的！」

劉七巧臉上並沒有半點同情之色，只冷冷道：「妳們也都別跪著了，該做孝服的去做孝服、該唸經的唸經去。明兒王府派了管事的來，見了你們這副樣子，又要罵罵咧咧一頓了。」劉七巧說完，轉身看著杜若，斂衽道：「杜太醫今日辛苦了，請隨我一起回王府回話去吧。」

劉七巧說著，上前恭敬地接過了杜若身上的藥箱，兩人一前一後往寺廟外頭走，竟然沒有半點要留下的樣子。

眾人見劉七巧和杜若真的走了，覺得大事已定，便也紛紛散開。有幾個婆子窩在一起，數落那周嬤嬤生前做的壞事，還有幾個小丫鬟一起陪著丹桂，安慰她節哀順變。

這幾個丫鬟中，只有翠屏的情緒並沒有太大的起伏，見劉七巧和杜若走了之後便對丹桂道：「好妹子，快別哭了，好歹進去看妳奶奶一眼，送她一程。」丹桂才十三歲不到，一下子死了可以依靠的人，還沒緩過來，只趴在碧玉的懷中道：「我奶奶怎麼可能做這種事呢……她是看著世子妃長大的。」說著又嗚嗚嗚地哭了起來。

碧玉好心勸慰道：「我們心裡都清楚，世子妃其實是個不容人的性子，去年年底妳爹娘在莊上私下扣了佃戶的銀子，她當著眾人的面發落周嬤嬤，沒準周嬤嬤還為了這事生氣呢！」

丹桂回想一下，去年好像是有那麼件事情，世子妃確實當著大夥的面給周嬤嬤沒臉。但是事後周嬤嬤交還了銀子，世子妃也說了既往不咎，還提拔了丹桂當了院裡的二等丫鬟。

翠屏也跟在碧玉後頭道：「這人都已經死了，還能有什麼說頭？如今我們這麼多人被關在這裡，叫天天不應叫地地不靈的，周嬤嬤不認，我們也沒法子出去。」她說著，伸手拍著丹桂的後背道：「別哭了，進去送妳奶奶一程是正經。」

第四十三章

卻說劉七巧和杜若出了門以後，上了馬車便往京城的路上走，走沒多遠，她就喊住了春生道：「從這條道拐彎，我聽貴順說這兒通往家廟後頭的小門，我已經讓他在那邊接應我們了，我們再回去。」

杜若這時總算弄明白了劉七巧的意思。「妳就那麼確定那個凶手肯定會去看周嬤嬤的屍體？」

劉七巧道：「今天若是你殺了人，結果別人幫你給認罪了，你會覺得這世上有這麼好的人嗎？」

杜若想了想道：「恐怕沒有。」

「那若是那個人真的幫你認罪了，而且已經死了，你會不會不放心她是不是真的死了？」

他皺眉想想。「只有確認對方百分之百死了，才能保證自己安全，若是我，只怕也會冒險去看一眼。」

劉七巧見杜若想通了，於是朝他眨了眨眼道：「那我們也一起去看一眼，如何？」

春生把馬車駕到了家廟的後門，貴順一早就在那邊開了門，領兩人從後面的小道進去。

斂房設在觀音大殿側面，中間的一間停放著秦氏的屍體，左右還各有兩個小房間，都供著香案，平常是老尼姑唸佛的地方。

劉七巧和杜若進去的時候，還聽見斂房外頭幾個丫鬟還在門口哭。貴順把劉七巧和杜若從側門放了進去，因為沒有藏身之處，所以兩人只能窩在一張長供桌下面，貴順偷偷出去，從旁邊將側門反鎖起來。

這時候，丹桂已經哭得差不多了，在幾人的勸慰下，終於打算進來看看周嬤嬤的屍體了。

劉七巧屈膝坐在供桌下面，幸好前面有幡布擋著，外頭根本看不出裡面有人。杜若坐在劉七巧的身側，兩人並肩而坐，肩膀靠在一起，背後靠著牆壁，供桌上面還放著一個觀音大士的法像。

「她們可真磨蹭啊，這麼半天還沒進來。」劉七巧湊到杜若的耳邊小聲道。

杜若點點頭，想了想道：「這會兒天還沒黑呢，我覺得要是我的話，一定會趁著天黑再來的。」

劉七巧摸摸肚子，頓時有些後悔了。他們兩人一路光想著趕路，還沒用過午膳，這會兒約莫也快到申時了，被杜若這麼一說，也覺得自己的肚子餓了起來。

「臭杜若若，哪壺不開提哪壺，我現在真的餓了。」

杜若想了想，指著頭頂的供桌道：「上面有供著糕點，不然我幫妳問菩薩借一塊？」

劉七巧瞪了一眼，沒好氣地說：「去你的，菩薩的東西你也借，阿彌陀佛，童言無忌。」她一本正經地唸起了佛號。

不一會兒，外頭有了動靜，似乎是幾個小丫頭的腳步聲。劉七巧頓時屏住了呼吸，身子有點緊張，杜若乘機把劉七巧抱在懷中。

「丹桂，周嬤嬤真的死了，沒氣了！」劉七巧認得這個聲音，是玉荷院的碧玉。緊接著就是丹桂哭爹喊娘的呼聲，嘴裡一會兒喊著奶奶，一會兒喊著爹娘，也聽不出什麼要緊的。這時候，貴順從外面進來，見了就道：「看過了就走吧，死人有什麼好看的？再說了，周嬤嬤害死了世子妃，這不活該的嗎？」

丹桂又哭了片刻，抽噎的聲音小了，劉七巧趕緊從供桌下頭撥開一條小縫，朝著進來的幾個人看了一眼。只見丹桂哭得很傷心，不像作假；碧玉愁容滿面，看不出情緒；翠屏神色淡然，似乎最為平靜。

貴順上前，又看了一眼周嬤嬤的屍體，伸手摸了摸周嬤嬤的手背，道：「這都死了一個時辰了，怎麼屍體還沒變冷，難道杜大夫的藥也會有錯？」

三人之中，只有翠屏問道：「貴順，你知道周嬤嬤是怎麼死的嗎？我看著怎麼就跟睡著了一樣？」

貴順道：「這是杜太醫給的藥。她原本是要撞牆的，怕不好看，杜太醫說他家祖傳有一種毒藥，吃下去人死了就跟睡著一樣，沒什麼痛苦。」

杜若聽貴順在那邊吹大牛，湊到劉七巧的耳邊道：「這些話都是妳跟貴順說的？編得有模有樣的啊。」

劉七巧笑笑，繼續就著縫隙看戲。杜若又問道：「依妳看，妳說的蛇在不在這三個人中間呢？」

劉七巧點點頭道：「當然就在這裡頭。」

貴順說完，沒有逗留就離開了。那邊，丹桂還哭著道：「杜太醫他們家不是開醫館的嗎？怎麼也會有這種害人的毒藥呢？」

那碧玉勸慰道：「自古醫毒不分家，是藥也有三分毒，杜太醫這藥還算是好的呢，妳看周嬤嬤去得那麼安詳，不知道的，只以為她是睡著了而已。」

碧玉頭一次覺得死人沒那麼可怕，竟然又湊上去看了一眼，問一旁的翠屏道：「翠屏，妳說是不是？」

翠屏被嚇了一跳，急忙道：「啊，是啊，看著就跟睡著了的差不多。」

三人說著便出了斂房。杜若順著縫隙看得很明白，顯然翠屏的嫌疑最大。「怎麼不出去抓了她呢？」

「與其抓了她，嚴刑逼供讓她招認，不如等著抓個現形。」劉七巧說著。「你肚子還餓不？吃豆腐都吃飽了吧？」

杜若不明白劉七巧的意思，一臉茫然地看著她。「七巧，我們能走了嗎？」

「不能。」劉七巧想了想又坐下來，湊到杜若耳邊道：「我還有後招，確實得等到晚上才行。」

斂房外頭，貴順見三人出來了，便裝作若無其事地去巡視，然後走到一群正在縫孝服的人身邊道：「我剛剛進斂房瞧了，怎麼覺得那周嬤嬤一點兒不像死了的樣子，你們說她會不會再活回來？」

大家紛紛笑道：「不是你看著周嬤嬤死的嗎？」

貴順點點頭道：「是啊，杜大夫那藥靈得很，喝下去沒一會兒就沒氣了，可就是看著不像死人。」

大家紛紛勸慰貴順不要瞎想，人嚇人也是很容易嚇死人的。

不一會兒，貴順的話就傳到了翠屏的耳中。翠屏今日雖然在斂房看見了周嬤嬤的屍首，但當時還有丹桂和碧玉在場，所以她沒敢上前摸一把，聽貴順這麼說，她越發不放心了起來。

天色漸漸黑了，廟裡規矩森嚴，到了掌燈以後人就不可以亂走動了。劉七巧和杜若實在餓過頭了，就伸手拿了供桌上的糕點吃了起來。杜若道：「妳這一招引蛇出洞，蛇還沒出來，人都被妳餓死了。」

劉七巧往杜若嘴裡塞了一塊糕點，靠在他懷裡道：「能有這麼長時間跟我單獨在一起，難道你還覺得自己虧了不成？」

杜若想想，果然不虧，便笑嘻嘻地吃了起來。

四周暗了下來，門外忽然傳來了焦急而又輕緩的腳步聲。

杜若和劉七巧的動作同時停下，劉七巧半趴在地上，透過一道細縫，果然看見翠屏挽著一個籃子進來，籃子裡面放著紙錢銀箔。

翠屏放下籃子，從一旁的案桌上拿了一盞燭火在手中，拿燭火對著周嬤嬤的屍體上下左右照了一遍，又伸手摸了摸周嬤嬤的手背，這才將燭火放在一旁，對著周嬤嬤的屍體雙手合十拱了拱道：「周嬤嬤，我不想妳死的啊，可是妳既然已經死了，那就千萬別活過來。妳都死了幾個時辰了，怎麼身上還熱呼呼的？」

翠屏說著，眼裡忽然露出凶光，從髮髻上抽出一根銀簪，抖動著手腕道：「周嬤嬤，不要怪我，妳若是沒死絕，那我可要死了……妳是看著我長大的，這些年世子妃對我怎麼樣妳是知道的，我不是故意要害死她的，只是她太不把我當個人了……」

劉七巧聽到這些，渾身的血液都沸騰了起來，但視線一直停在翠屏手中那一支顫抖的銀簪上。

翠屏說著，忽然轉過身子，看著一旁秦氏的棺槨，道：「世子妃，妳把我提拔了給世子爺當通房丫頭，卻不讓世子爺碰我，讓我一輩子守活寡，還說我處處勾引世子爺。當初妳還不是用了下三濫的辦法，才從二姑娘手裡把世子爺給搶了過來的？我服侍妳這麼多年，妳連半點的主僕情分也不念，一句話就毀了我一輩子。」翠屏說著，忽然臉頰一揚，笑了起來。

「如今也算是老天有眼，周嬤嬤替我認了罪，妳和周嬤嬤本就親厚，讓她下去陪妳，妳也不孤單了。」

翠屏說完，一收臉上的冷笑，轉過身去，手中的銀簪正要扎下去，劉七巧踢開供桌前面的蒲團，大喊一聲。「慢著！罪是妳犯的，怎麼能讓周嬤嬤替妳頂罪呢？這樣我就是回了王府，也沒辦法向太太交代！」

劉七巧和杜若在供桌下待了太長時間，方從裡面出來便覺得小腿發麻，才走了兩步就覺得走不動了。杜若連忙也從供桌下爬了出來，一把扶住劉七巧。

這時候，貴順忽然進來，翠屏見自己已經被三人給包圍了起來，一時覺得無處可逃，便拿著銀簪子戳向自己的脖子。

貴順以前跟著周珅練過拳腳功夫，一腳踢了一個蒲團，撞在翠屏的腰上，翠屏被撞得一個踉蹌，手裡的銀簪落到幾步之外，貴順順勢就把她給按住了。

杜若急忙從藥箱中拿了銀針出來，開始為周嬤嬤施針，片刻之後周嬤嬤果然醒了過來。

劉七巧向周嬤嬤道：「周嬤嬤，翠屏已經承認是她害死了世子妃，不過細節我們還要回去好好問問，妳暫且在這邊再待上兩天，兩天之後，王府自然會有人來主持喪事的。」

劉七巧又囑咐貴順道：「今兒的事情不能洩漏半句出去，事情怎麼解決還得看府裡的意思。」

貴順點頭稱是，從門外喊了兩名家將進來，把翠屏押上了劉七巧和杜若的馬車。

兩人原本都飢腸轆轆，可這一路都忘了餓肚子這一回事。

劉七巧看著坐在對面的翠屏，開口道：「妳一個人頂多能打暈世子妃，是誰把世子妃丟到河裡的？」

翠屏低著頭，沒有半點要說話的樣子。杜若開口道：「她的嘴還被堵著呢，怎麼說話？」

劉七巧道：「等她想說話的時候，就算嘴被堵著她也會想辦法說給我聽的，她這會兒不過還沒想說。」她挑眉看了一眼翠屏，繼續道：「我知道妳沒這個膽量做這些事，但妳若是為了這件事丟了性命，只怕也太不值當了。說實話，世子妃想歪主意要害太太，我已經把這事和太太說了，太太本來是想放世子妃一馬的，所以這次世子妃死了，太太已經發話了，能從輕發落的儘量從輕發落，妳只要說出妳的同謀，我就在太太面前為妳美言幾句。我們好歹在一個院子裡當過值，我不是不念舊情的人。」

劉七巧見翠屏依舊沒有什麼反應，故意頓了頓，壓低了嗓音道：「至於宣武侯府裡頭會有什麼人來保妳，妳最好想也不要想了。世子妃死了好幾日了，宣武侯府裡半點動靜都沒有，他們是不敢得罪恭王府的，更不會為了妳一個奴婢來得罪恭王府。況且，妳還是從宣武侯府跟過來的人，只怕他們到時候跟妳撇清關係都還來不及呢！」

她的話頭頭是道且句句有理，就連在一旁的杜若聽了之後也未免感嘆了起來。翠屏起先還是低著頭不說話，後來才慢慢抬頭，堵著的嘴裡發出嗚嗚的聲音。

劉七巧轉頭對杜若道：「我說了吧，她要是想說話了自然會說的，快幫她把嘴裡的東西拿了。」

杜若伸手取了翠屏嘴裡的布條，翠屏撲通一聲跪在了馬車地板上道：「七巧，我……我真的不是故意想殺世子妃的！」

第四十四章

原來事情的起因是這樣的，秦氏作為才女，雖然在周珅的面前發誓以後再也不舞文弄墨、賣弄詩情，可回了自己家，她還是照賣弄不誤，所以就被「偶然」從花園經過的秦二姑娘給遇上了。

秦二姑娘曾經在王府見過秦氏被劉七巧堵得抬不起頭來，所以在秦氏吟誦完那兩句詩歌之後，上前挑釁道：「不知姊姊這兩句是一整首呢，還是只有這兩句？妹妹已經把它抄錄了下來，明兒就送到王府，問問那位七巧姑娘。」

秦氏原本回家就是為了賞月、吟詩、放鬆心情的，沒想著秦二姑娘又給自己添堵。秦二姑娘的做法著實很損，秦氏若說是自己做的呢，可她明明就是隨便選了一首唐詩唸了唸；秦氏若說這是別人寫的呢，秦二姑娘有備而來，只怕她房裡放著幾本古代詩詞等著去翻。

於是在兩條路都行不通的情況下，秦氏的唯一辦法就是撒潑耍狠。

秦氏張口罵道：「妳投胎比我好，身為侯府嫡女，什麼都不缺，後面有大好的姻緣等著妳；我什麼都沒有，不過就是截了一個男人，妳有必要這樣咄咄逼人嗎？天底下的男人死絕了？妳非看上妳姊夫？」

秦二姑娘頓時被激怒，指著秦氏罵道：「妳的男人？那明明是我的夫君、妳的妹夫！妳當我不知道，當日就是妳唆使翠屏在送給我的燕窩中下了巴豆，害我連床都起不來，妳什麼下三濫的手段使不出來？如今妳大著肚子，還不准姊夫去別人的房裡，讓翠屏給妳當場面上的通房丫鬟，實際上就是個擺設，妳這個女人的心胸怎麼就那麼窄呢？」

秦氏一聽自己的丫鬟居然和別人投誠了，一巴掌甩了過去，將翠屏打倒在地上，指著翠屏一路賤人、賤婢、小賤蹄子罵個沒完，一時間，整個後花園都熱鬧了起來。

秦二姑娘也是戰鬥力極強的人，扯了秦氏的袖子道：「哈，說不要臉，誰有妳不要臉！聽說妳把妳寫的那些詩啊、詞啊的都給燒了，是怕別人揭穿妳是不是？那些根本就不是妳寫的對不？要是我沒猜錯，那個劉七巧一來就揭穿了妳要陷害王妃的心思，這回妳遇到對手了是不是？妳等著吧，我遲早要讓姊夫休了妳然後娶我！我現在就去把妳陷害王妃的事情說出去，看妳還有什麼臉面在恭王府待下去！」

秦氏一聽急了，急忙去扯住秦二姑娘的袖子，袖子還沒扯住，忽然間突發高血壓，給氣暈過去了。

後來的事情劉七巧知道了，秦二姑娘還沒來得及去揭穿秦氏的醜事，秦氏就被世子爺給接了回來。第二天更是陰差陽錯的，世子爺從飄香樓聽到了秦氏的所作所為，回去玉荷院鬧了一場。

更絕的是，翠屏在外頭依稀聽見了裡面爭吵的內容，便假裝擔心，讓院子裡的小丫頭直接去喊了老王妃來，本想著趁此機會把秦氏的缺德事宣揚出去，可誰知道世子爺雖然對秦氏狠，卻還是念著一點情分，情願自己受罰也沒有把這件事說出去。

從此之後，翠屏便被秦氏各種打罵，苦不堪言。翠屏一邊說，一邊拉起自己的袖子，滿胳膊都是被擰得青青紫紫的傷痕，抹著一把淚道：「七巧，我真的是逼不得已的。」

劉七巧揉了揉發疼的腦仁，繼續說：「可妳說了半天，還沒說妳是怎麼想到把世子妃給殺了的啊？」

翠屏低下頭道：「奴婢沒這個膽量，是二姑娘那日來看世子妃，奴婢跟二姑娘哭訴了這幾日世子妃對奴婢的打罵，二姑娘就給了奴婢一包藥，說是只要給世子妃吃了，半夜她會喊人進玉荷院，把世子妃扛出去扔荷花池的。二姑娘說，等世子妃死了，我們肯定也是回不去侯府的，到時候她會讓侯夫人請人過來說親，就說她願意給世子爺當續弦，到時候再讓世子爺把奴婢抬了當姨娘。」

劉七巧又問道：「那世子妃後腦勺的傷口又是哪兒來的呢？」

翠屏抽噎了幾口，哭哭啼啼道：「世子妃也不知道為什麼，那天晚上死活不肯喝藥，奴婢聽見外頭人接應的暗號，一著急，就用房裡的燭檯把她打暈了。」

劉七巧聽完，只覺得自己還要慢慢消化一會兒。這情節比起她前世看過的任何一本宅鬥文都還要精彩啊……

劉七巧和杜若回到王府的時候，已經將近亥時。杜若把劉七巧送到門口，等著王府的婆子們出來帶了劉七巧進去之後，他才轉身離開。

王妃見劉七巧回來，雙手合十道：「阿彌陀佛，我還正打算找人去家廟那邊找妳，可巧妳就回來了。」

劉七巧給王妃行過禮數，讓婆子們把翠屏帶了進來，也把今日的事情原原本本地說了一遍。王妃聽過之後，大驚失色，按著胸口，指著翠屏道：「妳……妳……你們宣武侯府居然有這樣的下人！」王妃氣歸氣，可一想到當時若不是她自己因為見了秦氏、改了人選的話，只怕今天的悲劇也不會發生。說來說去，自己竟然也要負起一份責任來。

王妃揉了揉額頭，看了一眼翠屏，搖搖頭道：「罷了，世子妃如今人也已經死了，這種陰私的事情若是被傳了出去，不只宣武侯府的聲譽，就是恭王府，也會成為別人眼中的笑柄！」

劉七巧聽王妃這話，似乎是要饒過了翠屏。古代的法律基本上是用來壓制老百姓的，所以她也知道，這事就算全部捅了出去，除了讓秦二姑娘名譽掃地、終身嫁不出去以外，其實她還是得不到法律制裁的。尤其還有一點，顯然是比事情本身更重要的，那就是面子。

不管是豪門富戶、鐘鼎望族，如果門風不好，願意跟他們結交的人也會越來越少，這跟現代人所說的社交圈是一樣的。所以，在這種人家生活的人有一種自覺，那就是不管家裡頭發生了什麼事情，只要是影響家風的，一律都是打落牙齒和血吞，絕對不能讓外面人看了家裡的笑話。

王妃是從這種名門望族出來的閨女，自然知道這一點，所以，在權衡利弊之後，她言簡意賅地說：「此事明日一早等我回了老王妃再做定奪。七巧，這件事在妳這裡，就這樣結束吧。」

劉七巧微微一笑，福了福身子道：「七巧明白了，這件事情，七巧就當沒發生過。」

王妃看了一眼劉七巧，雖然覺得有些愧對於她，但還是感激地點了點頭。劉七巧心想，今兒一天算是白忙活了，在供桌下坐得屁股都麻了！不過，能和杜若若這麼長時間的親密接觸，算算也不虧了！

她忽然想起了些什麼，急忙開口道：「那……太太，看我今兒這麼累了，能不能初七放我一天假？」

王妃想起初七是劉七巧的生辰，恍然大悟，點頭答應了。

第二日一早，王妃就去了壽康居，把昨天劉七巧和杜若調查的結果稟報給了老王妃。老王妃聽過之後，也是沈默不語。

房間裡只留下了王妃、二太太、老王妃，以及一個知道事情真相的劉七巧。

老王妃沈默了片刻之後，皺了皺眉頭，掃過坐在下首的兩位媳婦道：「所謂家醜不可外揚，這件事說起來，並不是我們恭王府的錯處，可人畢竟死在恭王府，如今王爺在外征戰，那宣武侯又是兵部侍郎，跟他鬧僵了，只怕不合適。我這裡想了半天，不如還是把這事情給瞞了下來。」

王妃心裡也是這個意思，只點了點頭道：「媳婦也是這個意思，這種事情撕破臉了，縱然宣武侯府是名譽掃地了，可畢竟我們王府也落不到好，損人不利己的事情，不如算了。」

二太太平常雖然看著是個圓滑的性子，其實骨子裡也是掐尖要強的，便蹙眉道：「這麼說，倒是便宜了那宣武侯府。對了，那個在玉荷院外跟翠屏接應的人，知道是誰了嗎？」

「是玉荷院二門上的小廝長貴，也是從宣武侯府陪嫁來的。」王妃說著，眉頭就皺得越發緊了，鬱悶道：「宣武侯府平日裡看著也是有禮數的人家，俗話說：高門嫁女，低門娶婦，我原本覺得這門親事沒什麼不好，如今想來，這麼多的事情竟然都是我惹出來的，實在是覺得面上無光。」

老王妃便勸慰道：「知人知面還不知心呢，這跟妳有什麼關係？要怪只能怪那宣武侯府太沒家教，居然教出這樣的女兒來，簡直渾帳！」老王妃說著，又動起了氣來，想了想便道：「來來來，二媳婦，妳替我執筆，寫一封信，讓管家親自送去給那宣武侯府的侯爺。我倒是要看看，家裡出了這種閨女，他們到底怎麼個作為！」

二太太應了一聲，見房裡沒有別人，便讓劉七巧去門外喊了小丫頭送筆墨紙硯進來。老王妃也是多年沒寫信的人，什麼文謅謅的文筆也沒有，就連珠炮似的，把這事情一五一十地說出來。二太太連連點頭，筆桿子轉得很快，寫到最後幾句的時候，老王妃想了想道：「妳就告訴他，這事我們恭王府不想鬧大了，你們已經死了一個閨女了，應該也捨不得再牽扯一個，為了保存彼此的顏面，之前世子妃陪嫁來的下人，我們王府會打點。從此之後兩家一刀兩斷，井水不犯河水。」
信是中午的時候大管家親自送往宣武侯府的。下午申時，青蓮院外的小廝跑腿回來，偷偷告訴劉七巧，大管家前腳出了侯府的門，宣武侯府的下人後腳就去太醫院請太醫去了。劉七巧心想，不是侯爺發火把秦二姑娘給打殘了，就是侯爺被氣得直接中風了。
第二日一早，恭王府正式發了訃告，世子妃秦氏因為小產之後，身子一直不好，所以不幸病逝了。

卻說劉七巧七夕之日告了假，服侍完王妃用早膳，便自己一人回了順寧街上的劉宅。才走到門口，就看見杜家的馬車停在外頭。
劉七巧進門，見廚房裡頭冒著熱呼呼的熱氣，錢大妞滿頭大汗地出來，見了劉七巧道：「七巧，妳回來得這麼早啊？大娘還說一會兒讓我去跟鄭大娘說一聲，讓她進王府領妳出來呢。今兒妳生辰，怎麼也要在家吃一碗長壽麵的。」
劉七巧道：「我前幾天就告假了，今天趕早便出來了。這幾日王府辦喪事，沒命地吹吹打打，我頭疼得厲害，只想好好睡一覺。」
她去後面院子裡給劉老爺請安，杜若正站在那邊對著劉老爺的背敲敲打打道：「年紀大了不能貪涼，晚上睡蓆子要蓋上被子，不然容易扭到腰。」
劉老爺享受著準孫女婿的按摩，高興道：「這還不是因為你給我送了那一罈海馬酒，一下子沒忍住……」

劉七巧是學醫的，她再怎麼遲鈍也知道海馬酒是個什麼東西，頓時睜大了眼珠子看著杜若。杜若更是一臉無語，低下頭紅著臉。老爺子，敢情這腰不是受涼扭到的啊……

劉老爺見到劉七巧進來，便喊了她來道：「怎麼這麼早就回來了？本來只想去喊妳回來吃個中飯的，王府裡還辦著事吧？」

劉七巧道：「前幾日就跟太太告了假，太太知道今兒我生辰，還賞了我幾樣首飾。」她瞧了一眼杜若，臉上似笑非笑。「杜太醫怎麼今兒也在？還真是巧啊！」

「我老嘍，昨晚扭了腰，讓大妞去寶善堂喊個大夫來瞧瞧，誰知道來的居然是杜太醫呢！」劉老爺一臉淡然地開口。

爺爺，平日裡你扭到腰，頂多讓沈阿婆給你抹幾回紅花油，什麼時候還去請過大夫？現在好了，杜若徹底淪為劉家的家庭醫生了……

杜若跟著劉七巧來到她的房間，劉七巧坐在梳妝檯前的墩子上，把小背包裡面的幾樣首飾拿出來，問杜若哪個好看？

杜若對這種東西的審美眼光實在不怎麼樣，若是看藥材，他還能更專業一點。劉七巧見杜若實在眼光不好，氣餒地說：「我也看不出來，你若是覺得這些都不好看，就去買新的。」

杜若大大方方從懷裡拿出一疊銀票來，遞到劉七巧的手中。「前天老王妃派了人過來，給我送了一千兩銀票。」

劉七巧睜大了眼睛看著銀票，張嘴道：「老祖宗果然豪爽，封口費給那麼多？看看，幸虧我帶著你去，讓你賺到了那麼大一筆的外快，是不是要分我一半啊？」

杜若蹭蹭劉七巧的額頭，小聲道：「這都全給妳了。」

劉七巧搖搖頭，萬分無奈地道：「這就是自家員工和外聘人員的區別啊，果然給人當丫鬟是虧本的買賣。」

杜若笑著道：「妳這嘀嘀咕咕的說什麼呢？快把銀票收起來，別弄丟了。」

劉七巧抬起頭，看著杜若道：「我在想，沒準過不了幾天，你還能收到另一筆封口費呢！」

第四十五章

杜若在劉家吃了午飯，便帶著劉七巧回府上，給沐姨娘治心病。

兩人回到杜府，正好是杜老太太和兩位杜太太歇午覺的時候。劉七巧下了馬車，大大方方地跟在杜若後頭，往杜家的後院走去。

她和杜若早已經在馬車上套好了話，就說劉七巧是宮裡專門給宮女看病的醫女，是杜若從宮裡請了來，專門給二少爺的沐姨娘看病的。

前面領路的春生因為一早就把劉七巧當成了自家少奶奶，所以特別恭恭敬敬，加上他看上了劉七巧家的姑娘，便也越發殷勤了起來。

到了西跨院的二門口，春生不便進去。杜若喊了看門的丫鬟道：「不用驚動二嬸，我帶了一個醫女來給沐姨娘看病。」

這西跨院的丫鬟這幾日也是被沐姨娘給鬧得不輕，聽說自家當太醫的主子又請了一個醫女來，紛紛對劉七巧露出救苦救難的表情。

杜若正領著劉七巧往裡頭走，那邊，服侍沐姨娘的丫鬟忙不迭就從小院裡衝了出來道：「不得了了、不得了了，沐姨娘割腕了！」

劉七巧和杜若急忙加快步子往裡頭走，才跨入房中，便聞到了一股撲鼻而來的血腥味。

劉七巧連忙走上前去，伸手握住沐姨娘手腕上流血的地方，從兜裡抽了帕子，在她手腕的上部先包紮了起來。

杜若因為從外面回來，背上還揹著藥箱，急忙打開了藥箱取藥出來。

那沐姨娘看上去低落無力，就連劉七巧握著她的手腕也看都不看一眼，嘴裡只喃喃自語道：「讓我死、讓我死……讓我死……」

劉七巧見她這模樣，知道她病得不輕，這樣的病人往往情緒低落、脾氣暴躁，心中只有自我，光靠她，只怕說到猴年馬月也未必能幫這位沐姨娘開解。

「杜大夫，你去把沐姨娘的娃兒抱過來吧！」劉七巧想了想，既然病得不輕，那就得用一副狠藥，好好根治了才行，於是便吩咐杜若把孩子抱過來。

杜若不知道劉七巧想幹什麼，但是他相信劉七巧一定有道理，所以對門外的丫鬟道：「去二少奶奶那兒把大姐兒抱過來，就說一會兒再給她送過去。」因為孩子才出生不久，尚未取名，按照排行來算，沐姨娘生的這個閨女應該是杜府的庶長女。

誰知杜若的話才沒說一會兒工夫，外頭，杜二太太的陪房徐嬤嬤走了進來問道：「這又是怎麼一回事啊？唉喲，我的好姨奶奶，妳這一天、兩天地鬧，到底圖個啥呀？妳還真能鬧出個天啦？看看二少爺都被妳鬧得不敢回家了，妳不就指望二少爺嗎？如今連他也沒指望了不是？妳若是真的想死，就乾脆找個地方清清靜靜地死，別連累著一家人跟著為妳提心吊膽的。」

杜若實在看不下去了，勸說道：「徐嬤嬤，妳好歹少說兩句。」

徐嬤嬤是個直爽性子，估計就是因為這樣杜二太太才特意讓她來看看情況。她聽杜若這麼說，更來勁道：「大少爺和我們二老爺一樣是做大夫的，自然當她是病人，我看她壓根兒就沒病，她是不把別人整出病來不甘休呢！」

徐嬤嬤這邊說著，那邊，沐姨娘忽然發起了狠來，一把扯了劉七巧的手絹，揮舞著流血的臂膀，赤著腳從床榻上爬了起來要往外頭衝。「你們一個個都想著我死，我就是死，我也要抱著大姐兒一起去死！省得她活著受你們的欺負，你們一個個都不想放過我們娘倆！」

正這時候，剛剛杜若派出去的小丫鬟領著大姐兒的奶娘過來，對著杜若福了福身子道：「大少爺，大姐兒來了，二少奶奶說了，只給看看，不給抱。」

劉七巧見那奶娘抱著孩子過來，也不急著去攔沐姨娘。她方才檢查過她手臂上的傷痕，不過就是用銀簪子劃破了皮肉，是無意識的自我傷害，流一時半會兒的血還死不了。

劉七巧走上前，從奶娘的手裡接過了孩子，低下頭看了一眼，確實是一個可愛的小姑娘，粉嫩嫩的。

她抬起頭，就這樣捧著孩子，對眼前的沐姨娘道：「怎麼？想讓孩子陪妳一起死？妳下得了手嗎？不然還是讓我幫幫妳吧。」

劉七巧說著，居然把那小孩子舉過頭頂。她盯著那沐姨娘道：「這孩子真是可憐，好不容易出身在一個好人家，原本能不愁吃不愁穿的，自己的親娘卻還怕她被人欺負，也罷了，現在還小，這會兒下去還能投生到更好的人家。」

她作勢就要把那孩子給砸下去，這會兒幾個老嬤嬤才算是反應過來，嚇出了一身冷汗不說，急得跪了下來道：「這位姑娘，妳可千萬別聽沐姨娘胡說，我們哪裡會虧待姐兒，人人都疼她，妳看看她身上穿戴的，像是被苛待過的樣子嗎？」

劉七巧還是一臉冷淡，依舊把孩子舉在頭頂道：「妳們跟我說沒用啊，沐姨娘覺得妳們苛待了她，得問她去，她想著讓這孩子陪著她一起死，這是她的願望，妳們都是明理人，怎麼也要成全她這一份慈母心啊！」

徐嬤嬤這會兒也急了。「好姨奶奶，妳好歹說句話啊，少奶奶可半點沒苛待姐兒！」徐嬤嬤說著，便指著劉七巧哭道：「這是哪裡來的不講道理的瘋丫頭，要害死我們姐兒，妳們還不出去喊人嗎？」

杜若雖然不知道劉七巧這激將法有沒有效果，可是他看見沐姨娘的情緒似乎平靜了下來，看著劉七巧手中高舉的孩子，一副欲言又止的樣子。劉七巧覺得這樣還不夠，索性在孩子的屁股上掐了一把，那睡夢中的孩子吃痛，猛然大哭了起來，小手小腳不斷揮舞著。

這時候，早已經有丫鬟把杜二太太跟杜家二少奶奶趙氏一起給喊了過來，兩人因為沒見過劉七巧，不知道裡面到底發生了什麼事情，見劉七巧舉著孩子要摔，嚇得都不敢靠近。趙氏這幾日照顧這小娃，心裡疼愛得緊，看著孩子哭成這樣，也忍不住勸道：「姑娘，我們家沒得罪妳，妳好歹別拿著孩子嚇唬大人。」

劉七巧見了趙氏，冷哼了一聲道：「她又不是妳生的，妳緊張個什麼勁兒，她自己親生母親還在這兒站著呢！妳們一群人，不是個個都苛待她和她的生母嗎？今兒我就要替天行道，讓她們兩個人早死早超生。」

劉七巧說著，索性假裝下了狠手要往地下砸去，嚇得幾個老嬤嬤急忙跪著抱住劉七巧的身子，又不敢上去搶，生怕弄疼了孩子。

劉七巧看著站在那邊呆愣著的沐姨娘道：「妳怎麼不過來幫我一把，我這都是為了妳好，妳覺得她們都苛待了孩子，妳想跟著孩子一起死，我成全妳，妳怎麼倒是不動了？」

沐姨娘身子顫了顫，一時無語，跌跪在地上。這時候，杜老太太也聞訊趕來來，人還沒到，就在外頭喊了起來道：「誰敢動我家大姐兒，什麼人那麼囂張？給我打出去！」

劉七巧急忙收回了胳膊，把孩子遞到一旁的奶媽手中，上前幾步拉住了沐姨娘的手道：「妳聽聽，這就是妳說的要苛待孩子的長輩老人，她們哪個人不比妳這個當娘的更關心妳的孩子？妳不過就是因為做了小，沒資格撫養自己的孩子就尋死覓活的，妳這是愛自己的孩子嗎？」劉七巧說著，把她扶了起來道：「早知今日何必當初？這世上沒有後悔藥賣，如今好歹妳的孩子那麼多人喜歡著，妳何必還要給她招恨呢？難道妳希望等她長大了，丫鬟婆子們都在她背後指著說：就是她，親娘是個不要臉面的姨娘？」

沐姨娘愣了半天，最後臉上掛著淚道：「我只想多看幾眼我的孩子……」

劉七巧道：「看孩子還不容易嗎？妳是以前享福享習慣了吧？大戶人家的姨奶奶可不是

那麼好當的，就說恭王府吧，每日一早，姨娘們就要給正室請安，服侍這個服侍那個。妳每天去二少奶奶那邊請安，難道她們還不給妳看一眼孩子嗎？」

沐姨娘聽劉七巧說完，有些不確定地問道：「她們真的會把姐兒給我看嗎？」她的眼神中充滿了無助和無辜，是常見的憂鬱症患者病發時常有的表現。

劉七巧連忙扭頭，給了各位太太一個眼神示意。趙氏率先接到了劉七巧的指示，提了一口氣上來，想了想道：「妳是孩子的生母，沒道理不給妳看孩子，這不是妳如今還坐著月子，怕妳落下病根，所以才沒讓妳看孩子的嗎？」

趙氏這會兒覺得自己正室地位穩固，有婆婆和老夫人撐腰，也鬆了一口氣。

劉七巧又轉身安慰沐姨娘道：「妳聽見了，她們從來沒這個意思。」她說著，急忙向那奶娘招了招手，那奶娘小心翼翼地抱著孩子上前，她伸手摸了摸小娃兒的小臉蛋道：「妳看看，這是妳女兒，多可愛，妳真捨得讓她死嗎？」

這話一說，沐姨娘忽然像崩潰了一樣，嚎啕大哭了起來，抓著手中的繡帕在臉上胡亂擦著，再看那小娃兒一眼，又哭一陣子。

劉七巧見沐姨娘哭得差不多了，就摟著她的肩膀，安撫地拍了拍她的後背道：「男人的甜言蜜語有時候是靠不住的，跟妳好的時候，恨不得天上的星星都摘下來給妳。別人肯定都說是妳不好，想著富貴才爬了二少爺的床，我知道，妳不過也就是被他的幾句甜言蜜語給騙了，對不對？妳不是那種貪慕虛榮的姑娘家，便是家裡窮，也是希望將來能找一戶好人家，就算窮一點，好歹是個正頭太太，不用受閒氣的，對不對？」劉七巧一邊說，沐姨娘顫著身子，一邊哭一邊點頭道：「他說得好聽，說就算讓我做妾，孩子總也是能讓我自己養的。我原不想進來，我家又不是杜家的家生子，我爹娘還想贖我出去的，可是我一聽他說的這些，耳根就熱了起來，不管三七二十一便跟他回來了。」

那趙氏聽了，立時只覺得火冒三丈，心上騰騰地冒出三把火來。劉七巧趕緊給杜若使了一個眼色，讓他把她們都帶了出去。

沐姨娘說了自己的悲慘，心情反倒好了許多，劉七巧接著她的話繼續道：「有句老話說：寧可相信這世上有鬼，也不要相信男人那張臭嘴。尤其是男人在床上的話，那是最不能信的。男怕入錯行，女怕嫁錯郎，可如今妳已經嫁給了杜家二郎了，生米做成了熟飯，就算尋死覓活，誰能知道妳的冤屈呢？」

她嘆了一口氣，從杜若留下的藥箱中找了金瘡藥出來，給沐姨娘包紮傷口。「說起來，妳能在杜家做妾，比起在別人家還不知道好了多少倍呢。我聽說有的人家根本不把小妾當人，可以直接買賣；小妾生出來的孩子是沒有名分的，哪裡還能像姐兒這樣這麼多老媽子護著。那些人家小妾生的孩子，都是拿來給嫡出的姊妹們當丫鬟的。」

劉七巧越說越順溜，只說得這沐姨娘一會兒張嘴，一會兒驚訝，一會兒又忍不住地問這問那。

劉七巧見沐姨娘的心情似乎已經平靜下來，拍了拍她的手背道：「既然已經這樣了，與其鬧得天翻地覆，最後頂多只是賠上了性命，不如就安安靜靜地看著娃兒長大。妳想一想啊，再怎麼說，妳也是她的生母，她以後還能不認妳嗎？」

沐姨娘靠在引枕上，臉上一片頹然，咬著牙齒道：「一步錯，步步錯啊！」

劉七巧笑著道：「妳心裡頭千萬個不如意，外頭那些丫鬟們還指不定怎麼個羨慕妳呢，妳說是不是？」

這沐姨娘聽劉七巧這麼說，頓時就不好意思了起來，再仔細想想，當初她和杜二郎那些事情，本來也就是你情我願的，如今這姑娘在眾人面前幫她解釋得這般好聽，她裡子面子一下子都有了，忽然又覺得驕傲起來了。這一院子的丫鬟們沒做成的事情，她沐姨娘做到了！

劉七巧見她臉上透出了笑意，覺得這事情估摸著也差不多了，起身道：「妳好好休息，有事可以讓丫鬟找了小杜太醫來找我。不瞞妳說，我也是個被人看不起的鄉下丫頭，從小就替人接生，明年就十五了，連個婆家都沒著落。」她說著，拍了拍沐姨娘的手背道：「咱們鄉下丫頭不能讓她們給看扁了，咱們也是要人品有人品的，並不是稀罕著榮華富貴的，對不？」

沐姨娘被說得熱血沸騰，一個勁兒地點頭。劉七巧嘆了一口氣道：「我走了，妳好好保重自己，下回我來，要是還看見妳這樣尋死覓活的，我可不幫妳。」

沐姨娘低下頭，想了想，又重重地點了點頭。

劉七巧從沐姨娘的院子出去，長長舒了一口氣。她方才說了那麼久，一口水都還沒喝到。

外面的小丫鬟見她出來了，忙迎了上去道：「姑娘，我家大少爺請妳去如意居。」

劉七巧點點頭，抬起胳膊拿袖子擦了擦汗，跟著小丫鬟一路往如意居去。

第四十六章

劉七巧來到杜大太太的院中，幾個人一起在正廳坐下，杜大太太命丫鬟為劉七巧上了茶，便把人打發了出去道：「就是因為西跨院那人，把整個家鬧得不得安寧，老太太如今便是用下人也絕不用鄉下來的，弄得我們都尷尬得很。」

劉七巧笑著道：「龍生九子，也未必個個都是有出息的，老太太這樣固然不對，可也不是沒她的道理，只不過……」她頓了頓，不好意思地低頭道：「七巧是土生土長的鄉下丫頭，這一點只怕是一輩子都改不了了。」

杜大太太見她如今這副含羞帶笑的模樣，才覺得有幾分閨女的貞靜嫻淑，看在眼裡、喜在心裡。

杜大太太從手腕上褪下一個春帶彩的紫羅蘭翡翠玉鐲，上前抓著劉七巧的手腕給她戴了上去。「聽大郎說今兒是妳的生辰，還讓妳來我們家看了這麼一齣，這就算是我給妳的見面禮，妳快收著。」

劉七巧急著要推辭，杜大太太只按著她的手腕，笑著道：「這手鐲按說還有點來歷，是我進門的時候老太太給我的，聽說是專門用來給兒媳婦的。」

劉七巧回想了一下，好像方才在二少奶奶的手腕上，似乎確實有一個品相差不多的手鐲。她這下不好意思了，臉頰一下子脹得通紅，只低著頭任由杜大太太給自己戴上了。

難得有這樣一個時候可以說幾句貼心話，杜大太太恨不得把她一肚子的話都說給劉七巧聽，只聽她繼續絮絮叨叨地說：「我家大郎命苦，出身的時候正逢戰亂，差點就養不活了，一直到了七歲才會走路說話，後來身子骨也一直不好。家裡的老人想著早些為他娶了媳婦，也好為杜家開枝散葉，可他這病病歪歪的，愣是沒好過，一拖就拖到了現在……」杜大太太說著，臉上倒有了幾分慶幸的表情道：「不過也是虧得沒給他早張羅了，不然錯過了這麼好的姑娘，他豈不是要悔死了。」

杜若聽杜大太太這麼說，臉一下子脹紅到了耳根，急著開口道：「娘，您怎麼能這麼說，我跟七巧這是……這是緣分。」

俗話說有緣千里來相會，無緣對面手難牽。他們之前原本相隔何止千里，更是千年。劉七巧想到這裡，也覺得分外安慰，低著頭道：「太太說的我都知道，以後我會好好照顧他的，他這身子，先天不足，後天總算還沒失調，以後肯定會長命百歲的。」

杜若聽劉七巧這麼說，有些不好意思地低下頭，對劉七巧道：「我看妳倒是先天很足，後天失調，看來是要好好調理調理了。」

劉七巧瞪了一眼杜若，又坐下來喝了一杯茶，對杜若道：「一會兒能放巧兒半天假嗎？我想帶她去我家玩玩，晚上我娘還要給我做好吃的。」

「去吧，我讓春生在妳家等著，吃了晚飯再回來吧。」

劉七巧開心地點了點頭，起身向杜大太太行禮道：「太太，那我就先回去了。」這時候，方巧兒已經在杜大太太的院外候著，見了杜若便先恭恭敬敬地行禮喊了一聲少爺，然後才抬起頭，看著劉七巧道：「七巧，妳怎麼來了？」

劉七巧上前一步拉著她的手道：「聽說妳在杜家，所以就來了。今兒是七夕，我生日，走，跟我去我家，大妞也在我家呢。」

方巧兒跟著劉七巧走了幾步，回頭看了一眼杜若，見杜若點點頭才敢跟著往外走。

杜若送她們到門口，對春生道：「你陪著巧兒在七巧家吃完了晚飯再回來，我就不過去了。」

春生一聽他又有時間跟錢大妞在一起，頓時點了點頭，興高采烈地跳上了車。

方巧兒先上了馬車，劉七巧轉過身，湊到杜若耳邊道：「怎麼我還沒走，就覺得有點捨不得了。」

杜若捏了捏她的臉蛋，也是萬分不捨地輕聲說：「過不了多久，我們就可以一直在一起了。」

劉七巧點頭，悄悄在杜若臉上親了一口，然後順著踏板鑽到馬車裡去了。

馬車裡，劉七巧拽著方巧兒的袖子問道：「巧兒，杜家的人對妳怎麼樣？幾個月不見，妳越發漂亮了呢！」

方巧兒一臉沒勁地聳了聳肩膀道：「杜家的人倒是都很好的，只是杜少爺似乎是個不近女色的，他的院裡頭沒有通房丫鬟，只有兩個伺候起居的。我原本是送來給他沖喜的，結果還被退貨了……」方巧兒說到這裡，便覺得有些不好意思，當初杜若想放她回牛家莊，是她自己哭喊著不想回去。回去的話，除了被自己的娘再賣一次，她真的想不出自己能有什麼下場。

劉七巧聽方巧兒這麼說，對杜若越發放心了起來。她想起當日在馬車上和杜若談起方巧兒的事情，便問道：「那妳現在在杜家是做什麼的呢？幹活累不累？」

方巧兒搖搖頭，有些不好意思。「我現如今專門管百草院裡面的那些花卉藥草，給它們澆澆水，若是少爺那兩個貼身丫鬟不在，就上去倒個茶遞個水什麼的。」

這活計倒是跟劉七巧在玉荷院裡做的差不多，又輕鬆又沒壓力，確實是一個好差事。不過……方巧兒這樣終究也不是個辦法。

「巧兒，妳有沒有想過回牛家莊呢？明年妳就及笄了，難道妳打算在杜家當一輩子丫鬟？妳不是杜家的家生子，他們是不會給妳張羅婚事的，到時候妳怎麼辦呢？」

方巧兒低下頭，臉上也是一臉的失落，垂頭喪氣地說：「我也不知道，可是我現在回去，我娘會不會再把我賣給別人呢？」方巧兒抬起頭，一臉無奈，換了話題道：「先別說我了。大妞怎麼會在妳家呢？她妹子和娘呢？」

「錢嬸子死了，我家領養了喜兒，大妞捨不得離開妹妹，就在我家當丫鬟呢。」

方巧兒聽了，又是一驚，臉上帶著幾分傷感道：「七巧，我們三人中，就數妳的命最好了，爹娘疼愛，家境富足，要是妳能再嫁個好人家，一生也算是完滿了。」

劉七巧帶著方巧兒回了劉家大院，大家的心情都很愉快，各自問候了幾句，開始聊了起來。

方巧兒問起錢嬸子的事情，錢大妞和她都難過了一番，最後還是錢大妞說：「今天是七巧的生辰，不說這些難過的事情。」

劉七巧領著方巧兒去了自己的房間，從梳妝檯中拿了一朵石榴花的珠釵送給她。「巧兒，這個送給妳的，妳皮膚白，戴紅色的最好看。」

她把東西塞到方巧兒的手中，悄悄回過身，把方才杜大太太給她的手鐲給脫了下來，用帕子包了，放在妝奩最下面一層。

到了晚上，方巧兒在劉七巧家吃了晚飯，看見李氏對錢大妞和錢喜兒都好得很，心裡想起把自己賣了的那個娘，頓時又傷心了起來。「嬸子，妳真是好人，我娘就只知道把我賣錢。」

李氏知道方巧兒和劉七巧同年，如今年紀也大了，她這樣被家裡賣了的丫鬟，若是家裡人不去贖，主人家也不會給她張羅什麼婚事，這終身大事只怕就這樣耽誤了。

李氏想了想，心想如今方巧兒在杜家做丫鬟，以後劉七巧卻是要進杜家當少奶奶的，兩個人從小玩到大，一個做丫鬟、一個做少奶奶，沒準心裡會不舒服。李氏是最疼七巧的，總覺得這樣也尷尬得很，於是便道：「巧兒，妳娘不要妳，大嬸要妳。當時妳是多少銀子給杜家買去的？大嬸把妳贖了出來，以後再貼妳一份嫁妝，咱們就在城裡找個上進的小夥子嫁了，到時候妳娘要是還能念著妳，妳就回去瞧瞧她；要是不念著妳，妳就當沒那個娘。」

劉七巧沒猜出李氏的想法，只當她的聖母病又犯了，連忙道：「娘……妳行了，人家杜家本來就沒想把巧兒強留下來。」當初還是她一時多嘴，讓杜若給方巧兒一條生路，人家這才沒把方巧兒送回牛家莊，只是……她又怎麼知道自己和杜若會走到這一步呢！

李氏見劉七巧沒想明白，直接拍著胸脯道：「妳們三人都是我看著長大的，如今又都在城裡，我雖然是個沒能耐的，好歹也希望妳們都能順順當當的，將來都能找個靠得住的人家嫁了。這事就這麼說定了，改明兒我就上杜家幫巧兒贖身。」

方巧兒被這天上掉下來的餡餅給砸暈了，只覺得有些不可思議，一時間竟不知道是要開心好還是鬱悶好。她也是迷戀少爺的人，雖然杜家如今很多丫鬟因為沐姨娘的事情對做姨娘有些絕望了，可是還有一部分的人覺得大少爺和二少爺是不同的。大少爺溫文爾雅、俊朗沈穩，而二少爺天生遺傳了二老爺風流倜儻、處處留情的性子，兩個人是有天壤之別的……

離開杜府，就代表方巧兒徹底沒有機會了。

李氏雖然善良，但不是缺心眼，她見方巧兒臉上並沒有露出雀躍的神情，就猜出了其中的隱情，便笑著道：「巧兒，妳不用不好意思，大嬸一輩子就生了七巧和八順兩個，還嫌這院子冷清呢！這不，原本大妞是要去學接生的，因為沒人手，生生就給耽誤了，若是妳肯來，大妞也可以放心出門學藝了。」

錢大妞也幫腔道：「巧兒妳來嘛，現在七巧在王府裡頭當差，十天半月的才出來一次，我真的脫不開身出去。」

方巧兒想了想，她知道李氏是牛家莊出名的大善人，她現在這樣的人，除了找一個可以依靠的人依靠著，真的沒有別的辦法。杜若尚未娶親，大家都在等著新少奶奶進門，可以被選進房裡當通房，但新少奶奶究竟是個什麼樣的人，誰都不知道，萬一遇上刻薄的主子……方巧兒不敢想下去，她只能認命地點了點頭。

劉七巧在家過了一個生辰，又回到王府當差。這日收到了從邊關的來信，說是大軍已經抵達了邊境，目前全軍氣勢雄壯，戰事應該會很快完結。

王妃看著王爺的家信，臉上露出寬慰的笑容，伸手摸了摸腹中的胎兒，心中無限感慨。老王妃雙手合十，默唸了幾句阿彌陀佛，又對大家道：「今兒妳們都別走了，在這裡吃一頓午膳再走，陪我老婆子說說話。」

老王妃留飯，大家自然是高高興興都應了下來。老王妃特意命小丫鬟們把四個姑娘都喊上了，讓她們幾個也過來一處吃，不用再另外安排。

因為有王妃在，今日壽康居的菜也清淡很多。到了正式吃飯的時候，飯桌上的規矩還是嚴格的，所以大家都不說笑，安安靜靜地用飯。

劉七巧看了一圈，見春月沒在老王妃面前服侍，今天服侍的是以前跟在春月和秋彤後面的小丫鬟夏荷和冬雪。

劉七巧是個站不住的個性，在房間裡站了一會兒就覺得腿疼。王妃知道她前幾日身子不好，便索性讓她到外面廊下候著，裡面有青梅照應，用不著她。劉七巧笑著福身去了，在外面的遊廊上坐了下來。

「春月姊姊今兒怎麼不在呢？」劉七巧知道春月的家人不認她，她自然不會告假什麼的，是以在老王妃這裡沒見到她，便覺得有些奇怪。

「春月姊姊今日病了，所以老祖宗讓她休息一天。」那丫鬟說著，正要離去，劉七巧又問她。「看過大夫了嗎？」劉七巧想起上次在法華寺，春月的樣子似乎已經不大舒服，但最近太忙，劉七巧也沒工夫管她的事情，今兒聽說她又病了，便覺得有些奇怪。

「沒有，春月姊姊說她只要休息休息就好了，奴婢看著她就是腸胃有些不好，最近總不能吃什麼，和我們在一起也是從來不碰任何葷腥的。」小丫鬟說得隨意，可是劉七巧一聽便感到有些不對了。這怎麼聽都像是懷了孩子才會有的反應……如果說在法華寺的時候，她才剛剛開始有反應，那麼這會兒只怕孩子已經又長了一個月了。

這種事情要是被主人家知道，還想待在府裡當丫鬟那是不可能的，看來這後院還當真不平靜了。可是……這孩子到底是誰的呢？這王府裡面能下種的男人太多了，劉七巧蹙眉想了想，又道：這跟自己有什麼關係呢？什麼時候竟然這樣關心起了別人的事情。

於是，劉七巧放走了那個小丫鬟，和其他丫鬟又聊了起來。

第四十七章

李氏自從把方巧兒的事情放在了心上之後，便開始張羅起來。京城裡頭，主子們有主子們的圈子，奴才們也有奴才們的圈子，李氏經過鄭大娘的介紹，認識了杜家專門管理下人買賣的李嬤嬤。

李嬤嬤跟當初把方巧兒賣到京城的許嬸子是妯娌，許嬸子和她男人在杜家京郊的莊子上務農，平常李嬤嬤急要人的時候，會讓許嬸子物色兩個。這許嬸子和方巧兒的娘又是小時候的手帕交，一來二去就促成了這樁生意。

管事媳婦除了早上回話的時候，平常都不在府內服侍。這日，李氏便央著鄭大娘一起去了安泰街找了李嬤嬤。

李嬤嬤約莫四十來歲，比李氏大了差不多十歲，看上去精明老練，這幾日其實也頗為心煩。原因很簡單，杜老太太生氣，一股腦兒地從杜府裡頭打發了四、五個莊子上來的丫頭。原本這些丫頭都是佃戶家的姑娘，知根知柢的，用著也省心，可自從出了沐姨娘事件，杜老太太把鄉下丫頭給一竿子打死了，恨不得全部都攆出去。如今又要重新找得用的丫鬟，幾戶家生子家的姑娘雖然不錯，可畢竟年歲較小，要進去服侍人只怕還要再等兩年。

李嬤嬤聽了李氏的來意，心裡也不知是個什麼滋味。按說方巧兒也是一個鄉下丫頭，可方巧兒不在老太太跟前伺候，也不在二房服侍，故而到現在還很平安，李嬤嬤是寧可少一事也不願多一事的人，所以她並沒有打算把方巧兒給發賣出去。

「這位妹子倒是個有情有義的人，只是府裡向來不隨便發賣人，況且這方巧兒來了也有一段日子了，主子們用得也習慣了，如今陡然說要出來，只怕主子們也會問。」

李氏安安靜靜聽著不說話，心道：杜若要是不肯賣，他試試！她想了想，開口道：「不然這樣吧，嫂子把我的話跟妳們主子傳一傳，這方巧兒明年就及笄了，她又不是家生子，妳們又不幫著張羅婚事，耽誤了可是姑娘家一輩子的事情。她是我打小看著長大的，如今我也來了城裡，好歹有些積蓄，不能看著姑娘就這樣被毀了。」

李嬤嬤見李氏說得誠懇，心裡也是很感動，這年頭很少有這樣的好鄰居了。可是……李嬤嬤想了想，還是實話實說。「當初買方巧兒進來，就是為了給大少爺沖喜用的，後來大少爺的病好了，就把她放在百草院裡當了個普通的丫鬟，可這沖喜之事卻是事實。我估摸著這丫頭願意在這裡待著，多半還是想等新少奶奶進門，看看若是人好說話的，讓大少爺收了她當通房的。」

李氏一聽，可是不得了了，她最怕的就是方巧兒有這心思，她家七巧最是一個實心腸的姑娘，到時候萬一方巧兒這麼說，只怕七巧未必願意撕破臉。惡人還是讓自己來做得好。

李氏笑了笑道：「嫂子妳想多了，我把她贖了回去，自然是要給她找一門好人家嫁了。不說別的，就巧兒這長相，在牛家莊那也是一朵花，她能嫁給好人家當正頭太太，難道願意做小？」她想了想，故意湊上前道：「聽說杜家二房的姨娘是個鄉下丫頭，如今落得什麼下場，我雖是外頭人，卻也聽說了一二。」

當然這件事情是劉七巧跟李氏閒聊時候曾說起過，李氏不是一個愛嚼舌根的人，不到最後關頭，她斷然不會把人家的八卦拿出來說事。

李嬤嬤一聽，果然變了臉色。「這事居然連外頭都知道了？」

一旁的鄭大娘聽她們說話聽得正打盹，也沒聽見李嬤嬤的話，便在一旁嗯嗯了兩聲，繼續打她的盹。李嬤嬤想了想，覺得沐姨娘如今的遭遇也著實有些慘澹，便鬆了話道：「這樣吧，我先去問問那孩子，她若是願意走呢，我再求了主子放她。」

李氏道：「上回她去過我家了，實不相瞞，這是她自己的意思。姑娘家臉皮薄不敢說，妳也不用再去問她了，若不是她求我，我也懶得管這檔閒事，畢竟我這把她給贖回去了，還得賠上一份嫁妝呢！」

李嬤嬤聽了覺得還真是這個道理，恍然大悟道：「我說呢，大妹子怎麼願意插手這事情，原來是那姑娘求了妳，妳早說不就結了？行了，明兒我去回了太太，看看能不能做主把方巧兒給妳放出去。」

李嬤嬤說到這裡，才老實開口道：「妳也別怪我方才問得多，實在是一開始少爺病好的時候，原是想把這丫頭送回牛家莊的，可這丫頭哭著死活不肯走，我就當她也存了要入房的心思了。」

李氏一邊聽，一邊在心裡默唸阿彌陀佛，果然這方巧兒確實是存了心思的。七巧從小都讓著她，以後要是真在一個屋簷下，那還了得？

「嬤嬤倒是把這閨女看扁了，她不肯回牛家莊，是怕她那個不成器的老娘又把她給再賣一遍，那就遇不到杜家這樣的好人家了。」李氏向來是給人留顏面的，所以幫方巧兒打了圓場。

眾人吃過了午膳，春月才從外頭進來，又在老王妃的跟前服侍。老王妃留了王妃和二太太繼續說話，劉七巧出門去廚房準備下午的茶點。見春月跟著一個二房的小丫鬟繞到了假山後面的隱蔽之處，兩人開口說起話來。

「春月姊姊，我打聽到了，那『半月紅』是在安濟堂買的，聽說吃了容易出問題，春月姊姊可千萬別吃。姊姊要是下不來床，一定會被老祖宗發現的。」

春月一臉頹然地嘆了一口氣道：「可是，若不吃這藥，肚子一天天大起來，難道就不會有人發現了嗎？」春月說著，伸手撫摸了一下已經略帶弧度的小腹。

劉七巧才聽了前半句，便大約知道了情形。看樣子，春月是確實懷孕了。劉七巧想趁著她們沒發現先離開，誰知道綠柳從玉荷院出來，看見劉七巧站在假山後，向她搖搖手道：「七巧，妳在那兒幹麼呢？」

劉七巧急忙低下頭，轉身裝作從這裡不經意地經過道：「我去廚房給老祖宗和太太們弄茶點。」她一邊走，一邊覺得後背冷颼颼的。

這時候，那小丫鬟聽見了聲音，趴在假山上往外頭看了一眼，急忙回身道：「春月姊姊，不得了了，七巧一定是聽見了我們說的話了，那可怎麼辦呢？」

春月伸手撫了撫肚皮，咬了咬牙道：「這孩子，我也是捨不得的，索性把他給保了下來！」

劉七巧去廚房監督許婆子做糕點，今天她給的菜單是：蓮子糕、水晶鮮奶凍、綠豆湯、芙蓉卷，都特意少加了糖，口味清淡又解暑。

劉七巧拎著食盒往壽康居裡頭進去，便聽見裡面老王妃似乎在說：「有什麼話非要跪著說，這樣哭哭啼啼的像個什麼樣子？」

劉七巧略覺狐疑地走上前，門外的小丫鬟為她掀了簾子，她彎腰進去，見春月正跪在老王妃面前，含羞帶怯，哭得梨花帶雨。

劉七巧上前，把手上的食盒遞給一旁的冬雪道：「今兒的芙蓉卷，奴婢看著就覺得特別好吃，有什麼話，老祖宗不如先用一些點心，再聽春月姊姊慢慢說。」

春月見劉七巧進來，直了直身子，仍舊跪著，只是拿帕子壓了壓眼角，小聲道：「老祖宗還是先用些點心。」

「妳這樣哭哭啼啼，讓我有什麼心思用點心？有什麼話就直說吧！」

春月定了定神，開口道：「奴婢萬死，只求老祖宗賜奴婢一死。」

「什麼事情，要生要死的，妳在我這邊待了三個月，向來老老實實沒犯什麼錯，妳說說倒是有什麼事讓妳急著尋死了？」

王妃聽了，便上前勸慰道：「妳這孩子，平常最懂事，怎麼今兒就擰起來了，聽說妳這幾日身子不好，可有找大夫看看，別熬壞了身子。」

春月見王妃這樣勸慰自己，越發帶著幾分嬌怯，抬起頭看了一眼老王妃，重重磕頭道：「奴婢懷了劉二管家的孩子，還請老祖宗寬厚，賜奴婢一碗落胎藥，讓奴婢去了這個孽根。」

劉七巧一聽，只感覺整個人都不好了，一股火氣往頭頂上冒起來，看著春月就像是看毒蛇猛獸一樣。她告訴自己，一定要理智、必須要理智！這時候她爹還在邊關打仗，沒有求證的可能，便是一盆髒水也只能由人片面之詞潑了上來。

「妳……有了二管家的孩子？」老王妃這會兒也徹底清醒了過來，坐到靠背椅上，冷笑了一聲道：「妳說說，這什麼時候的事情？」

春月低著頭，不敢看老王妃，只小聲道：「就是之前二管家把我從山上救回來的時候，奴婢感激二管家救命之恩，所以……所以……」她說著，臉頰越發泛紅了起來，還真有那種以身相許的羞澀感。

這時，劉七巧的心情簡直是糟糕到了極點，顧不得罵自己爹渣，只為了李氏不值。她最是了解李氏的，她是一個傳統的古代婦女，若是知道了這件事情，必定是會把春月接回去的。

劉七巧告訴自己，一定要安定下來、一定要安定下來。她想了想，轉身對著老王妃福了福身道：「老祖宗、太太，家父已隨著王爺去了邊關，春月姊姊才把這事情說出來，豈不是太晚了？這原本對我們劉家來說是件喜事，如今倒跟受了不白之冤一樣。不如這樣，太太給王爺寫家信的時候，順便幫我問問家父，是不是要納春月姊姊進門，若是的話，奴婢也好早些回家跟母親商量，畢竟春月姊姊的肚子一天天地大起來，這王府人多嘴雜，傳出去只怕影響王府的聲譽。」

春月聽劉七巧這麼說，先是一驚，繼而又淡然地點了點頭，細聲細氣說：「一切但憑老祖宗和太太做主。」說著，彎腰叩了兩個頭。

老王妃看了她一眼，眼裡也差點冒出火來。當初真是瞎了眼，覺得她無依無靠很是可憐，居然做出這種事情來……

「便是當初妳一回來就把這事情明說了，我把妳賞給劉老二做小也未必不可，如今鬧出這種事情來了，妳面上難道有光？」

「奴婢……奴婢見劉二管家和劉嫂子夫妻恩愛、舉案齊眉，奴婢不想因為自己的事情，讓劉二管家難做；奴婢也不知道只那麼一次，就……就有了。」春月瘦小的身子顫抖著，帶著無限的哀怨和悔恨，只哭著道：「便是現在，奴婢也是念著老祖宗對奴婢的好，不想走的，只求老祖宗賜奴婢一碗落胎藥，奴婢願意在府上服侍老祖宗一輩子。」

「春月姊姊，妳這話說得可就不對了，妳都把話說了出來，還讓老祖宗賜妳一碗落胎藥，難道老祖宗在妳眼裡，就是殺人不眨眼的劊子手嗎？」劉七巧看著春月，這會兒她的思緒已經清晰，覺得這春月肯定有問題，便故意道：「再說，如今妳既然已經說了這孩子是我父親的，那就說明這孩子還說不準是我的弟弟妹妹，既然是劉家的孩子，就更由不得妳想打掉就打掉。」雖然古代沒有DNA鑑定，但是孩子總是遺傳父母的，劉七巧堅信自己老爹不可能對不起李氏，反倒很希望春月能把孩子生下來，畢竟如今孩子是唯一能證明劉老二清白的證據。

「七巧的話有道理，既然知道了誰是孩子的父親，自然是要把孩子生下來的。劉嫂子那邊，府裡會派人去說的，妳下去吧，這幾天別在我的面前露面了。」老王妃顯然對春月已經有些厭惡，沒好氣地說。

春月身子顫了顫，被兩個小丫鬟拉著下去了。

王妃更是上前勸慰道：「老祖宗快別生氣，這孩子太不懂事了，不知道規矩兩個字怎麼寫。也是老祖宗心善，當初留了她下來，不然的話，便是當時他們家不要她，王府也不該要她的。」

老王妃也哼了一聲道：「我現在才算明白，若真是好好的姑娘，怎麼可能有家裡不要這回事？還不知道她以前是個什麼樣的，倒是讓她外表騙了，我看著劉老二是個老實人，沒想到也著了她的道。」

劉七巧見風向漸漸又偏到了自己老爹這邊，也暗暗鬆了一口氣。可是想起方才老王妃說的話，便又忍不住道：「老祖宗，這事情怎麼說也事關王府的聲譽，我娘那邊，還是讓我自己去說較好，我娘是個直性子，萬一得罪了王府的管事們就不好了。」

老王妃想了想道：「罷了，這事妳回去同妳娘商量著。」

因為出了春月的事情，劉七巧一下午都處於陰沈狀態，青梅見了都不敢跟她搭話。她最後還是沒忍住，跟王妃告了假。

王妃知道劉七巧的心思，略略勸慰了兩句道：「男人三妻四妾也是正常的，我雖貴為王妃，王爺也有一位側妃、兩位姨娘。妳父親是個規矩人，我想著其中應該是有些什麼誤會。」

劉七巧擰著眉頭道：「天大的誤會，如今也被她一個人說了算了。太太今兒給王爺寫家信嗎？能幫我把這事問問我爹嗎？我實在不相信我爹是這樣的人，我爹在王府做下人，少說也有十來年了，太太還不了解我爹嗎？」

劉七巧雖然對劉老二很有信心，可王妃畢竟是外人，對這事情卻不好多說一句，只笑著道：「我今兒就寫信去問，妳千萬別著急。」

劉七巧嘟著嘴道：「我能不著急嗎？春月的肚子一天天大了起來，難道就讓她在王府裡住著？到時候，府裡還不知道傳成什麼樣子呢！」

的確，王府的人太多了，但是一般人又怎麼可能把春月和那些雜七雜八的小廝想到一起呢？春月被劉老二從山寨裡救回來，是跟著王爺和世子爺一起回來的，如今她雖然在老王妃面前說孩子是劉老二的，可是外頭人卻不知道。春月的肚子以後只要一大起來，流言也會落到另外兩位王府主子的身上。

劉七巧想了半天，覺得這事是瞞不過李氏的，所以便趁著天還沒黑，告假出府了。

第四十八章

李氏見劉七巧這個時候回來，便小聲問了一句。「七巧怎麼這會兒回來？還沒吃晚飯吧？」

劉七巧搖搖頭，心情沈重地坐在大廳裡，板著臉，不知道怎麼跟李氏開口說話。李氏看她面色不好，心裡越發擔憂了起來。

錢大妞見劉七巧臉色不好，也不敢多問，只小聲道：「七巧，妳在王府裡受委屈了嗎？」

劉七巧搖搖頭，想了半天，總算要開口了，卻聽見張嫂子在外頭敲門道：「劉家大妹子，妳家門口跪著個二十來歲的大姑娘，這是做什麼呢？」

劉七巧一聽，氣得腳底心都快冒煙了。原來春月見劉七巧前腳告假回家，後腳就也跟著來了，來了也沒進門，就在劉家大門口撲通一跪，一整個小妾架勢啊！

劉七巧氣得從院子裡拿了一把笤帚出去，繞過影壁開了門道：「妳跪我家門口做什麼？」

春月也不抬頭，只跪著道：「我……我是來見姊姊的。」

「這裡有妳哪門子的姊姊？」劉七巧單手叉腰衝著她道。

「我懷了妳爹的孩子，妳娘就是我姊姊。」春月低著頭，心一橫開口道。

劉七巧差點背過氣去，後面的李氏聽聞，嚇得連連退了幾步，幸好錢大妞正在身後跟著，只扶住了李氏道：「大娘，您別生氣，這什麼人啊，在別人家門口胡說些什麼！」

春月冷著臉，繼續說道：「有沒有胡說，鄉親們聽一聽就知道了。我是王府的丫鬟，劉二管家是王府的管家，我如今有了他的孩子，別無去處，只能來找孩子他爹了。」

李氏這會兒總算聽明白了，只顫抖著指著春月道：「妳……妳說什麼？我們家老二他……」

劉七巧轉身扶住了李氏道：「娘，您別聽她胡說，現在爹又不在家，隨她怎麼說呢！她怎麼不說她肚子裡這塊肉是豬的呢，那豬更沒辦法反駁了！」

門口一群人聽了，忍不住都笑了起來，可春月還是跪在門口，態度雖然不算卑微，但是自始至終都低著頭。

這時候，聽見動靜的劉老爺從後院裡頭出來，見門口跪著的春月，只問了一聲道：「妳肚子裡的孩子真的是老二的？」

春月見有年長的老人，便抬起頭，淚眼汪汪地看著劉老爺，使勁點頭。

「那就生下來再說吧。」劉老爺言簡意賅地說了一句，轉身回房去了。

李氏這會兒明顯是處於腦子不夠用的時候，劉七巧聽劉老爺這樣說，急著喊了一聲。

「爺爺，這是什麼意思呢？」

劉老爺回過頭來，神色不解地說：「我什麼意思？不生下來，怎麼知道是不是妳爹的種？人家都找上門來了，難道趕出去不成？等生出來了，大家夥兒看一眼不就知道真的假的？」

劉七巧聽他這麼一解釋，沒忍住笑了一聲，把掃把丟到了一旁。

李氏愣怔了半天，見外面的鄰里都圍著，這會兒已回過了神來，走上前招呼春月道：「妳別在外頭跪著了，妳這樣出來，王府裡的人知道不？如今還有別的去處嗎？」

春月搖搖頭，擠出幾滴眼淚道：「我是偷跑出來的。我這樣，老祖宗肯定不會再要我，我只想把這個孩子生下來，孩子是無辜的。」

李氏心中說不出的複雜，欲言又止。錢大妞顯然對春月這副假惺惺的樣子看得很不順眼，扯了扯李氏的袖子道：「大娘，您問她這些做什麼呢？我們進去吧。」

李氏轉身要進去，見春月還在外頭跪著，便開口道：「妳也進來吧。」

劉七巧看了一眼春月，甩了一個白眼過去，道：「妳還在外面跪著做什麼？難道要讓我娘親自去扶妳嗎？」

大廳裡，李氏端坐在靠背椅上，神色慌亂。她雖然無數次想過劉老二可能會納妾這件事情，可萬萬沒想到這個妾不是納回來的，而是趁著劉老二在前線打仗的時候，自己投奔來的。

春月低著頭，在一旁的椅子上坐著，面容坦然，絲毫沒有半點懼怕之色。劉七巧聽青梅說，春月曾經在山寨裡待了好幾年，這樣的手段只怕也不知道學了多少，怪不得她家裡人都不敢要她，這樣的姑娘，若她真是空口說白話，連自己的名節都可以不顧，那倒是心機深得讓人感到恐怖了。

劉七巧冷笑道：「妳怕什麼？妳的孩子就算妳不要，我還要替妳留著呢，沒有他，怎麼證明我爹是清白的？」她頓了頓，接著說道：「妳今兒在假山後頭還想著怎麼下藥打了他，怎麼一轉眼就想要他了呢？」

春月聞言，又堪堪跪了下來，對李氏磕頭道：「劉嫂子，我知道二管家跟妳感情好，我原本並不打算把這事說出來的，只想偷偷把這孩子打了，可是……這畢竟是劉二管家的孩子，我捨不得……」

李氏聽她說得聲情並茂，眼裡含著淚光，一下子又動容了幾分。「妳別動不動就跪啊，妳有了老二的骨肉，我自然不會虧待妳的，我……」李氏發現自己已經語焉不詳了起來，這樣的打擊讓她實在有些招架不住。

劉七巧嘆了一口氣，對錢大妞道：「大妞，妳去給她整理一間廂房，讓她先住著，我有話跟我娘說。」

李氏的心情低落到了極點，被劉七巧扶進房裡時，已經忍不住落下了淚來，坐在床沿擦眼淚道：「七巧，娘是不是很沒用，留不住妳爹的心，娘想著只要對妳爹一心一意地好，他就不會……不會跟妳爺爺一樣。」李氏說到這裡，趴在被子上嗚嗚地哭了起來。

劉七巧卻覺得這孩子鐵定不是劉老二的。雖然自己的爹確實存在某些成熟男人的魅力，但是在王府那樣一個地方，既有王爺那樣帶著成熟韻味的成功男人，又有周珅那樣有著年輕俊朗的外表、略帶冷漠疏離氣質的男子，還有庶子周琰那樣蘭芝玉樹、俊美無儔的少年，任何一個男人都比劉老二有吸引力，春月看上劉老二的可能微乎其微。

還有一點，劉七巧覺得，也許是因為她下午不小心撞破了春月的事情，春月怕劉七巧把這事情聲張出去，所以故意來這一招，給劉七巧一個措手不及。但無論是哪一個理由，劉七巧都必須時刻提醒自己，自己的父親不會是這種人！

「我不信爹是這樣的人，爹除了把她從山寨救回來之後，就再也沒有什麼機會見到她，怎麼可能對她有意思呢？」劉七巧低頭說著，可心裡還是有一些怨恨劉老二，怎麼就救了一個掃把星回來？

李氏哭了一會兒，嘆了一口氣道：「其實妳爹若是親口跟我說，我也未必就不同意，只是這樣讓人哭著跪上門，以後我還有什麼顏面在這條街上過日子呢？倒讓人覺得我善妒，妳爹喜歡的女人都不敢帶回來，只敢偷偷藏在外面，還要等著妳爹不在的日子來單獨求我，妳知道我不是這樣的人……」

她從母親的房裡出來，一時也不想在家裡待著，索性出了門去，也不知道怎麼走著走著，就到了長樂巷的寶善堂。事有湊巧，杜若今兒下值之後，也正好在這邊幫忙，瞧見劉七巧這時候沈著臉出來，急忙就迎了上去。

「我今天心情不好，想出來走走，所以就走到你這邊來了。」劉七巧想起家裡待著的女人，真是氣得牙癢癢。

「怎麼了這是？」杜若見她臉色很差，索性拉著她的手進到裡間說話。

劉七巧見這裡間打理得乾淨，炕上還鋪著乾淨的床單，一旁放著水桶、木勺還有木盆，看上去像是一個簡單的檢查室，頓時就有了興趣，問杜若道：「這裡面打理得不錯，做什麼用的？」

杜若拉著劉七巧坐了下來。「這長樂巷是花柳街，經常有姑娘來買落胎藥的，我們這裡的大夫雖然不開落胎藥，但畢竟是藥鋪，人家拿著藥方來抓藥，也只能照配給她。我們這裡的賀嬤嬤是接生老手，有時候會照應著這些姑娘一點，看著她們喝了藥，在這邊把孩子落下了再讓她們走，不然回了自己的地方也不好處理。」

劉七巧看了一下這炕頭，又看了一下周圍的陳設，乾淨是乾淨，但畢竟簡陋許多，而且這樣也容易弄髒環境。她一時手癢，對杜若道：「你不介意我幫你把這兒裝潢一下？」

「裝潢？那是什麼意思？」杜若有些不明白。

劉七巧笑著道：「裝潢呢，就是改造。你這邊雖然有炕，可不是專業的，人躺在這邊也不好檢查，落胎的時候讓她們蹲茅房未免也太辛苦了點，我可以給你做幾樣專業的器具。」

杜若聽了，頓時也來了興趣，從外面拿了一疊紙進來。劉七巧按照記憶中的印象，先畫了一張產床，遞給杜若道：「我畫得不大好看，但是應該和我以前用的差不多，你看看，讓木匠打得稍微美觀一點。這個地方分開兩節，可以上下調節高度，這樣可以讓產婦舒服一點。」

杜若一邊研究圖紙，一邊聽劉七巧解釋，只連連點頭道：「你們那地方人還真會享受，生一個孩子還弄個這麼高檔的床。那這床，生完了孩子就只能扔了？」

劉七巧噗哧笑道：「我們那地方人不在家生孩子，孩子都是在醫院生的，這醫院就是一個病人的集合地，不管什麼人，生了病就全部到醫院，由醫生統一治療，然後還有專門的護士，是給病人做日常護理的。」

「聽起來倒是很不錯，不知道我們這裡能不能這樣？」杜若問道。

她想了想，斷然搖了搖頭道：「不行，這裡技術還不夠，要是接了一個傳染病人，那麼全醫館的人都要跟著陪葬。」在沒有隔離技術的古代，建醫院的想法還是有點天方夜譚。劉七巧想了想，蓋綜合醫院是行不通的，不過蓋一間產科醫院，似乎好像並沒有太大的限制。

這小小的想法在劉七巧的心裡滋生，雖然有點熱血沸騰，但還是按捺住了這種激動。

杜若點頭聽著劉七巧的話，開口道：「確實，最近幾年沒有太大的水災，瘟疫不多，況且京城在這方面都控制得很好，所以很少會有傳染病傳播出來。」

劉七巧又在房間裡面轉了一圈，又畫了幾張圖紙遞給了杜若。

杜若拿著圖紙，仔細研究了一下道：「這得讓木匠做，這幾樣東西只怕要過一段時間才能給妳了，不過上次妳讓我打造的東西倒是打造好了。」原來劉七巧為了幫助不得不打掉孩子的姑娘做人工流產手術，憑著記憶把以前在婦產科使用的幾項器具畫在圖紙上，交給杜若，讓他找個工匠打幾套出來。

杜若說著，走到簾子外面，將自己的藥箱拿了進來。他打開藥箱，將裡面的東西拿出來給劉七巧道：「鐵匠師傅說，先做一副看看能不能用，若是不能用就再改良改良。」

劉七巧尷尬道：「你沒告訴他這是幹什麼用的吧？」

杜若搖搖頭，然後蹙著眉頭道：「他問了我好幾遍，我說……這是挾藥材用的。」

劉七巧看著自己手中的鴨嘴鉗，忍不住笑了起來，然後偷偷湊到杜若的耳邊道：「你一定知道這是做什麼用的對不對？」

杜若聽劉七巧直截了當地問他，頓時臉又紅到了耳根，低頭清了清嗓子。接著，劉七巧又驗收了一下其他幾樣工具，發現除了鴨嘴鉗之外，其他幾樣都還可以。鴨嘴鉗做得不好，主要還是因為現在的鐵器都是打造出來的，所以鴨嘴看上去特別的粗糙。

她想了想，又把那個過於笨重的鴨嘴鉗在手裡掂量了一下，為難道：「不然你再拿這個圖紙，找一個做剪刀的和一個做竹片的師傅，讓做剪刀的人做下面這一部分，可以動的；讓做竹片的人做這兩片葉子，最後看看有什麼辦法結合在一起？」

杜若也點頭琢磨了起來，覺得這辦法比較好，又看了一眼另外兩樣東西，道：「乾脆這兩樣也讓木匠和竹匠也都試試，畢竟木頭和竹子輕便一點，這鐵器比較重。」

兩人又聊了一會兒，時間也不早了，杜若便提議送劉七巧回王府。劉七巧跟在杜若身後，追隨著他在月光下的腳步，抿了抿嘴，面帶微笑地說：「聽說這長樂巷挺熱鬧的，你不帶我出去逛逛嗎？」

「這個……」杜若頓了頓，臉上一片緋紅，轉過頭來看劉七巧，皺起眉頭道：「妳穿成這個樣子，也不好去逛那種地方呀？」

劉七巧噗哧一笑，上前牽著杜若的手，身子靠到他的肩頭道：「傻子，你真的要帶我去那種地方嗎？」

杜若的臉紅得更厲害了，壓低了聲音，有點不好意思地說：「我還以為妳想偷偷去見識一下。」

劉七巧笑著說：「那是，你也說了是要偷偷見識一下，下次等我換一身衣服，我們偷偷去？」

杜若這下子真的不好意思了，脹紅著臉道：「其實……我也沒在晚上去過裡面。」

劉七巧點點頭，心道：不錯不錯，沒在晚上去過，就證明沒在裡面消費過！

「時間不早了，你還是送我回王府吧。」

第四十九章

眼看著就要到門口了，劉七巧鬆開杜若的手，故意走到他的身後。

這時候，外面的夥計正好進來，見了杜若便道：「少東家，春生來接您了。」

杜若鬱悶地皺了皺眉頭。平常讓他準時，他從來沒準時過，今兒好不容易希望他遲一點來，倒是來得比平常都早了！

不過杜若只是笑了笑，轉身對劉七巧道：「那我送妳回王府，一會兒記得吃點東西，晚上不能餓肚子。」

劉七巧點了點頭，跟著杜若一起往外頭走。本來心情很差，可是和杜若相處了這些時間之後，又覺得心情好了很多。

對於春月這件事情，她還是堅信父親絕對不會是這樣的人，這其中肯定有什麼隱情。

杜若送劉七巧上了馬車，自己也跟著上去了，坐在她身側，很自然地伸手攬住她的腰，湊到她耳邊道：「妳還沒告訴我，妳今天氣沖沖地出來，到底是為了什麼？」

劉七巧這會兒完全平靜下來了，很平和地把今天發生的事情跟杜若說了一遍，最後才道：「我爹從來都不是這樣的人，他一個人在城裡十多年，若是真有什麼心思，一早就憋不住了，絕不可能等接了我娘進城、一家人都團聚了之後，才做出這樣的事情來。」

杜若身為男人，從他的角度看，似乎覺得這是一件稀鬆平常的事情。他二叔娶姨娘最好的理由就是：她已經有了我的孩子。這雖然不是什麼最好的理由，卻一定是最有效的，對於杜老太太來說，至今還沒失效過。

「這事說不準，還是等王妃的家書去了邊關，問清楚了才能知道。」杜若見劉七巧低著頭，伸手捏了捏她的臉蛋道：「妳別多想，就算這事是真的，也是妳爹和妳娘的事情，他們是長輩，一定能處理好自己的事情，妳說對不對？」

劉七巧嘆了一口氣，不情願地點了點頭，道：「要是她肚子裡的孩子真的是我爹的，那也就罷了，要是她厚著臉皮誣陷我爹，看我到時候不收拾她！見過不要臉的，卻沒見過這樣不要臉的！」

馬車走了一半，她想了想道：「今兒還是回我家吧，我得安慰安慰我娘，她這會兒還不知道怎麼傷心呢，我不能走。」

杜若連忙讓春生改了路線，春生聽了一樂，扭了轠繩就往劉家去了。

劉七巧下了馬車，也不讓杜若多逗留，只囑咐他道：「明兒是王妃請平安脈的日子，我們明天再見吧。」

杜若點了點頭，見劉七巧轉身，忽然拉住了她的手臂道：「七巧，不要生氣，不管發生什麼事情，都有我在妳身邊。」

劉七巧轉過頭來，瞧著左右沒人，飛快湊上前在杜若的臉頰上吻了一記後，才跑回去敲門。

杜若上了馬車，見春生還不動，便喊了一聲道：「你要捨不得走，那我們進去坐坐？」

春生不好意思地憨厚笑笑，揮著韁繩駕馬走了。

錢大妞來給劉七巧開門，見她又回來了，便忍不住問道：「怎麼又回來了？我以為妳回王府了呢。」

劉七巧也沒接錢大妞的話，逕自來到後院的西廂房門口，直接推門進去。屋裡沒有燈，黑漆漆的一片，劉七巧就著月光看見春月睜著眼睛半躺在床頭。

「走吧，在我爹沒回信承認妳之前，妳不能留在我們劉家。」劉七巧說著，也不等她動作，上前拉著她的手腕道。

春月一甩手。「我不走，妳若是趕我走，我就把孩子打了，說你們劉家欺人太甚。」

劉七巧原本心情挺平和的，聽她這麼一說，瞬間就爆炸了。「好啊，妳不要這孩子？大妞，妳現在就去安濟堂買一副半月紅回來，看著她把藥喝下去，我倒要看看，妳是真的不要，還是假的不要！」

錢大妞對劉七巧向來是言聽計從的，立即應了一聲，轉身就往外頭走。

春月顯然是有些著急了，扯著嗓子喊。「這是妳爹的孩子，妳怎麼就那麼狠心呢?!」

劉七巧見春月顯然是捨不得打掉孩子，故意冷著臉道：「就算我爹認了這孩子，我也是不會認的。我爹在我娘面前發過誓，這輩子絕對不納妾，所以妳也進不了我家門，還不如來個痛快，我幫妳把孩子打了，妳還是一個人，想去哪兒去哪兒，想回妳的山寨，我也找人把妳送回去！」

「妳……」春月有些不可置信地看著劉七巧，她素來知道劉七巧是個厲害的，但從沒有想過她不講半點情面。

這時候，李氏聽見院子裡的動靜，也從前面廂房出來了，聽了劉七巧的話，道：「七巧，妳隨她吧，我就當看不見她。」

沈阿婆從後面的正房出來，走到李氏身邊，安慰了兩句道：「別太難過了，如今老二不在家，好歹什麼事情要等他回來問清楚了再說。」

劉七巧卻是絲毫不讓步。「對，我爹如今不在家，所以要等我爹說了，我們說的都不算，現在妳還不是我們劉家的人，要麼現在就走；要麼等大妞買了落胎藥回來，給我喝下去，隨便妳出去怎麼說我們劉家欺負妳，我們也認了。」

李氏聽劉七巧這麼說，心裡自然是感激不盡的。她知道七巧這是句句為她，但她身為劉家的媳婦，卻不能讓劉家的聲譽有任何一點損害。

「七巧，別這樣，娘自從生下了妳和八順就再無所出，若她肚子裡懷的真的是妳爹的骨肉，好歹也是妳的親兄弟，妳不該說這樣的話。」李氏強忍著眼淚，開口說道。

劉七巧這會兒卻是顧不了李氏，直接上去拽了春月的手，把她拖下床來。那春月身子骨比劉七巧結實，但是劉七巧憑藉一股蠻力還是把她拖下來。她撲通一下子跪在了李氏的面前，拽著李氏的衣襟道：「大姊，求求妳收留收留我吧！」

李氏是拉也不成，推也不成，只能眼看著劉七巧硬扯著她往外頭走去。這時天色也晚了，在院子裡哭哭啼啼也不是個體統，李氏跟著往外走了幾步，只覺得腳下忽然間軟綿綿沒了力氣，身子一歪就倒了下去。

幸好沈阿婆就在李氏的身邊，急忙將她撐住了，才不至於摔倒在地。

劉七巧見李氏氣暈過去了，這才鬆開了春月的手腕，忙跑過去扶住李氏。「娘，您可別嚇唬我啊，妳要是生氣就把她給趕出去，沒的為了這種人氣壞了身子的！」

沈阿婆給李氏掐了幾回人中，李氏終於回過了神來，拉住劉七巧的手腕道：「七巧，妳爹這輩子都沒做錯過事情，我們不能因為這事壞了妳爹的名聲。」

劉七巧一扭頭，看著春月道：「現在要壞我爹名聲的是她，我爹絕不可能跟她有什麼關係的！」

李氏卻搖著頭道：「七巧，妳還小，妳不了解男人，妳只知道男人的好，可是……有幾個男人是不偷腥的？這大街小巷的，幾個有點銀子的男人家裡不討小老婆的？但凡沒有小老婆，誰不愛去那花街柳巷裡逛幾圈呢？」李氏來了京城也有些日子了，多多少少跟著這附近的大嬸大嫂們聽說的多了，反而自己釋懷了起來。

劉七巧憋著一肚子氣，合上眼努力讓自己平靜下來。這春月就是掐準了他們家不肯丟了面子。而劉七巧則是掐準了春月不敢打了這孩子，雙方正僵持不下。

劉七巧想了想道：「娘，您說得有道理，但這事情沒弄明白之前，我不肯讓她進門，信從王府送到邊關，來回也不過二十來天。二十天之後，若爹信上說這孩子是他的，我僱了轎子讓人把她給抬回來。只是現在，堅決不能讓她留在這裡。」

李氏見劉七巧這樣堅持，也不好再勸慰，只道：「若孩子真是妳爹的，多幾天少幾天又有什麼關係呢？」

「大姊，我真的沒地方去了！」春月跪在地上，一副楚楚可憐的樣子，劉七巧伸手拽了她的手腕，往門口拖著走。

「妳到底走不走？妳不走，等大妞回來，我第一個灌妳落胎藥。妳別以為我劉七巧做不出來，妳要在我面前耍狠，還不夠格！」劉七巧雖然身量沒春月高，這會兒使了十足的力氣，倒也不小，只是拉著她踉蹌的往門外去。

李氏在後面喊了幾聲，見劉七巧不應，急得直跺腳，沈阿婆卻從身後道：「妳還喊什麼呢？好不容易生了一個這麼疼妳的閨女，由她去吧。」

劉七巧拽著春月一路走到了巷口，這會兒天已經全黑了，外面的路人也不多，幸好從這邊到王府只有兩條街的距離，這會兒回去，還不到大門落鎖的時候。

劉七巧喘了幾口粗氣，丟下春月，轉身看著被她同樣拽得喘氣的春月，道：「不要見我娘老實就欺負她，很多事情是瞞不過去的。等孩子生出來，明眼人一看就知道姦夫是誰，妳這樣一盆髒水潑到我爹身上，太不明智了。」
春月臉色一暗，面無表情道：「我說了這孩子是妳爹的，我沒有騙人。」
劉七巧眨了眨眼睛道：「好啊，妳說這孩子是我爹的，那我問妳，我爹後背有一條刀疤，幾寸長？」
春月怔了怔，嚥了嚥口水道：「那天黑燈瞎火的，我沒看見。」
劉七巧也不著急，只是慢慢在前頭走著，繼續問：「好吧，背後的沒看見不打緊。那我問妳，我爹胸口的痣，長在左邊一點還是右邊一點？」
春月抬起頭來道：「誰有空看妳爹胸口的痣，我不知道！」
劉七巧轉身，看著春月笑道：「妳要編理由至少也要周全一點。按照妳的話，妳都是我爹的人了，怎麼連我爹身上有什麼都不知道？」她又往前走了幾步，轉過頭來道：「再說了，我爹身上既沒有疤痕，也沒有痣，不過就是肩膀上有一排牙印而已。」
春月咬了咬唇道：「疤痕和痣我都沒看見，肩膀上的牙印，我是看見的。」
劉七巧連忙問：「左邊右邊？」
春月臉色一紅，回道：「記不得了。」
劉七巧噗哧一聲。「對不起，我爹連肩膀上的牙印也沒有！」她這會兒已經徹底冷靜下來了。前世雖然沒有面對過這樣無恥的小三，但她也知道，小三是永遠沒節操的。對於這種人來說，不能硬拚搏，只能智取，必須從心理上擊敗她，從外表上打垮她。

「妳怕我把妳懷孕的事情說出來，妳怕有人知道孩子的父親是誰之後，會不留下這個孩子？」劉七巧猜測著。從山寨裡面把她救出來的人是父親，可帶著人去救父親的人是王爺和世子。她想來想去，這兩個人的嫌疑最大。但如果春月指控那兩人是她的姦夫，會有什麼後果呢？按照老王妃的手段，最有可能的就是送上一碗落胎藥，然後讓她消失得無影無蹤。她的情況和大多數的姨娘不同，其他人都是運用正當手段爬上了男主人的床，人家合理，可她卻完全沒有任何合法手續，說白了就是被人白嫖了一次。

春月聽劉七巧這麼說，一直面無表情低著的頭漸漸有了些動靜，警覺地抬起頭來，瞄了一眼劉七巧的背影。她看上去不過十三、四歲，卻擁有異於常人的敏銳。

劉七巧沒有注意春月的神色，只是繼續說道：「妳這樣不擇手段，想利用我父親的名聲保住孩子，無非還有一個理由——這孩子定然不是一個普通人的孩子。如果他是個男孩，妳就有了登堂入室的籌碼？我說得對不對？」劉七巧在想通了這一點之後，忽然覺得茅塞頓開，之前她是被憤怒衝昏了頭腦，完全沒有清晰的思路，而如今這樣一想，似乎所有的事情都合理了起來。

她自嘲一笑，轉身看著春月道：「妳跟那個人有私情，我爹知道對不對？妳料定了我爹到時候會跟那個人詢問，那個人或許為了保全自己的顏面，讓我爹暫且認了妳，所以，在我說要寫信給我爹證實的時候，妳一點也不擔心。」

明明才過七月，可春月還是忍不住覺得後背有些涼颼颼的。她抬起頭看了一眼劉七巧，眼底已經浮現了絕望。

劉七巧狠狠瞪了春月一眼，咬牙道：「今天之前，如果妳對我說實話，我或許會幫妳，但是今天之後，這一切就全憑妳的造化，妳休想再踏進劉家半步！」

春月冷不丁被劉七巧的視線震得打了一個哆嗦，抱著自己的雙臂緩緩向前走了幾步。王府的大門就在前面不遠處，劉七巧加快幾步走上前去，跟看門房的人打了招呼，遞了牌子進門。

劉七巧回了王府，也不想把事情鬧大，所以直接回了青蓮院。她走在路上左思右想，覺得那姦夫若不是王爺就應該是同在邊關出征的世子爺。到底誰的可能性比較大？一時間倒也沒有定論。只是不管是這兩人中的任何一人，要是被揭發出來，只怕王府的面子上都不會太好看。

如果姦夫是王爺，那麼對王妃來說，真是一個不小的打擊；如果姦夫是世子爺，那麼之前秦氏和世子爺之間的夫妻和睦、琴瑟和諧，說出來真是要多諷刺有多諷刺。

第五十章

劉七巧回了青蓮院，仍舊是神色鬱鬱。青梅見她回來，便迎了上來道：「妳怎麼回來了？我只當妳今兒不回來了呢。太太已經睡下了，書信下午已經讓人送了出去，大概過幾日就能來消息了。」

劉七巧坐了下來，想了半天，覺得青梅還是院中最靠得住且最明事理的人，如今她沒有一個商量的人選，又不能把這些話都直接說給王妃聽，所以悄悄對青梅說：「今兒這事情，我覺得不大對。」

她說著，又把今日下午春月跟著她一起回了劉家，怎麼鬧了一齣，她又是怎麼把春月拉拽著從劉家趕了出來的事情，一一告訴青梅。她道：「不是我高看了我爹的人品，只是妳想想，她春月怎麼說也是一個官家小姐，雖然之前落了難，但小時候總是錦衣玉食長大的，我實在想不明白，她怎麼可能看上我爹？」

青梅聽劉七巧分析得頭頭是道，作為一個丫鬟，她也是明白這些王府丫鬟的心思的，很少有不想著爬主子床卻去爬下人床的；就算有的丫鬟看上了下人，那多半也是管事的兒子，嫁過去可以當正頭太太，還可以做管事媳婦，就像青梅自己這樣。

「聽妳這麼說，我也糊塗了。劉二管家再好，畢竟也是有了妻室的人，她雖然落魄了，可怎麼說也是一個官家閨女，當真能看上妳爹，我也不大相信。」青梅說著，心裡其實已經有點譜了，只是一直沒肯挑明，只繼續道：「可是，她那樣沒臉沒皮地指認了妳爹，究竟圖了什麼呢？」

誰知兩人的話還沒說完，裡頭簾子一閃，王妃卻從內間走了出來，臉上帶著幾分頹然的神色道：「她是怕被人知道了這孩子真正的爹是誰，老祖宗不會饒了她，更不會留下這孽種。」當年，徐側妃偷偷倒了避子湯，想在王妃生產之前生下庶長子，愣是被老王妃一碗落胎藥給打了。如果春月腹中的孩子真的是王府裡某個男人的，那麼為了王府的聲譽，老王妃肯定會痛下殺手，別說是她腹中的孩子，就是她這條命，會不會留也兩說了。

劉七巧一聽是王妃的聲音，急忙起身向她行禮，有些慚愧地說：「太太怎麼還沒睡呢？奴婢也只是隨便猜測，並沒有真憑實據，況且她如今一口咬定孩子是我父親的，我們也沒轍啊。」

王妃從簾內走出來，臉上已經斂去了方才的一絲失落和鬱結，換上了淡定從容，深呼一口道：「她不過就是怕這兩點，所以才找了妳爹這根救命稻草，最不濟，可以先保住她和孩子的性命。妳娘又是出了名的和善，料定了不會對她和孩子做出什麼來。她只要熬到了孩子出世，在外面的那個人打仗回來，到時候她孩子也生了；若是女的也就算了，但若是男的，她便多了一份籌碼，能進王府來了。」

王妃說這些話的時候，神色平淡。王府後宅在眾多的京城豪門中，算是比較低調平靜的地方，可她這麼些年在貴婦圈行走交際，什麼離奇蹊蹺的事情沒聽說過？對於一些不要臉的女人來說，做出任何事情都不足為奇。

「太太您……」劉七巧沒料到王妃看得這樣透澈，一時間也覺得平常看輕了這位王妃，總覺得她是溫室的嬌花，從來都是讓人呵護著。上頭有厲害的婆婆；身邊有疼愛自己的丈夫；在家做閨女時，父親又是權傾朝野的首輔，想來她是從來沒有禁受過任何風吹雨打的，可誰能想到她的心思，居然也能通透至此。

「七巧，妳還小，很多事情妳連想都想不到，不過今日的事情，妳能想到這一層已是不容易了。若不是有妳的提點，我還當這只是一件家裡下人們做出來的醜事呢！」王妃說著，臉色鬱然了起來，想了想道：「我們也不必等邊關的回信了，明日我便親自去會一會那春月。」

劉七巧見王妃說得堅定，一時間也不好阻攔，只點頭應了，又道：「太太，我今兒試過她，她雖然對我爹一無所知，卻一口咬定了這孩子是我爹的，只怕太太去說也沒什麼用處，她看著不像是個簡單的人。她在山賊窩裡面住了五、六年，若是沒有一些手段，只怕早就被那些人給凌辱致死了。」

王妃點了點頭，這時候，青梅又去茶房泡了一盞安神茶來，送到王妃面前。「太太還是先把茶喝了，好好睡一個好覺，明兒我們一起想想，如何才能從春月那邊探個虛實出來。」

王妃用過安神茶，青梅扶了她進去休息，劉七巧卻在廳裡頭來來回回地走來走去，務必就要想出一個萬全之策，能讓這春月一下子被擊垮。

第二日一早，三人在去老王妃那邊晨省的時候，便已經商議好了對策。王妃雖然萬般不願意，可是思來想去，實在也想不到比這更好的辦法。

王妃私下裡唸了幾聲佛，並對劉七巧說了，若是這辦法果真奏效，一定要讓七巧陪著她去法華寺上幾炷香。

劉七巧只笑著答應道：「那是自然，法華寺那地方靠山面水，如今正好是秋老虎來的時節，去那邊小住幾日，當真是一個不錯的提議。」

三人說定了，便前往老王妃的壽康居去了。說來也是巧合，昨天春月私自出了王府，回去後，因為老王妃已經就寢了，所以今兒一早就跪在外頭請罪。王妃領著劉七巧過去，見她跪著，很是可憐，便好心讓青梅上去把她扶起來，看著她道：「妳如今是有了身孕的人，就算不為自己考慮，也要為腹中的胎兒考慮，還是快起來吧。」

春月一時受寵若驚，只低著頭謝恩，青梅便作勢也將她扶進了老王妃坐著的正廳裡頭。老王妃剛剛用過了早膳，正躺在一旁的雕花細木貴妃榻上，丫鬟冬雪正跪在那邊用美人槌為她捶腿。

王妃進來，行過禮數，在下首的靠背椅上坐下。春月見狀，連忙跪了下來，伏地不敢起身，口中道：「春月向老祖宗請罪。」

老王妃略顯懶怠地抬起眼皮瞧了她一眼，懶懶道：「妳有什麼罪好請的呢？我們的主僕情誼從昨兒起就散了，妳不是巴巴著要做劉二管家的小妾嗎？沒臉沒皮地往人家家裡湊，如今整條街的人都知道了，王府的大丫鬟甘心情願給當奴才的人做小。妳這先例開得好啊，整個王府的丫鬟們都要謝謝妳了，妳讓大家開了眼界，以後她們嫁不到好人家，還能有做小這一捷徑呢！」

老王妃說這一席話，絕非胡說。古代人重視這些規矩，向來就有「寧娶大戶婢，不娶小家女」這一說，原因就是覺得大戶人家家風好，培養出來的丫鬟也都是大方得體，隨便一個拎出來，當個管事媳婦那是沒話說的。結果好了，王府裡出了這等事情，老王妃身邊的大丫鬟非但沒找個好人家嫁了，反而背地裡跟著王府已經娶親的二管家搞在了一起，這是什麼骯髒事呢？大丫鬟的臉面都給她丟盡了。

雖然對於劉七巧來說，她對於「臉面」兩個字的感知一向是非常遲鈍的，所以在老王妃攤開來說之前，她完全沒想到事情的嚴重程度，足以連累整座王府的丫鬟們。不過聽完老王妃的話，她覺得春月這次在王府真的是玩完了，只怕從今以後別想再有一個丫鬟因為她的身世可憐她，人人都會背地裡罵她是山賊窩裡出來的、不檢點的婆娘了。

春月依舊伏著身子，偶爾聳一聳肩膀，抽噎幾聲，低著頭道：「奴婢知道自己大錯特錯，奴婢如今只想老祖宗開恩，做主讓奴婢有個去處。七巧不肯收留奴婢，可奴婢腹中畢竟有了她爹的骨肉，虎毒不食子，奴婢狠不下這心腸。」這一番聲淚俱下，當真是感情充沛、演技一流。

算就是一個鐵石心腸的人，只怕看見春月這樣聲情並茂的演出之後，都會生出幾分柔軟的心腸。

不過，真正的好戲還沒有開場呢！劉七巧忽然覺得異常緊張又興奮，不知道她這昨晚想了一夜的辦法，對春月能不能奏效。

王妃聽了春月這一席話語，原先準備的滿腹言語，一時間也不知道如何說出口，只尷尬地笑了笑道：「這孩子怎麼說這些傻話呢？七巧不是不肯收留妳，只是現如今她爹在邊關打仗，事情還沒弄清楚之前自然是要慎重些的。左不過也就這十幾天的事情，妳的肚子也不會一天、兩天就大起來，這十幾天妳還在王府住著，老祖宗不會連這麼一點主僕情誼都不顧念的。」王妃說完這些話，隱約覺得牙根有些酸，勉強停了下來，端起茶盞抿了一口，不再發話。

這時候，壽康居外頭的小丫鬟忽然急急往裡頭跑了進來，對老王妃和王妃稟報道：「回老祖宗、太太，葉嬤嬤家的兒子石頭在外面，說有要緊的事情要回稟太太。」

王妃一聽，臉上瞬間露出驚訝的神色道：「快喊他進來，難道是邊關出了什麼事？他是專門負責府裡頭和王爺傳信的人。」

老王妃聽王妃一解釋，頓時也急了起來。「快喊他進來！這才出去沒幾天呢，可別出了什麼大事。」

小丫鬟連忙幾步退了出去，甩了簾子就到門外傳人。老王妃見王妃這心神不定的樣子，連忙安慰道：「不會出什麼大事的，這才剛到那邊幾天，要打也沒有那麼快的。」

王妃只是擰著眉頭，一臉凝重，手中的帕子繞得都擰了起來，這才猶猶豫豫地說：「這幾日我一直睡不好，總是夢見他們爺倆在戰場上頭破血流的樣子，昨兒還是喝過了杜太醫開的安神茶才睡下去的。」

老王妃聽王妃這麼說，心跳也無端加快了，道：「妳怎麼不跟我說呢？這可不是什麼好兆頭，改明兒我們一起去廟裡給他爺倆祈福。」

王妃點點頭，拿起帕子壓了壓眼角。這會兒，石頭已經進來了，褲腿上還沾著泥巴，看樣子是遇了緊急的事情，跑得飛快。他進門見了王妃，也來不及行禮，只是雙膝一曲，跪了下來道：「回太太，前邊八百里加急，說兩天前王爺的軍隊和韃子幹了一場，王爺和世子爺被韃子給伏擊了；如今還沒突圍，只有二管家帶著幾個兄弟逃了出來，王爺和世子爺都——」

王妃尖叫了一聲，從椅子上站了起來，可就在這同時，跪在石頭身側的春月也像失了魂魄一樣，身子一軟，堪堪就暈了過去。

王妃朝著她看了一眼，急忙使了一個眼色給一旁的青梅，青梅跑過去對著春月的身子搖了搖，朝王妃擺擺手，示意她真的昏了過去，王妃這才鬆了一口氣，轉身安撫一旁的老王妃道：「老祖宗快別擔心，石頭說的是假的，前線那邊壓根兒就沒來戰報。」王妃說著，給石頭使了一個眼色，讓他出去。

劉七巧方才已經將春月的神色變化記在眼底，如今見她昏了過去，急忙跪倒在老王妃的面前道：「老祖宗請息怒，是奴婢說服了王妃出此下策，只是想試一試這春月心裡頭掛念著的人到底是誰。沒想到她才一聽見這消息，就嚇暈過去了。」劉七巧瞧了一眼春月。她最近有了身子，本來還以為要費一番周折，誰知道只這麼一嚇就暈了。

王妃起身，對著老王妃福了福身子，轉頭看著暈倒在一旁的春月道：「老祖宗，這姑娘心大，留著只怕不好。」王妃說著，便把昨天她和劉七巧分析的事情，原原本本也說了一遍給老王妃聽。老王妃是何等精明的人，只聽到一半便已經心中有數了，站起來厭惡地看了一眼地上歪著的人，道：「我昨兒還狐疑呢，她看著心大得很，怎麼就只看上了王府的一個管家，怎麼樣都不像是這麼一回事。」老王妃說著，使了眼色給一旁的丫鬟道：「弄醒她，我要好好問她。」

春月方才一時驚懼，只覺得她可以依靠的人死了，人生一下子陷入了無盡的黑暗之中。那個人死了，劉老二卻活著，難道她真的要給劉老二做小？難道他生出來的兒子要真的給劉老二做兒子嗎？她一時想不明白，急得就暈了過去。

劉七巧上前，幫著那丫鬟一起把春月扶了起來，掐著她的人中，不一會兒，春月就回過了神來。見滿室的人都看著自己，頓時覺得心虛無比，急忙拖著自己疲憊不堪的身子再重新跪好。

老王妃這時候的臉色異常平和，看不出一絲方才震怒過的模樣，跟平常一樣和顏悅色道：「傻孩子，妳為什麼不說這孩子是我們王府的種呢？瞧妳剛才急得跟什麼似的，妳是怕孩子他爹沒了，沒人給妳依靠嗎？妳瞧瞧，這王府哪個主子待妳不好？太太就別說了，平日裡就跟一個活菩薩一樣，對下人、對妾室，是半句重話也沒有的。」

劉七巧不得不嘆服老王妃的演技，這一席話當真是說到了人的心坎裡，但凡是定力不好的人，立時就要撲到她的懷裡哭訴一番。但春月也是箇中翹楚，且她服侍了老王妃一場，自然對老王妃的脾性是有些熟悉的，所以她只是低著頭，不說話，似乎並沒有受到任何蠱惑。

老王妃平靜地繼續道：「我平日裡是嚴厲了點，但是對這些孩子們，哪一個不是真心疼愛的？王爺和二老爺的那些庶子庶女們都是一樣養的，我待他們從沒有半分不一樣的地方。妳看著我平日裡嚴肅，可我也是有一份兒女心的，只是年紀大了，說不出口；再說少奶奶這一胎，孩子都六個月了，又給沒了，王府最近事情多，能有一件、半件的喜事，那都是求之不得的，妳這孩子也是忒多想了，有幾個長輩是不喜歡娃兒的？」

劉七巧越聽越佩服，簡直就要五體投地了。人家演得那麼給力，自己怎麼能不在一旁添一把柴、加一把火呢？於是她上前扶起春月，低著頭小聲道：「妳要是有什麼難言之隱，願意跟我真心實意地說，我定然不會像昨天那樣對妳的。妳知道的，我娘是出名的好人，我是怕妳今後進了門欺負她，我才會那麼凶的，誰也不想自己親娘吃虧不是？」

春月這會兒才攢足了精氣神，略帶疑惑地看著大夥兒道：「妳們……妳們這是怎麼了？」

劉七巧道：「春月姊姊，昨兒我該問的也問全了，妳連我爹光著膀子的時候身上有什麼都不知道，還非咬著我爹是孩子他爹，無非就是有什麼難言之隱。我已經跟太太說了這事，太太說了，不管這孩子是誰的，她都做主要了這孩子。妳……妳不必害怕了。」

春月一聽，整個人都愣得說不出半句話來，足足呆滯了半晌，才微微抬起頭，有些不可思議地看著王妃，帶著一絲不可置信問道：「太太說的可是真的？」

這會兒輪到王妃上場。王妃無比溫和慈愛地看著春月，眼眸有著灼灼的淚光，柔聲道：「傻丫頭，妳是個命苦的，年紀小小就遭遇了那般不幸，我和老祖宗都心疼妳才把妳留在身邊。原本也不是沒想過要把妳給了王爺或世子爺當妾室的，可畢竟妳的身分在這裡，總是一個官家閨女，我們王府從來沒有逼正經人家閨女做妾的先例，自然不能像知書和秋彤一樣，只說一句話就把妳給賞了。所以這事情就一直壓著沒提，也是我最近有了身子，沒太在意，其實王爺身邊就缺妳這麼一個知冷知熱的姑娘家了。」

春月聞言，臉上略帶了紅暈，連連擺手道：「不不不，王爺身邊已經有了林姨娘了，春月是從來不敢奢望的。」

這句話一說，在場所有的人就全明白了。就連王妃也覺得一口氣總算嚥了下去，只強自忍住了繼續道：「那依妳的意思，妳是對珅哥兒有意嘍？」王妃說完這句話，冷冷一笑，忽然轉頭對老王妃道：「老祖宗，您如今算是明白了吧？」

春月見王妃忽然聲調一變，立時抬起頭來，才看見上座的兩人都狠狠盯著自己。老王妃平日裡看著和藹可親，可這一雙眼神中透出的冷冽，足以讓春月狠狠打了一個寒顫。

而王妃的眼神雖一直是清冽入水的，可就是讓人有一種遠在天邊的感覺，似乎怎麼也親近不了。春月這時候才覺得萬般絕望湧來，一口氣沒提上來，翻了一個白眼，又暈厥了過去。

老王妃從首座站起來，居高臨下掃了一眼癱在地上的女子，由丫鬟們扶著轉身走了幾步，丟下一句話來。「留子去母，這事就交給妳辦了。」

第五十一章

王妃起身，恭敬地斂衽福了福身子，心裡卻也是亂成了一團。自己一向引以為傲的兒子居然惹上了這樣的女人，還留下一屁股的風流債務。王妃看了一眼恭敬站在一旁的劉七巧，她睿智聰慧、臨危不亂，這樣的姑娘，如何能看得上自己如今亂七八糟的兒子呢？

恭王府做事一向非常有效率，下午的時候，二太太就安排了管家媳婦帶著人把春月送到了京郊的莊子上去「養胎」，並且專門配了得用的老嬤嬤在身邊伺候。聽說這老嬤嬤曾經也服侍過幾位養胎的姨太太，最後孩子生出來都很好，春月的孩子肯定也是萬無一失。

劉七巧也總算是感受了一番大戶人家辦事的效率和決斷，不過因為她私自出了這假傳戰報的餿主意，所以老王妃傳話，要罰她一個月的月銀。老王妃還因為這事耿耿於懷，王妃便發話說再過兩日就是八月初一，要去法華寺上香。

老王妃覺得法華寺太遠，舟車勞頓只怕累著王妃，便改口說要去水月庵，順便看看在那邊住著的安靖侯老夫人。王妃非常贊同，已經吩咐了管事媳婦去準備初一時上香要用的香燭錢銀，到二太太那邊領了對牌，一應事務都安排得妥當。

春月事件總算告一段落。劉七巧這才舒心下來，想起李氏只怕這會兒還在家裡傷心，不由嘆了一口氣，只是她不好天天告假出府，所以也只能白擔心了。

到了下午，杜若姍姍來遲。原來長樂巷那邊這兩日生意太忙，所以他今天告了假，一早上都在長樂巷的分號幫忙。用過午膳之後，又正逢王妃平日歇午覺的時辰，正是一日最熱的時候，杜若便也在藥鋪裡就著炕床歇了一會兒，誰知這一歇就過了些時辰了。

外面的小丫鬟把杜若引了進來，這時王妃也剛歇了午覺起來。這幾日發生了不少事情，她難免心煩氣躁一點，覺得身上不大通暢。其實劉七巧知道王妃的病症，她平常坐多行少，每每吃完了飯，若是沒有劉七巧在場，她定然也就是掛羊頭賣狗肉一般，在院子裡繞上一圈就回來了。

杜若為王妃診完脈之後，開了一劑去虛火的湯藥，將幾味厲害的藥方都改了改，遞給劉七巧道：「晚上按照這方子給王妃煎服一劑，可以讓她身上爽快點，也可以睡得更好一些。」

杜若離開王府之後，遵照劉七巧的意思去了順寧街的劉家。錢大妞開門放了他進去，急忙進房通知李氏。

原來李氏昨晚被那春月一鬧，暈了一回不說，整個人慵慵的，今兒一早都起不來了。沈阿婆說要去請大夫，可李氏死活不肯，只說躺個半天就好，這一躺就是一天了。

杜若聞言，急忙揹著藥箱進去給未來的丈母娘把脈。這不把脈不知道，一把脈，杜若的臉就僵了。

未來的丈母娘這哪是被氣暈了，分明就是有了喜脈啊！杜若的眼皮若無其事地跳了幾下，嚥了嚥口水，心想，這回七巧是真的要有弟弟妹妹了。

錢大妞正在一旁候著，見杜若高深莫測的表情，急著問道：「杜大夫，我大娘沒啥事吧？她今兒一天都沒肯吃東西。」

杜若搖了搖手，勉強開口道：「伯母沒有病，只是有喜了，身子有些虛，我給開幾副安胎藥調理調理。」

錢大妞高興地蹦起來道：「看吧，大娘身上的才是真傢伙！」

杜若被錢大妞給逗樂了，只笑著搖頭道：「春月身上的也是真的，只是不是二管家的，如今王府已經弄清了真相，把她送到莊子裡靜養了。」

李氏聞言，心頭的大石頭落地，從床上爬起來道：「你說的是真的？」

「是真的，王府已經送走人了。」

李氏道：「我問你前頭一句。」

杜若愣了半天，才回過神道：「也是真的，伯母真的有孕了，七巧和八順就要有弟妹了。」

李氏只覺得心裡酸澀難耐，竟然一時忍不住，擰了帕子哭了起來。

八月初一的一早，王府門口一溜煙停了六輛馬車，拖著一大幫的婦女幼童往水月庵去。因為水月庵是尼姑庵，所以除了趕車的人，跟著的都是老媽子。水月庵位於京城的西北角，離王府和一干公侯伯府不算太遠。

當然，大家喜歡來這兒也並非只是為了吃齋唸佛，其中最重要的一個原因，便是這水月庵的師太是一個身分地位極高的人，用老王妃的話說，除了太后娘娘，這世上只怕沒人比她更尊貴了。

劉七巧和王妃被老王妃安排坐在她的馬車中，樂得聽起了八卦。原來這水月庵的師太是當今皇帝的親姑姑，大雍朝上一輩地位最尊貴的人——朝陽大長公主。

大長公主的駙馬是抗韃子的名將馮孝，死在四十年前和韃子的一場大戰中。大長公主膝下無子，又因為是公主身分，馮將軍當初並沒有納妾，所以馮家也就此凋零了。

自那以後，大長公主索性出家為尼。二十年前，韃子大軍打進京城，不少官宦人家被洗劫一空，但是那韃子的大將軍據說是當年馮將軍的手下敗將，對馮將軍很是敬佩，所以雖然大長公主沒有跟著皇室一起出逃到南方，卻還是留下了一條命，在水月庵當她的師太。

劉七巧想，這樣一個能在亂世中生存下來的人，一定不是個一般人。聽老王妃說，當時馮將軍戰死，大長公主曾想輕生隨他而去，最後被下人們給攔了下來。她一生最後悔的事情就是沒能給馮將軍生下一男半女，所以在馮將軍死後，大長公主將馮家家族中一位遠親的兒子過繼了來，如今應該也在軍中供職，聽說是跟著王爺一起上了前線。

水月庵並不遠，到了之後，劉七巧才知道，這裡當初是先帝賜給大長公主的一處別院，後來被大長公主改成了尼姑庵。畢竟若是把矗立在王侯府邸之間的大長公主府改成尼姑庵，只怕左右鄰居們都要不願意了。

老王妃感慨萬千地說：「想當年我們幾個姊妹中，她是金枝玉葉，原以為她的眼界最高，誰知道居然看中了寒門出身的馮將軍。當年她出嫁時的情景，我還記得，那可真是公主下嫁、十里紅妝啊。馮將軍那時候是老王爺的部下，一起從刀山火海裡面過來，沒想到他們結婚不到兩年，一場戰亂就毀了她的一輩子……」老王妃說著，眼裡似乎有著淚光，忍不住低頭擦了擦眼角道：「當年老王爺扶靈回京，進了我房裡說的第一句話就是——『當初我勸賢弟不要娶公主，娶了公主，連個妾室也沒有。他們馮家三代單傳，如今到了他這一輩，真的絕後了。』」

人還在說話，馬車就已經停了下來，外面的老嬤嬤在車簾子外頭開口道：「老祖宗，水月庵到了。今兒的香客多，那邊小比丘尼正領著我們往空地上停。」

「今兒是初一，自然來的人多。」老王妃雖然這麼說，其實心裡也知道，很多人說是來上香，其實是來拜真佛的。畢竟想結交大長公主的人還是比比皆是。

馬車在水月庵外的空地停了下來，劉七巧跳下馬車，就看見這塊空地停了足有三、四十輛馬車。她們今兒雖然起了個大早，還是沒趕得及第一批。

這時候，已經有庵裡的小比丘尼出來迎接王府的家眷。既然是尼姑庵，老王妃特意把王府的幾位姑娘都帶了出來，平常她們大門不出二門不邁，也就只有每個月初一、十五能因著上香的由頭出來放放風。

水月庵嚴禁男客，對面設有一座茶樓，專門供送人上香的男客們休息。

王府一行人跟著迎來的兩位小比丘尼，一路按照佛家的規矩，向水月庵中供奉的一眾佛祖都一一拜過。劉七巧跪在佛祖面前，誠心懺悔自己當時的權宜之計，只求佛祖能保佑援軍旗開得勝，早日歸京。

捐了香油錢之後，眾人便開始了自己的活動。

幾個老嬤嬤一早就已經打聽好今日來水月庵上香的幾位官家夫人的資料，上來一一稟報了老王妃。老王妃聽了聽，覺得沒有特別熟的，便道：「不然，還是去安靖侯老夫人那邊坐坐吧。」

話音剛落下，安靖侯老夫人那邊果然也派了人來請老王妃過去，又道富安侯夫人也在，讓老王妃一起過去敘敘舊。

老王妃帶著王妃和幾個丫鬟一起過去，剩下的姑娘們也各自去找自己的閨中密友聊天去了。

老王妃才進了安靖侯老夫人的禪房，就聽見富安侯夫人在那兒絮絮叨叨地說：「這都一個多月了，還是沒好，我正尋思著，不然還是再換個大夫看一看吧，這陳太醫最近這幾副藥實在沒個效用，如今我媳婦都已經出了小月子了，身上還沒乾淨，這要到何年何月才能給我家開枝散葉呢？」

「每回見妳就聽妳嘮叨這些，實在不行，就給兒子房裡添人吧！都到了這分上了，難道還要等著絕後不成？」老王妃還沒進去，話先傳了進去。

富安侯夫人一聽，也是鬱悶道：「不是沒有，兒子死心眼，不肯啊，說沒這個規矩，大戶人家就都應該先有嫡子嫡女，然後再有庶出的子女，不該因為這個壞了規矩。」

劉七巧一聽，頓時心口一熱。如今在古代這樣的男人少啊！她趕忙上前問道：「少奶奶的症狀是不是帶下不止，並帶有腥臭？」

侯夫人本來覺得不好意思，這種私密的事情怎麼好這樣就說出來，可是想起這是王妃身邊的劉七巧，總覺得這姑娘應該是有兩把刷子的人，便羞澀地點了點頭道：「正是這樣。她一個新媳婦，如今弄成這樣，大夫問了也不好意思說，這病就這麼拖著了。」

劉七巧細細想了想，這事情可大可小，長時間惡露不止，容易引起子宮病變，到時候裡面出了問題，想治療就不是那麼容易的事情了。

她在長樂巷寶善堂的時候曾聽杜若提過，他那邊的兩位大夫如今都已經是婦科聖手了。這也難怪，中醫依靠的就是經驗累積，病例看得多了，自然經驗豐富，開起方子也胸有成竹了起來。

「侯夫人不如去請寶善堂的大夫，聽說有幾個是精通於此的。」劉七巧一邊說，一邊上前把丫鬟們送來的茶盞遞給老王妃。

富安侯夫人蹙眉道：「兩位杜太醫和陳太醫都是同僚，前幾日就曾請了杜院判跟陳太醫一同看過，方子還是兩人一同擬定的，如今正吃著，似乎也沒有多少效用。」

劉七巧笑著道：「治這種病，倒也並非要請太醫。太醫們雖然醫術精湛，但除了宮裡的娘娘和眾位公侯夫人們，也並沒有多接觸過女科，倒不如寶善堂在長樂巷分號裡頭的兩位大夫，那才是真的經驗豐富。」

劉七巧說出長樂巷三個字，幾位老太太及夫人的臉上都有些尷尬。

富安侯夫人也是一臉無奈地道：「我們家媳婦乾乾淨淨，怎麼會染上那種髒病呢？傳出去也是不大好的。」

「夫人這麼說可就大錯特錯了。難道那幾位大夫平常只是看髒病的嗎？那幾位大夫不過是瞧過的人多了，經驗豐富一些，這種婦科病症知道得齊全一點而已。夫人若是因為顧及這麼一些莫須有的顏面問題就耽誤了少奶奶的病症，豈不是因小失大？不瞞您說，這幾日那邊分號的生意較忙，小杜太醫平常不上值的日子也會在那邊幫忙，夫人不如去請了小杜太醫，到時候讓他給您帶上一個靠譜的大夫，這樣也不怕別人家閒話了。」劉七巧都已經把話說到了這樣，富安侯夫人若是還有顧慮，那就不是真疼自家兒媳婦了。

王妃見富安侯夫人依然蹙著眉宇，便笑道：「侯夫人就去請吧，那小杜太醫雖然年紀輕，醫術也是了得的，上回妳在法華寺也見過。」

老王妃也跟著說道：「妳這裡還猶豫個啥，有什麼比孩子的身體重要的？妳不著急要抱孫子嗎？這自己能生，還是自己生比較好，那庶子庶女都是自己指望不上的時候才勉為其難要的。自古庶子女能有幾個跟自己貼心的？」

被老王妃這麼一說，富安侯夫人也鬆了口氣，想了想道：「既然妳們都這麼說，我今兒回去派人給小杜太醫下帖子。」

因為幾位侯府夫人和老王妃都在，所以作為水月庵師太的朝陽長公主也來了。不過她畢竟已經出家多年，六根清淨，只是進來稍微打了個招呼便又告辭了，一派世外高人的作風。

第五十二章

劉七巧仔細觀察過這位長公主，容貌看上去比老王妃似乎還蒼老一些，但其實方才聽老王妃的描述，她們應該是同齡。劉七巧想起之前老王妃說過，她曾在整個皇室都逃難的時候選擇留在這裡，想必那五年也是過得非常艱辛的。

「她這一輩子……何苦呢？依我看倒還不如當年跟著馮將軍去了得好。」安靖侯老夫人看著師太的背影，不禁搖了搖頭。

「子非魚，安知魚之樂？這種事情並非我們外人能看得清的。我瞧著她現在也挺好的，比起前幾年我們剛回京城，已經好了很多。」老王妃今兒難得起得太早，伸手摀著嘴打了個哈欠道：「不行了，年紀大了，昨兒沒睡好，今兒就睏成了這樣。」

富安侯夫人道：「年紀大了就是這點不好，晚上怎麼都睡不著，早上又一早醒了，偏生起來了之後又沒精神，成天精神不濟。」

幾個老姊妹又閒聊了幾句，大家不約而同覺得乏了，便各自回去了。

劉七巧回了王府，先去廚房傳了午膳，服侍王妃用過之後，自己也在外間打起了瞌睡。青梅見劉七巧實在貪睡，便索性拉了她到邊上的床上好好睡覺。

劉七巧只覺得自己還沒睡幾分鐘，就聽見外面看院子的小丫頭急急忙忙在外頭喊。「七巧，妳弟弟爬樹摔了，妳快過去看看！」原來劉八順跟著劉老二進京之後，就給恭王府二房的三少爺當起了書僮，幾乎吃住在王府裡，但是因為不在同一個院子，所以平常劉七巧也不常見到劉八順。

劉七巧從夢裡驚醒，衝過去就見青梅正攔著那小丫鬟道：「妳說話好歹小聲些，太太正在歇中覺呢，怎麼就沒個規矩？」

那小丫鬟忙不迭點頭認錯，見劉七巧出來了，只急著道：「七巧，外頭二房的丫鬟來說，妳弟弟剛剛爬樹摔了！」

劉七巧趕過去二房的時候，杜若已經到了。他見王府人多嘴雜，且劉八順又哭個不停，就先把他送回了順寧路。

杜若從馬車裡頭下來，從劉七巧懷中接了劉八順抱著，對錢大妞道：「八順今兒在王府摔折了腿，王府的人到太醫院傳太醫，我正巧過去，就把他們給帶了回來。」

錢大妞一聽劉八順摔折了腿，立馬就喊了起來。「沒什麼事吧？沒摔壞哪裡吧？以後走路不成問題嗎？」她一連串三個問題問出來，杜若倒是不知道先回答哪個好。

錢喜兒一聽說劉八順回家了，放下手中的針線連忙迎了出去，見劉八順趴在杜若的肩膀上，眼眶紅紅的，一條光裸的小腿腫得跟大蘿蔔似的，頓時眼睛就紅了。

「八順，你這是怎麼了呀？哪裡疼？」

劉八順只敢在外頭逞英雄，回家就是一個蔫貨，這會兒又眼珠紅紅哭了起來道：「我把腿摔折了，嗚嗚嗚……」

杜若轉身，對春生道：「你去鴻運路那邊的分號取幾塊夾板，順帶拿幾副跌打藥膏過來。」

「欸，我這就去。」春生正要出門，錢大妞從身後跟著道：「帶我一程，我去街口買些菜，今兒家裡人多，該添一些。」春生聽了，笑得嘴角咧到了耳根。

李氏懷著孩子，自然是越發小心了些，這會兒才從房裡出來，聽說劉八順把腿給摔折了，頓時眼淚汪汪地說：「這好好的怎麼就摔斷了腿呢？以後會不會跛腳啊？」

杜若安慰道：「伯母放心，我方才檢查過了，應該沒有完全斷，只是骨頭裂開了，固定一下，好好休養幾個月，等長好了就沒事了。」

李氏這才點了點頭，迎了他們進去。杜若把劉八順放到李氏的房中，李氏安慰了劉八順幾句，親自出去為杜若倒茶。

杜若臉紅地點了點頭，想起一件事來，便問劉七巧道：「七巧，今兒晌午富安侯府的下人來太醫院請我去看診，還點名了讓我帶一個寶善堂長樂巷分號的大夫過去。依妳看，是不是他們家那個少奶奶的病症還沒好？前幾日我二叔還跟陳太醫一起去看過的。」

劉七巧沒料到富安侯府倒也是一個有效率的人家，便把今兒早上遇見富安侯夫人的事情給說了。「依我看，上次侯夫人說少奶奶是自然流產的，只怕是沒流乾淨，陳大夫開的是止血的藥，只怕適得其反了。要是我能去給她檢查一下裡面的狀況，你也好對症下藥。」

杜若這幾天一直在想，到底如何能讓劉七巧在杜老爺面前再表現一回，所以他想了想，直接對劉七巧道：「七巧，妳上次設計的那幾樣東西，說可以直接用來給婦人清理下面的，是不是就是治療這種毛病的？依我看，妳還是跟我一起去得好。」

劉七巧見杜若這急吼吼的樣子，忍不住就笑了起來，見廳中沒人，就站起來湊到他身邊，在他的臉頰上親了一下，假裝不情願道：「我還沒過門呢，就想著要我給你們杜家打工了，這我可不幹！」

杜若被劉七巧說得一陣臉紅又啞口無言，連反駁都不知道如何反駁。劉七巧想起剛見到杜若的時候，那是一個牙尖嘴利，簡直跟針尖一樣，能把人給刺死過去了，這會兒卻又是一副憋著說不出的模樣，頓時覺得好笑。「你說那個能說會道的杜若若去哪兒了呢？」

杜若紅著臉不知道說啥好，結結巴巴道：「大概、大概是被一個叫劉七巧的給吃了吧……」

劉七巧被逗得哈哈笑了起來，親著杜若的臉頰道：「那我再吃一口、再吃一口。」

杜若忽然回頭，按住了劉七巧的後腦勺，舌尖探進去狠狠吻了起來，還帶著幾分急切和霸道。劉七巧被杜若吻得氣喘吁吁、臉頰泛紅。

杜若伸手撫摸著她的臉頰。他的指腹柔軟而光滑，輕巧地在劉七巧的臉上來來回回地摩挲著。

「七巧，用不著多久，我們就可以在一起了。」他看著七巧，眼中都是滿滿的愛意，劉七巧一瞬間覺得自己的心口像被填滿了一樣，幸福就要溢出來了。她抱著杜若的腰，頭靠在杜若的胸口，安靜地聽著他的心跳。

「杜若若，你聽好了，我活了兩世才遇到你，你是我這輩子和上輩子加在一起唯一喜歡過的男人。你記住，我們兩個要開開心心地在一起，永遠在一起，好不好？」以前覺得，戀愛時的誓言就跟太陽底下的肥皂泡，看著五光十色，可是一眨眼就連影子都不剩了。但是當自己談起戀愛的時候，這種話說出來似乎也沒有那麼肉麻了。何況，她說的可都是實話啊，她攢了兩輩子的福分，終於遇上了杜若。

「七巧，妳怎麼了？今天跟我說這些？」杜若伸手輕撫著劉七巧的長髮，帶著幾分驚訝，但更多的是內心深處的感動。劉七巧在他的胸口蹭了兩下，抬起亮晶晶的眼看著杜若道：「怎麼，壞話聽多了，偶爾說幾句好聽的你就不習慣了？看來我以後還是少說這些，省得被人笑話了。」她第一次感覺自己的臉上熱辣辣了起來，只好不好意思地低下頭了。

這種心跳加速、蠢蠢欲動的感覺，可真是讓人沒辦法，作為活了兩世的劉七巧，也不知不覺就敗下陣來了。

杜若心滿意足地看著她的臉頰越來越紅，然後，他聽見春生扯著公鴨嗓在門口喊道：「少爺，夾板和膏藥都取回來了！」

杜若把劉八順的腿腳固定好了，小心囑咐道：「俗語說：『傷筋動骨一百天。』八順這三個月最好是哪兒也別去，就在家裡養著了。」

劉七巧蹙眉想了想，養著倒是小事，可是劉老二去了邊關，回來的時候發現劉八順的功課沒有半點長進，這不是得被罵死了？況且劉老二才走沒多久，八順就出事了，身為姊姊，劉七巧肯定也會被罵的。

劉七巧拉著杜若的衣袖，兩人走到角落裡，她才不好意思地開口道：「若若，八順的功課怎麼辦？到時我爹回來，一定會怪罪我和我娘的。我爹好不容易想了法子讓八順到王府當伴讀，才沒幾個月呢，就出來了。」

杜若低眉想了想，開口道：「這樣吧，我給八順請個教書師傅，每日裡來妳家教書，你們預備一間書房就好。」

上門教書，這可是家庭教師待遇啊，有這待遇，估計銀子也少不了的。

杜若笑道：「就這順寧街上，我還認識一個教書先生，聽說年紀大了所以不教書了，要是住得近的話，沒準人家願意來呢。」

劉七巧點點頭，笑咪咪地看著杜若道：「你倒是什麼人都認識，這條街都被你跑熟了。如今你又去長樂巷那邊的分號，只怕過不了多久，巷子裡的姑娘沒幾個不認識你杜大夫的了。」

杜若見劉七巧那小模小樣的，心裡甜蜜蜜的，牽了牽她的手道：「妳這是在吃醋嗎？」劉七巧一扭頭就跑到外面去了。

廚房裡，沈阿婆忙了半個時辰，總算把貓耳朵給炸好了，裝了一盤子給劉八順送了進去。劉八順這會兒已經享受特別待遇，由李氏和錢喜兒兩位賢良淑惠的女子照看著。

杜若等著春生買東西回來，所以又在客廳坐了一會兒。錢大妞上前為他換了一盞熱茶，就聽見門外有人叫門。

錢大妞去開門，見這人不大眼熟，一時便有些疑心。那人看了一眼停在劉家門口的馬車，狐疑道：「姑娘，你們今兒上杜家請大夫了？」

錢大妞一時也沒反應過來，點了點頭道：「喔，家裡有小孩子爬樹摔了腿，請了杜大夫過來瞧瞧。」

那老婆子雖然平常在杜家只是個跑腿的，但也知道杜家的大夫不好請，就是他們家裡人病了，也只是請店裡的坐堂大夫，從沒有請本家看病的道理。人家是太醫，看的都是貴人，這小門小戶人家，怎麼可能請得動太醫呢？

「婆婆，妳這是從哪兒來，到我家有事嗎？」錢大妞再次問她。

那婆子笑著道：「我是杜家李嬤嬤派來的，前兩天妳家不是有人要去贖方巧兒嗎？這事成了，我們家太太說了，看在方巧兒服侍了我們少爺一場的分上，贖身的銀子也不要了，明兒妳們只管去我們家把她領了回來就好了。李嬤嬤今日去了莊子上，也不知道明兒什麼時候回來，所以讓我過來說一聲，明天去了杜家找我，我姓張。」

錢大妞這會兒總算是聽明白了，笑著道：「張嬤嬤，麻煩妳大老遠地跑一趟，進來坐坐吧，我大娘就在裡頭。」

張嬤嬤連連擺手道：「這可不好，杜家的馬車還在外面停著呢，要是遇見了主子，怪不好意思的。」

錢大妞見她這麼說，也不便迎她，只讓她稍等一下，自己回廚房裝了一紙包新炸出來的貓耳朵，送給張嬤嬤道：「嬤嬤，這是家裡剛做的，妳拿著路上吃，或者回去給小孩子吃。我一會兒就把妳的話帶給我大娘，明兒我跟著她一起去找妳領巧兒回來。」

張嬤嬤假作推辭了一下，然後抱著紙包走了，一邊走一邊還在心裡嘀咕：今兒到劉家的到底是誰啊？可別是杜二老爺又看上了什麼人了！

張嬤嬤是杜二太太那邊的人，慣是知道杜二老爺有憐香惜玉的男人特質，他那四個姨太太，有兩個是在長樂巷寶善堂分號幫忙的時候，遇上來京城投親不果的落難官家小姐，被歹人賣入青樓，寧死不從之後，賣藝不賣身，最後被杜二老爺英雄救美，接回家當了姨太太。當時二太太還在心裡嘀咕，天底下哪來那麼多賣藝不賣身的姑娘，還都是落難的官家小姐，誰知進門了一個又來了一個。後來杜老太太就發現了事情的根源，禁止杜二老爺再往長樂巷的分號去了。

算算時日，杜二老爺差不多有八、九年沒納妾了啊，這也忍得夠久了。不過現下二房各位妾室們相處和諧，所以張嬤嬤覺得，不能因為外人打亂了二房和諧美滿的妻妾生活，這件事一定要對二太太知會一聲。

二太太聽張嬤嬤說完，一張臉神色不定。按理這會兒已經到了杜二老爺下值的時辰，可人卻還沒回府，杜二太太覺得這其中肯定有問題。

「妳當時怎麼就沒進去看看二老爺在不在裡面呢？」杜二太太數落了張嬤嬤一句。

張嬤嬤低著頭道：「萬一真是二老爺在裡頭，豈不是尷尬？」

杜二太太甩了甩帕子，支著肘子道：「這樣吧，一會兒等二老爺回來了，妳偷偷去問問今兒跟二老爺的小廝，二老爺今天都去了哪些地方。」

張嬤嬤心裡有數，點了點頭便退了出去。杜二太太坐在榻上，擰著眉頭想了半天，自言自語道：「劉家……順寧路的劉家……怎麼聽著這麼耳熟呢？」

身邊的小丫鬟見她為了這事犯愁，也跟著想了想，道：「太太，上回跟著大少爺去給沐姨娘治病的那個姑娘，我聽齊旺說是叫劉七巧來著！」

杜二太太吸了一口冷氣，想想那日能說會道的劉七巧，頓時覺得有什麼事情好像不大對？杜二太太急忙喊了那小丫鬟過來，跟她道：「一會兒等大少爺回來，妳去向春生打聽打聽，大少爺今兒是不是去了順寧路的劉家，到底是幹什麼去的？」

那丫鬟點了點頭，一一記在了心裡，只等著杜若回府。

第五十三章

杜若送了劉七巧回王府，自己才折回杜家。這時候，院裡剛掌了燈，丫鬟們正四處送燈，二太太身邊的丫鬟見了春生便上前打探道：「春生，今兒大少爺是不是去了順寧路劉家？」

春生只是略有狐疑，看了她一眼，露出一個「妳怎麼知道」的驚訝表情來。

那丫鬟一看春生的表情就知道自己問得沒錯，便繼續問道：「你這是做什麼去的？難道他們家人病了，還能請得動太醫嗎？」

春生臉上的表情又變了。你們不知道罷了，少爺如今恨不得上門當家庭醫生了，哪還用他們自己上門請？不過，這些話自然是不能亂說的。

他清了清嗓子，笑哈哈道：「哪是去什麼劉家？是恭王府二老爺家的書僮摔折了腿，讓少爺去出診，正好這書僮是劉家的兒子，就順便把他送回去了。原本是恭王府要派車的，這不少爺要往鴻運路的分號去看看，所以就順路了，也省得費一趟車馬。」

那丫鬟見他的話裡並沒有多少資訊，便有些無趣地喔了一聲，扭了扭身子，從懷裡拿出一雙白花花的襪子，塞給春生道：「這是我平日裡抽空做的，你試試。」那丫鬟話沒說完，紅著臉就跑了。

春生拿著襪子，愣了半天，臉頰也紅了起來，看看左右沒人，趕緊往懷裡一收，縮著腦袋溜了。

用過晚膳，杜若便請了杜老爺去書房，順帶捎上了一起做說客的杜二老爺。杜老爺見杜若這樣一本正經的，沒等他開口，先問了起來。「我今兒去了長樂巷的分號，那邊許掌櫃的說今兒魯木匠送了幾樣東西過來，奇奇怪怪的，說是你在他那邊訂做的？」

杜若想起了這事，一拍腦門，去藥箱裡頭取出劉七巧畫的那幾樣東西，遞到杜老爺面前道：「爹，您看看，是不是這幾樣東西？」

杜老爺一邊看一邊點頭。這畫是杜若根據劉七巧的原始圖案，重新臨摹之後，在邊上標明了用處名稱的存檔，所以杜老爺一眼就看見上面寫著「產床」二字。

「這、這半張東西是什麼？」杜老爺和杜二老爺一起問道。

杜若急忙解釋道：「這是產婦生產時候睡的床，這上半部分可以根據產婦的舒適度調節高低；這兩個扶手是產婦用力時扶著的；這兩個叫踏腳，產婦用力的時候可以用腳蹬這兩個東西，幫助產婦更好發力。」杜若說著，又指著另外一個木桶道：「這個，七巧叫它垃圾桶，專門丟髒物用的；這兒有個腳踏，踩一下蓋子就開了，髒東西丟在裡面，平常蓋上了看不見。」

杜若說著，又拿起另外幾張圖紙來。這會兒他有些不好意思解釋了，上面畫著一個鴨嘴鉗、一個宮頸鉗，還有一個刮宮棒和刮杓。

杜老爺看見杜若臉上泛起一層紅暈，也不問他，直接接過他手上的圖紙翻看了起來。他一邊看上面的圖形，一邊研究起旁邊杜若寫的解釋，還讀了出來。「用於擴張玉門，可見其內裡組織……」杜老爺毫無表情地讀完了之後，才反應過來自己剛剛都唸了些什麼，脹紅了臉，尷尬地清了清嗓子道：「這些都是七巧讓你研究的東西？」

「正是，我已經幫七巧製出了一套生鐵的，不過七巧說太重，用起來不順手，所以我又讓魯木匠和另外一個竹匠都做幾樣出來試試，看她哪個用得比較順手些。」杜若說著，把放在藥箱中的那一套東西拿出來，遞到杜老爺面前。

杜老爺像欣賞新事物一樣地欣賞了起來。杜若接著道：「七巧說，這三樣工具可以給流產流不乾淨的女子做下體的清理工作，再配合藥物，痊癒起來就會快很多了。」

杜老爺拿著東西，一邊看一邊捋鬍子道：「七巧還真是一個有意思的姑娘，她的醫理更是讓人嘆為觀止。什麼東西不好就去掉什麼，倒也是很直接的辦法，不帶半點拖泥帶水的。」

杜若聽見杜老爺讚揚劉七巧，連忙笑著道：「平日裡我們婦科用藥，鮮少有親自檢查的。雖說望聞問切，但是很多事情關係私密，就算我們是大夫，那些病人也未必肯說出來的。」

杜二老爺也點點頭道：「這就是為什麼太醫院每年都要培養一批醫女的原因，很多事情雖然我們是大夫卻不方便親自動手，只能由醫女代勞。」

杜若看了一眼杜二老爺，心想，二叔你不是來幫忙做說客的嗎？這會兒怎麼歪到了醫女的身上去了，七巧是你將來的姪媳婦，可別打她的主意。

杜二老爺接到了杜若的眼神暗示，急忙拉回了正題，開口問道：「大郎，這幾天長樂巷那邊還是那麼忙嗎？需不需要我過去幫幫忙？」

杜老爺聽說自己弟弟要去長樂巷幫忙，鬍子一下子翹得老高的，急忙道：「再忙也用不了你這個太醫院院判啊！有大郎時常去幫襯著就好了。」

杜若想起二叔那幾個姨娘，覺得老爹擔心得很對。他想了想，開口道：「這幾日比較忙，其實都是因為邊上開了一家安濟堂，裡面賣的幾副藥出了些問題。他們安濟堂只有藥鋪，沒有坐診的大夫，所以病人都往我們寶善堂來了。」

杜老爺捋了捋山羊鬍子，擰眉道：「安濟堂的事情我也略知一二。今年太醫院需要的御用藥材，裡面就有安濟堂的一份，聽說老闆是南方人，這兩年才往北來，我不大熟悉，不過好像在朝廷裡還算有些路子。」

太醫院的藥材是每年由禮部專門管理御藥採購的官員採購入宮，因為杜二老爺任太醫院院判一職，所以杜家也是每年參與採買藥材的皇商。皇家採買的數量一般比較大，往往會分給幾家藥商共同送辦，在今年的藥材送辦名單中，杜老爺也看見了安濟堂的名字。

一般在天子腳下，無論做什麼事情，沒有一點靠山肯定是做不成的，杜若猜測安濟堂應該也是後頭有人的。他開口道：「他家目前有三種藥賣得最好，分別都有個外號，叫：君不留、半月紅、子滿堂。說的就是避子湯、落胎藥、催產湯。據說避子湯不是很靈，但是老闆很會做生意，但凡在安濟堂買了避子湯不靈驗的人，若是有孕之後，可免費贈送一副半月紅。」

杜若說到這裡，杜老爺已是驚嘆地張大嘴巴道：「居然有這樣的商家？真是聞所未聞，也虧這老闆能想得出來。」

杜若繼續說道：「避子湯不靈也就算了，偏偏那個落胎藥也不好，這幾日已經接手了幾個因為喝半月紅喝出問題的病人來了，真真是害人不淺啊！」

杜老二爺聽杜若說完，點頭思量了半會兒，開口道：「若是我們杜家的藥，斷然不會出這樣的問題，是再穩妥沒有的。」

杜老爺聽杜二老爺冒出這麼一句，只搖搖頭道：「杜家不賣落胎藥，這是祖訓。杜家是行醫濟世的人家，絕對不會做這種傷天害理的事情。」

杜若聽杜老爺堅持，只嘆了一口氣，本想反駁，卻不知道一時說什麼好，只賭氣道：「七巧說，對於那些花街柳巷的風塵女子，她們不需要孩子，只要一個健康的身子。如果因為這種事情把身體弄垮了，那麼我們花再多的人力物力去救她們、幫助她們又有什麼用呢？」

杜老爺聽完杜若的話，哼了一聲，坐下來蹙眉思考。

杜二老爺見兩人僵持不下，決心從別處開始商量，便開口道：「富安侯家的少奶奶已經流了第二胎了。我和陳太醫兩人琢磨著開的方子，吃了幾天還不見效果。今兒他們家下人往太醫院來，說是要請了大郎帶上長樂巷分號的大夫去瞧一瞧。」

杜老爺的思維果然被杜二老爺給引了過來，只擰眉道：「具體是什麼毛病，能看出來嗎？」

杜二老爺搖搖頭道：「情況不是太好，有點像前年去了的英國公府少奶奶那個毛病，那少奶奶的病症，起因也是因為流產，後來就血漏不止，最後也沒能救下來。」

杜老二爺想了想道：「長樂巷分號的兩位大夫常年累月看的是婦科毛病，在這方面肯定比我們經驗豐富；富安侯府的人能想到這一點也不容易。倒是一般公侯府邸的人也不會到市井上面來找大夫，大概是有人介紹的吧。」

杜若聽到這裡，便起身道：「明兒我就帶了胡大夫過去瞧瞧，我想去王府請了七巧一起去，七巧會檢查，比我們這些望聞問切都更穩妥，爹您覺得呢？」

杜老爺想了想，點點頭道：「嗯，帶上七巧吧。聽說這富安侯夫人跟老太太是小時候的手帕交，如今你都這麼大了，她連孫兒還沒抱上，可不是要急得頭髮花白了？」

杜若笑著道：「我見過那富安侯夫人，看著還算年輕，聽說她生富安侯世子的時候快要四十的，這會兒抱不到孫子，也只能怨自己生兒子太晚了。」

「你這嘴巴！」杜老爺瞪了一眼杜若，蹙眉道：「關於那落胎藥藥方的事，我還要考慮考慮，這事關重大，是杜家幾百年的家訓啊！」

杜若聽杜老爺還在猶豫，便道：「其實七巧給我出了一個主意，讓那些人在寶善堂喝了藥，等孩子打掉再離開，如此就能避免這藥方給流出去。」至於那些想拿著藥方去害正室或者小妾的人，這藥方不能帶走，寶善堂提供代煎藥的服務，她們也沒辦法去害人了。

杜二老爺聽杜若這麼說，倒是眼睛一亮，點了點頭道：「這麼說倒還有幾番可行性，只是這麼一來，這長樂巷的生意就越發忙了。」

劉七巧回了王府之後，先去二太太那邊謝過了，又把劉八順平常讀書的東西都整理了回來，打算明兒趁著王妃歇中覺的時候往家裡跑一趟送個東西。

王妃聽說劉八順摔傷了，也很是關心，命青梅從庫房裡面取了一些鹿筋、三七等藥材，讓劉七巧帶回去給劉八順。王妃見她跑來跑去，瞧著臉頰都消瘦了，心疼道：「妳如今家裡這麼忙，還要照應我。我現在已經快七個月了，倒是沒兩個月就要生了，應該也沒什麼大礙，妳若是忙不過來，也不必每日都來。」

劉七巧知道王妃體恤自己，很是感激道：「太太也說了，過不了多久就要生了，這最後的關頭，我自然要幫太太守好。太太這幾日晚上睡得就沒以前安穩了，往後肚子越大越折騰，七巧說了要陪著太太直到孩子出世的，七巧不會食言的。」

王妃看著劉七巧忙忙碌碌的身影，心裡嘆道：我要真有這麼一個閨女，這輩子也是兒女成雙，人生算是完美了。

王妃一邊看著劉七巧在那裡忙前忙後，一邊輕撫著自己的肚皮，小聲祈禱著：小寶貝，妳會是個閨女嗎？最好像妳七巧姊姊這樣，那麼娘以後可就只疼妳一個了。

王妃一個愣神，忽然肚子裡的小東西一腳踹在她的心窩上，讓王妃疼得直皺眉頭，忍不住嘆氣道：「你這不消停了，罷了，多半是個毛小子。」

第五十四章

杜二太太的丫鬟把問來的結果回覆了，杜二太太聽了也不覺得有什麼奇怪之處。她這個大姪兒最是醫者心善，平日裡不管是什麼乞丐孤老，他看見了都要上去幫一把，給窮人治病，藥材也從來都是買一送一的，也虧得杜家家底厚實，才沒讓他給敗光了。如今是自己的兒子跟著大老爺學生意，她也不用擔心以後的養老事了。

杜二太太是個沒什麼細心思的人，倒是她身邊的丫鬟長了一些心眼，問道：「我今兒聽說大少爺院裡的方巧兒被人贖走了，聽李嬤嬤說，就是給順寧路上的劉家給贖走的，這事也未免太巧合了點，怎麼走哪兒都有劉家，總覺得怪怪的。」

杜二太太靠在靠背椅上，悠閒地端過一盞茶抿了一口道：「天下姓劉的人多了，順寧路有幾個劉家還不知道呢！」

那丫鬟想了想道：「想起來了，順寧路只有一個劉家，是王府的二管家。這麼說來，大少爺今天去的，應該是這個劉家。」

杜二太太斜著眼看了一眼那丫鬟，笑著道：「我說秀兒，平常看著妳大門不出二門不邁的，知道得還不少嘛?聽妳這麼說，這劉家還當真是有些惹眼了。」杜二太太放下茶盞，想了想道：「那方巧兒如今走了沒有?」

秀兒低眉想了想道：「還沒有，李嬤嬤上莊子去了，讓張嬤嬤明兒帶著方巧兒出去，聽說是明天劉家會來領人。」

「那正好，妳馬上去把那方巧兒喊來，要是別人問起什麼事，就說她明兒要出去了，好歹服侍了一場，我賞她些東西。」

「太太等著，奴婢這就去把巧兒喊過來。」秀兒說著，便去了百草院將那方巧兒給喊了過來。

方巧兒自從進來之後，就一直在大房這邊的百草院待著，雖然見過二太太幾次，卻對她這個人沒多少印象。聽說自己要走了，還打發丫鬟喊了自己過去賞東西，倒是讓方巧兒受寵若驚了起來。

她因為自己是個鄉下丫鬟，自從西跨院出了沐姨娘的事情，整個人就是縮起了腦袋過日子，平常從來不出百草院一步。這會兒李氏要贖她出去，她原本並不大願意，但是一想到作為杜老太太深惡痛絕的鄉下丫頭，以後要進杜若的房內服侍只怕也不是一件容易的事情，所以她才勉強答應了。

杜二太太見方巧兒進來，臉上並沒有那種被贖身後歡快雀躍的神態，心裡倒是暗暗奇怪。她見方巧兒恭恭敬敬站在那裡，容貌清秀可人、體態婀娜多姿，比起沐姨娘來一點也不遜色，心裡更是有苦難言，覺得天底下的好東西都給大房占盡了。

「瞧這姑娘長得可真是秀氣啊，比我們家那幾個小姐還好看些了。」杜家人丁不算簡單，杜家大房因為杜老爺的專情，四十好幾了只有杜大太太一個妻子，也只有杜若一個兒子。杜家二房卻是一個龐大的家族了，杜二太太有一子一女，兒子十八，目前也已經有了一子一女一妻一妾了。女兒十三，待字閨中，暫且不提。其他幾位姨太太各有所出，所以杜二太太還有兩個庶子、兩個庶女，庶子還年幼，兩個庶女和自家女兒差不多大，到時候又是要倒貼嫁妝的。

方巧兒聽二太太這麼說，只是不大好意思地又低下了頭，眼睛悄悄抬起來看了一眼二太太，略帶著幾分怯生生的意思，無端讓人覺得楚楚可憐了起來。

二太太見過不少美人，杜二老爺從長樂巷帶回來的哪一個不美？可是那些都不是二太太心裡規規矩矩的人，她看著方巧兒這樣的，還喜歡上了。如今那沐姨娘怕是不中用了，之前一番吵鬧，攪得整個家都不安寧，連自己兒子都不待見她了；趙氏出自高門，脾氣也驕縱，從來連自己這個婆婆也不放在眼裡，就她房裡給蘅哥兒備的那兩人，一看就是個苦命樣，自己若是男人也提不起這興趣。杜二太太不知怎麼的，就對著方巧兒有了些想法了。

「聽說這次有人贖妳出去，是妳自己的意思嗎？」杜二太太也不過就是隨口問了一句，想聽聽方巧兒的說法。

方巧兒不知道杜二太太問她這個問題究竟是為了什麼，可是如今李嬤嬤都已經通知自己要出去了，包袱都整理好了，這會兒才問她有什麼意思呢？方巧兒想了想道：「巧兒年紀大了，在府裡也服侍不了多久時間了，李嬸子是我們牛家莊出名的大善人，她把我贖出去，一定會好好待我的。」

這話雖然聽上去沒什麼不對，可二太太也不至於連這些都聽不出來，頓時就問道：「這麼說，不是妳自願想出去的？」

方巧兒見二太太這麼直白，只是低下頭，不知如何回答。她確實不是心甘情願出去的，可是她想留下的理由要是讓主子們知道了，還不定要多瞧不起自己呢……方巧兒想了想，覺得丟不起這個人，只硬著頭皮道：「有人肯贖奴婢出去，奴婢自然是求之不得的。」

二太太這回倒是真的有些失落了，嘆了一口氣，看看方巧兒這模樣品貌，只搖搖頭，端了茶盞抿了一口，又抬頭繼續問她。「贖妳的人家是什麼人？家裡有孩子嗎？這樣贖妳回去，也是要把妳當丫鬟使喚嗎？」

方巧兒見二太太不糾纏剛才的問題了，總算鬆了一口氣，小聲回答道：「贖奴婢的人家是以前在牛家莊的村裡人，他們家是恭王府的下人，家裡有兩個孩子，姊姊跟我同歲，還有一個弟弟，她們家還收養了我們村裡一對沒爹沒娘的姊妹，是極好的人家。」

「喔。」二太太一邊聽一邊點頭，冷不防開口問道：「那姑娘是不是就是那天大郎帶著來瞧沐姨娘的那一位？」

方巧兒聽二太太這樣問，只點點頭道：「就是她，我說二太太也應該認識的，那就是劉七巧。」

二太太皺起眉頭，總覺得事情似乎沒那麼簡單，可問也問不出什麼所以然來，便擺了擺手對秀兒道：「賞她兩吊錢，明兒一早讓她出去吧。」
方巧兒莫名其妙地得了賞賜，給二太太磕了頭離去了。
一旁的秀兒也聽了半晌，擰著眉頭道：「那這麼說，大少爺早該認識這劉七巧了，怎麼春生今兒完全沒提起這事呢？」

第二天，杜若去太醫院應卯之後，便帶著春生一同給富安侯家的少奶奶診治。路經長樂巷的寶善堂分號，也順便進去參觀劉七巧設計的那幾樣東西的實物。
杜若伸手搖了搖那產床，倒是穩當結實得很。產床的中間有一處機括，可以把前半部分的床板支撐起來，調節躺著的高度，倒是實用得很。
杜若又命人把劉七巧需要的那幾樣器具，放到煮沸的水中消毒，用晾曬過的白布包起來備用，這才帶著胡大夫一起去了富安侯府。
從長樂巷到富安侯府，正好要經過恭王府，杜若親自進了王府借人去，正巧遇上劉七巧和王妃到老王妃那邊請安去了。杜若雖然覺得失禮，但畢竟病人的病情比較重要，所以他也只好失禮地到壽康居去找人了。
杜若請了門外的丫鬟們幫他去裡面通報，那丫鬟以為杜若是來給王妃請平安脈的，不敢怠慢，便進去稟報道：「回老祖宗、太太，杜太醫在門外求見。」
王妃皺眉想想，今兒還沒到請平安脈的日子呀，這倒是怎麼回事啊？

老王妃瞥了一眼劉七巧的神色，便知道杜若來是為了什麼，就傳話道：「妳去喊他進來吧。」

小丫鬟出去傳了話，撩開簾子讓杜若矮身入內。杜若進門見了兩位便恭恭敬敬行了一個禮數，道：「晚輩今日冒昧而來，是想借七巧出去用一用。富安侯家少奶奶的病症，還得讓七巧去瞧一瞧得好。」

劉七巧撇撇嘴，心道：杜若若，你還真是臉皮越來越厚了，我劉七巧是你想借就可以隨便借的嗎？

沒想到她的心裡話沒說出來，老王妃倒是替她說了。「杜太醫，七巧是我們家的丫鬟，難道是你想借就可以隨便借的嗎？」

杜若沒想到老王妃有此一問，頓時臉紅到了耳根，一時間話都不知道怎麼說了。幾個丫鬟聞言，都捣著嘴笑了出來，劉七巧也只能乘機跟著一起笑笑。

「這……這……晚輩就借兩個時辰。」別看杜若平時挖苦春生的時候挺帶勁的，其實他是一個頂頂懂孝道的人，對待長輩是半點也毒舌不起來的。

老王妃見他那窘迫的樣子，笑著道：「既然就兩個時辰，那麼你問問太太，肯不肯借呢？」

王妃不知道劉七巧和杜若已經暗中看對了眼，她如今的主要任務是養胎，凡事都得放寬心，至於其他的，能不想她是不會去想的，於是便笑著道：「老祖宗問我可就不對了，七巧如今雖是我的丫鬟，但我從來做不了她的主，這還得問她自己願不願意去呢。」
杜若只覺得自己的臉皮就要被血管給撐爆了，燙得一塌糊塗，低頭又朝著劉七巧作了一揖，好不容易清了清嗓子，嗓音帶著點喑啞道：「不知七巧姑娘願不願意跟在下走一趟呢？」他微微抬頭，只看見劉七巧穿著一身水綠色的衣裙，繡花鞋隱在裙角，只這樣站著不動，就讓他覺得自己心跳加速了起來。
劉七巧知道老王妃是故意要逗杜若。「太太說什麼呢？奴婢是太太的奴婢，太太做不了奴婢的主，那誰能做奴婢的主呢？太太您就發話吧，您讓我去我就去；您不讓我去，任憑杜大夫再作揖行禮的，我也不去。」
王妃見劉七巧說得俏皮，只拿帕子摀著嘴笑道：「妳這丫頭，瞧妳，把杜太醫窘成什麼樣了？依我看，我是做不了妳的主的，只怕將來唯一能做妳主的人也就只剩下妳男人了。不過妳這麼厲害，可不知道哪個小夥子有福消受了。」
說者無意，聽者有心，這下子不光杜若，連劉七巧都羞紅了臉。
劉七巧用帕子摀著自己脹紅的臉，羞了好半天才道：「太太最近一定是太閒了，二姑娘和三姑娘的婚事都定下了，青梅姊姊也有了人家，就剩下七巧沒著落，就要被太太看上去配小子了嗎？」
王妃見劉七巧羞怯的模樣，也笑個不停道：「行了行了，我們一幫人在家裡說說笑笑不打緊，可杜太醫還是一個未娶親的少年郎呢，讓他聽去了可怎麼好意思呢？」

王妃說完這句話，瞧瞧杜若那張紅臉，再看看身旁劉七巧紅豔豔的小臉蛋，若有所思地想了想。她最近一定是因為肚子太大、人太懶，所以忽視了什麼……

「七巧，既然杜大夫都親自上門來請了，妳就去吧。不然別人還當我們王府不好說話，不過是借個丫鬟，又不是來借媳婦，哪有那麼小氣的，對不？」老王妃笑著說道，誰知這一句話又讓杜若和劉七巧鬧了一個大紅臉。

王妃這回也打趣道：「老祖宗這可說錯了，媳婦是用娶的，可不興用借的。」

「對對對，就是這個理，說起來，我還等著看杜太醫娶媳婦呢，你祖母一早就等著你給她抱曾孫了。」

杜若覺得自己真是失策啊，就這麼跑來了，只能連連點頭道：「是是是，等晚輩娶親的時候，一定給王府下帖子，到時候指望老祖宗和太太能抽出一點空閒到寒舍坐坐。」

「到時候你請了我，我自然是去了。」老王妃爽快道。「行了，你們走吧，這救人治病的事情，當真耽誤不得。」

劉七巧暗自嘀咕了一句：老太太，您這會兒知道耽誤不得了啊？人家若是在生孩子，這會兒沒準都能生出一對雙胞胎來了。

杜若經過千難萬險終於把劉七巧借到手了，兩人一前一後地出了王府。

老王妃的壽康居裡頭，大家夥兒的笑聲還沒斷。老王妃好不容易忍住了，端起茶盞若無其事的說：「看著倒是很登對的一對啊。」

王妃眼觀鼻鼻觀心，跟著點了點頭，頓了半刻才道：「只是劉家的家世和杜家實在差得太多了，這要進門做正室只怕不容易。」

老王妃也嘆了一口氣道：「我看著沒準能成，實在不成，那我們好歹想想辦法給幫一把。」

王妃轉身看著老王妃道：「這麼說，七巧和杜太醫是真的？」

老王妃對自己這位媳婦的遲鈍也是沒想法了。敢情他們兩個人整日裡就在面前打情罵俏的，到今天才看出了一些端倪？

「若是沒有這一層，七巧這樣的姑娘便是留著給珅哥兒當續弦，我也是願意的。」老王妃說出這句話來，又戳到了王妃的心眼上。好好的兒子居然做出那般事來，實在讓人扼腕。

「最近前線沒來什麼消息吧？」

「沒有，戰報倒是天天有的，只說已經開始打起來了，其他的也沒聽說，就怕他們也是個只報喜不報憂的。」

「沒有消息就是好消息，妳也不用著急，以前也沒少經歷過這樣的日子，不都熬了過來嗎？把心放寬點，等著他們凱旋而歸是正經。」

「老祖宗說的是，希望年底之前他們能回來，好歹在一起過個團圓年。」

第五十五章

前方戰事一日三變，王爺寫給王妃的家書自然是只報喜不報憂。

其實自從大軍駐紮到營地之後，已經展開了三次小範圍戰事。王爺上次打仗還是在十幾年前，雖然有一腔熱血，畢竟有些生疏了，好在蕭將軍熟悉軍務，兩人練手彷彿又回到了十幾年前的青蔥歲月。

不過周珅畢竟是年少氣盛，被韃子大軍圍堵了幾次，都憑藉他的運氣加實力突圍，唯獨最近一次在鴿子坳中的圍擊，三千人馬被韃子整個堵在了山坳中。

大雍軍隊這次有備而來，為的就是乘勝追擊，就算捨棄了那三千人馬也無傷。戰場上本來就生死有命，可偏偏這三千人的將領是恭王世子周珅！蕭將軍和王爺兩人是多年的摯友，蕭將軍知道王爺膝下只有這麼一個嫡子，自然是不能出絲毫差錯的。

軍報傳來，王爺站在帳中沈思良久，最後還是決定讓劉老二帶領一隊人馬前去營救。

劉老二跟著王爺十幾年，自然知道王爺父子之間的感情，臨行前只對王爺說了幾句話。

「屬下這次去，一定會為王爺把世子爺帶回來，只是屬下還有些事，想要求王爺開恩。」

王爺知道，這時候大家都是生死關頭，可他也實在捨不得自己兒子的命。

「劉誠，有什麼話你儘管說，但不管如何，本王都在這大營裡等著你和世子爺一起回來！」王爺拍著劉老二的肩膀，一臉嚴肅地說。

劉老二單膝跪地，給王爺行了一個軍禮。「我劉老二是個莊稼漢，跟了王爺之後才長了見識，因為不想一輩子當莊稼漢，所以跟著王爺來了前線。其實這些都不是為了我自個兒，只為了我那一對兒女。我女兒七巧從小聰明過人，只可惜生在了我這樣的人家，連個好姻緣都掙不上。王爺，劉老二我只有一個要求，萬一我要是回不來了，還請王爺收了七巧做義女，讓她以王府閨女的名義出嫁，奴才我也就瞑目了。」

「你放心，這事本王曾經跟王妃提起過，她也很喜歡七巧，不管你回不回得來，這次我們得勝回京，本王都收七巧做本王的義女。記住，本王等著你回來！」

劉老二重重點頭，俯身一拜，起身退後幾步，轉身甩了營帳的門簾出去。

軍營中四處燃燒著篝火，將天空照得一片通紅。劉老二站在軍營邊，從懷裡拿出李氏在娘娘廟求的平安符，拿到鼻子下嗅一嗅，聞著屬於自己老婆的氣息。

王老四從遠處跑過來，腳步還沒停下來就在那邊喊道：「二叔，我跟你一起去！這種事情怎麼能丟下我呢？」

劉老二看著被太陽曬得烏黑的王老四，拍拍他的肩膀道：「那怎麼行？萬一二叔回不來了，還指望你回去照顧你大嬸和七巧他們呢！」

王老四對著地上的黃土呸了一聲，道：「二叔，你要是回不去了，我回去也是死路一條，就七巧那脾氣，能饒了我不成？你要是現在不帶著我一起走，我這會兒就找了一塊磚頭碰死了拉倒。我王老四出來就是為了掙軍功，衣錦還鄉，等著牛家莊的人都知道我王老四這號人，可不是為了找磚頭碰死的。」

劉老二聽王老四這麼說，一下子也覺得熱血沸騰了起來，拍著他的肩膀道：「好小子，有志氣，咱倆說好了，不當上將軍咱不回去！」

卻說劉七巧跟著杜若一起出了恭王府，誰知道門口又多了一輛馬車。原來杜老爺知道杜若今天會帶著胡大夫去給富安侯家的少奶奶看病，便想著興許杜若會到王府接了劉七巧一起去，過來碰碰運氣，誰知道還真被他碰到了。

杜老爺拉開馬車簾子，見杜若和劉七巧從裡頭出來，清了清嗓子道：「你和胡大夫上我這邊，讓七巧姑娘一個人坐一輛馬車。」

劉七巧內心默默流淚，雖然心裡狂奔過了千萬頭的草泥馬，可她還是微笑著，含羞地點了點頭道：「是。」

她一臉平靜地往前面的馬車走，只有杜若繃著臉，用哀怨的眼神看著劉七巧的背影，那雙濕漉漉的眼睛裡還真像是要擠出淚來的樣子。杜老爺清了清嗓子道：「大郎，你磨磨蹭蹭的還在做什麼？治病救人這麼要緊的事情，都給你在路上磨蹭光了。」

杜若點了點頭上車，總算是把鬱悶給壓了下去。

「大郎，你先跟胡大夫說說富安侯少奶奶的病症吧。」杜老爺看杜若神遊天際的模樣，故意開口問他。

幸好遇到工作的事情，杜若還是很有職業道德的，便開始跟胡大夫分析富安侯少奶奶的病症了。

「杜太醫和陳太醫都給富安侯少奶奶診治過，雖然病因是因為這次小產，但我曾聽富安侯夫人說過，半年前富安侯少奶奶就曾小產過一次，那次很快就恢復，又懷上了孩子，可是又很快地流產了。」杜若頓了頓，推測道：「依我看，只怕富安侯少奶奶原先那一次就沒有完全好，也是有可能的。」

杜老爺和胡大夫各自捋了捋山羊鬍子，點點頭。杜老爺雖然從商十多年，但畢竟以前也是在宮裡行走過的太醫，醫術方面是沒有問題的，至今也還有很多以前常請他診脈的老主顧，在遇到疑難雜症時第一時間就想請他過去。不過他如今管理整個杜家的產業，庶務纏身，研究醫術的時間是越來越少了。

「嗯，女子一旦第一胎沒有保住，往往之後幾胎都會出現問題，這以前我也遇到過。唯一的辦法就是長時間的調理，讓身體慢慢修復，若干年之後還能有生育的可能。」

「老爺說得有道理，之前我在長樂巷也遇到過這樣一個病人，接二連三地小產，又接二連三地懷上，後來下漏不止，在我這裡吃了一整年的中藥，聽說前一陣子總算是又有了孩子，希望這一胎能夠保住。」

杜老爺聽胡大夫這麼說，點頭讚許道：「我們家幾位大夫各有強項，不過若論婦科，胡大夫你還真是當仁不讓了。如今長樂巷的寶善堂都快成為你的不孕專科門診了。」

他對杜若道：「你最近在長樂巷幫忙，要多向兩位大夫學習學習，知道嗎？」

「孩兒自當謹記。」杜若連忙低下頭應了。

「少東家年紀輕輕就已經醫術了得了，杜家在這岐黃醫藥世家中乃是首屈一指的，不然當年我老父進京，也不會說只投奔杜家了。」胡大夫不是土生土長的京城人士，作為外來戶二代，他覺得能傍上杜家很幸運。杜家對在他們家打工的大夫都很優待，除了正常的月銀，還入股分號的銷售利潤。他現在的收入能在京城買一個四合院，娶上一房姨太太，已經覺得很滿意。

「不過就是在京城的時間長了，根基深了，再加上世代為皇家效命，大小官員都看得起一點罷了。」杜老爺謙遜地說。

杜若這會兒只是坐在一旁聽兩位老人閒聊，偶爾掀開車簾，看看劉七巧會不會跟他一樣無聊地掀開簾子看看，這樣沒準兩人還能對上一眼。

不過劉七巧是比杜若更無聊，馬車裡什麼人都沒有，她沒個說話的對象，所以只能無聊地靠著馬車打起瞌睡。

幸好從恭王府到富安侯府的路不算太遠，沒過一會兒就到了。

春生停下車，在外面喊了一聲劉七巧，沒聽見動靜，便掀開簾子看了看，只見劉七巧靠著馬車壁正睡得香。春生一看後面的車也停了下來，急忙敲了敲馬車的側面，劉七巧醒了過來，揉了揉自己的眼睛，從車上下來。

這時候，春生過去門房叫門，不一會兒側門開了，迎出來幾個老媽子和小廝。劉七巧跟著這幾人進去，主人家早已經備好了轎子，她便跟著他們幾個人一樣，坐進了轎子裡面。

大約過了半盞茶的工夫，轎子才停了下來。劉七巧下轎後，跟著前面人走了幾步，就看見富安侯夫人站在垂花門外迎他們了。

富安侯夫人見了杜老爺，也是驚訝道：「萬萬沒想到，我媳婦這點病連杜老爺都驚動了，這下算是有救了。」侯夫人連連唸了兩聲佛，這才把他們一起迎了進去。見劉七巧也來了，雖然有些疑惑，卻也沒急著發問。

「我聽犬子說少奶奶身子最近不大索利，杜太醫和陳太醫都瞧過了，也沒什麼起色。說實話犬子的醫術自然是不如兩位太醫的。不過，我們寶善堂分號的胡大夫是這方面的泰斗人物，這些年找他看病的不在少數，所以今兒我讓犬子帶著胡大夫一起來了。」

富安侯夫人聽杜老爺這麼說，一顆七上八下的心也算是安定了下來，只唸著佛道：「我原也是不知道的，還是這位七巧姑娘說你們寶善堂裡面有好大夫，我這才喊了人去請的。你知道我們這樣的人家，謹慎習慣了，不興在市井上隨便請大夫的，所以這位胡大夫，以前我們不知道你的大名，請你見諒了。」

胡大夫倒是不在意，作為老中醫自然有幾分傲骨，他如今在寶善堂混得不錯，請他看病的人每天都排隊，只要給銀子，他才不管對方是官宦人家還是侯門公府的。

「老夫人說笑了，您請我來，是看得起寶善堂、看得起我。我們廢話不多說，先進去看少奶奶的病是正經。」

「是是是，你請你請。」富安侯夫人聽人這麼說，心裡也放寬慰了些，臉上帶著笑迎了他們進去。

劉七巧跟在後頭，一起進了這位少奶奶房裡。才一進去就聞到一股濃濃的中藥味道，這都是久病的人房裡才有的氣息。

繞過正門口的屏風，一拐彎，丫鬟們挽起兩道簾子，就進了少奶奶睡著的裡間。少奶奶就睡在碧紗櫥裡面，床前還掛著一道半透明的簾子。

富安侯夫人命丫鬟們搬了幾個墩子到少奶奶的床前，將半邊的簾子掛了起來，讓丫鬟們扶著她靠在寶藍色綾緞大迎枕上，上前安撫道：「今兒覺得好些了嗎？我又請了幾個大夫來給妳瞧瞧，這是寶善堂的杜老爺、這是胡大夫、這是太醫院的小杜大夫，還有這位是恭王府的七巧姑娘。」

富安侯少奶奶的臉色算不上頂難看，只是樣子虛弱得很，見了眾人便點了點頭權當行禮，有些虛弱地回婆婆的話。「昨天我母親也來瞧過我，說是這病還得靜養，我昨兒還讓他去外面，他只是不肯。」

劉七巧見她那嬌弱不勝的模樣，打從心眼裡心疼。生不出孩子就罷了，還要把自己男人往外面推，這古代的賢妻不好做啊！

富安侯夫人聽了，只蹙了蹙眉道：「妳沒的在外人面前說這些做什麼？倒教人笑話了。我知道妳是個實心眼的好孩子，妳如今身子不好，更要安心養病，這些話以後不用再說，我還沒老眼昏花，眼裡心裡都明白呢。」

少奶奶聽侯夫人這麼說，只垂下頭來，臉上略帶了幾分窘迫。劉七巧覺得，這生不出孩子的媳婦可真不好當啊！若不是富安侯夫人天天在耳邊嘮叨，這少奶奶大約也不會因此如驚弓之鳥一般。

「媳婦知道了，讓各位大夫們看笑話了。」富安侯少奶奶田氏是精忠侯田家的嫡女。精忠侯前些年去了，因為膝下無子，所以爵位給了二房過繼來的兒子，如今母親雖然還是侯府的老太太，但畢竟那侯爺上頭有自己的生母，田氏也不想有什麼事情就讓娘家出面。再說，這生不出孩子的事情，就算是天王老子也管不著，富安侯夫人雖說塞了兩個人進房間，可那也是自己首肯的；至於自己的男人不喜歡，她還當真管不著，她田氏再賢慧，也總不能天天推著自己男人進別人的房門。

兩廂無語之後，大夫們就開始就診了。這一連三個專家級別的大夫看病，可是名醫會診，劉七巧不懂脈搏醫理，但是也在旁邊聽他們討論得津津有味。

胡大夫平常看慣了那些市井村婦，說話比較直接，他問道：「少奶奶如今下面沒乾淨，平日裡要換幾次那東西？」

田氏臉皮薄，只這麼一說便紅了臉，抿嘴不說話了。一旁的侯夫人著急，就湊著頭過去問道：「如今這是看病，妳有什麼就說什麼吧，妳也是做媳婦的人了，又不是姑娘家家的，何必怕羞。」

田氏抿了半天的唇，還是沒憋出一句話來。一旁的丫鬟上前解圍道：「我們少奶奶愛乾淨，一、兩個時辰就要換一次的，上面也不多，就是顏色有點深，星星點點的帶著些氣味。」這些問題，之前杜太醫和陳太醫來的時候也曾問過這丫頭，是以她說的時候並沒有臉紅。

胡大夫點了點頭，又讓富安侯夫人把之前田氏吃的幾副藥的方子給拿了來，三人商量了起來。

「這第一個方子是好方子，補腎精、養血氣。按說這方子很多婦人都用過，效果都很不錯的。」杜老爺跟胡大夫都點了點頭。杜若也道：「這方子我也看過，的確是沒問題的，當時就想著，按照這方子吃上半個月，大約也會好的。」

侯夫人聽不懂他們在說些什麼，也只是跟著點頭道：「這方子就是上次在法華寺回來之後，託人給小杜太醫捎過去看過的，也說沒什麼問題。」

三人研究了半刻，又去看第二份方子。第二份方子裡面加了桂圓、紅花，想來是陳太醫知道田氏流產可能沒流乾淨，所以增加了幾個活血散瘀的藥物。田氏吃了之後，肚子疼了幾天，但還是沒下來任何東西，還是惡露不止。所以到了第三張方子，也就是杜太醫和陳太醫一起研究出來的那張方子上面，又恢復了原先補中益氣的療法，認為只要把病人的身子調養好了，興許下面也就會好了。可誰知道這又十天過去了，田氏的病還是沒有個起色。

劉七巧見他們三人研究來研究去，到最後還沒能擬定藥方，想了想便上前道：「不如等我給少奶奶檢查完身子之後，幾位大夫再開藥方如何？」

第五十六章

聽說劉七巧要親自給田氏檢查身體，富安侯夫人也有些緊張。雖然她知道劉七巧接生是能手，可女人的身體怎麼可以讓人隨便檢查呢？不過……為了抱孫子，豁出去了……反正檢查的是媳婦的身子，也不是她自己的，富安侯夫人這樣安慰自己。

田氏一聽要檢查身體，更是在床上嚇得抖了抖，看著劉七巧期期艾艾道：「姑娘，妳說的檢查身體，到底是怎麼個檢查法？」

劉七巧從杜若的藥箱中拿出了消毒過的小羊皮手套戴上。「自然是檢查裡面，看看是不是長了什麼不好的東西，或者是小產的時候沒流乾淨，這些都是造成血流不止的原因。」

從田氏驚訝不已的眼光中，劉七巧能看出田氏心中的臺詞是：我可以不檢查嗎？

劉七巧沒等田氏自己開口，便嘆了一口氣道：「不檢查也可以，那少奶奶這輩子就別指望生孩子了，這樣拖拖拉拉的，能不能好還兩說呢。」

田氏被劉七巧的話嚇得打了個哆嗦，要是好了都不能生孩子，那她活著有什麼意思？做一個生不出孩子的正室，拿自己的嫁妝去補貼情敵們生出來的閨女，田氏想一想都覺得自己的人生彷彿已經暗淡無光了……

富安侯夫人見田氏還在猶豫，拔高了聲音道：「為了妳這病，請了多少大夫，妳自己也不想想，如今好不容易請了中用的大夫，妳還在這邊忸怩個什麼呢？七巧是個接生的，妳生孩子的時候難不成也這般忸怩著，不讓穩婆近身？」

田氏被富安侯夫人說得面紅耳赤，強忍著淚水，咬住唇瓣點了點頭，便拿起手帕捣嘴哭了起來。

劉七巧見果然還是老婆婆的威力十足，也是鬆了一口氣道：「杜老爺、胡大夫、杜大夫，你們先在外頭候著，一會兒我把檢查結果告訴你們。」

幾位大老爺們都很識相地往外頭去了，劉七巧瞧了眼富安侯夫人，開口道：「侯夫人也外面等著吧，省得少奶奶不好意思。」

富安侯夫人聞言，也起身帶著丫鬟們去外頭候著了。碧紗櫥裡，只留下劉七巧和田氏兩人。

劉七巧掀開田氏的被子，讓她把腰帶解開，田氏忸怩了半天，手指還在那邊磨磨蹭蹭的。

劉七巧扭頭笑嘆道：「我的好少奶奶，這會兒還有力氣顧著怕羞呢？等這病再嚴重下去，妳可是連解褲腰帶的力氣都沒了。妳要麼自己解開，要麼我可就動手了。」

田氏見劉七巧這樣慓悍，更是嚇得噙下了淚水，又想著外面多少人候著，她也沒法喊人，只能一邊哭一邊解開褲腰。

劉七巧拍拍她的大腿道：「別緊張，放鬆點。」

田氏看見劉七巧手邊的白布包裡面放著幾樣東西，頓時緊張問道：「這……這些都是啥東西？」

劉七巧蹙眉想了想，怎樣才能安撫田氏的恐懼呢？於是她假作滿不在意地說：「這東西啊，比起妳男人的是不是還小一些？一會兒進去妳可千萬別大聲喊，妳不怕羞，我還怕羞呢！」

「妳說什麼？這些都要放到我肚子……嗯啊……」田氏的話還沒說完，劉七巧就找準了時機，把鴨嘴鉗塞了進去。

田氏嗚咽了一聲，連忙堵住自己的嘴。劉七巧低下頭觀察了一下，將手指探入田氏的身體內部。

田氏身體不由自主地打寒顫，劉七巧將宮頸鉗探入田氏的體內，以檢測田氏體內是否有流產後的殘留物，誰知道宮頸鉗剛剛進去，還沒觸到田氏的子宮壁，田氏的身體就陡然顫抖了起來，弓起身子喊疼。

劉七巧急忙停下動作，等田氏緩過這一陣子，心下狐疑。這東西還沒伸進去，按理不會有這樣的劇痛。

田氏這會兒緩了過來，臉色蒼白，雙手死死抓住身下的床單，斷斷續續道：「姑娘，妳碰到我裡面了，疼……疼死了……」

劉七巧轉了轉眼珠子，按住田氏的大腿，將那宮頸鉗又往裡頭探了探，見田氏咬住了下嘴唇喊了一聲，便有血水順著宮頸鉗從田氏的體內流出來。劉七巧連忙收回了器械，伸手按住田氏的小腹，用力一壓，又是一陣劇痛襲來，田氏慘叫了一聲，驚得外面幾個人都從椅子上站了起來。

侯夫人被嚇得一身冷汗，丫鬟連忙上前為她擦起了額頭上的汗珠。

劉七巧這會兒才確定了，田氏的體內應該有一個直徑不小的肌瘤，屢次懷孕流產導致肌瘤病變，這會兒只怕已經是化膿腐爛了，所以田氏才會流產一個月還惡露不止，原因就在這裡。

這樣的子宮是不能做清宮手術的，任何一個小差錯都可能導致肌瘤破裂得更嚴重，如果處理不當，還會引起子宮內膜炎等炎症。在古代惡劣的醫療條件下，劉七巧覺得對於田氏的病症還是先保守治療比較好。

她淨手之後，幫田氏穿好了褲子，蓋上被褥，從碧紗櫥內出去，臉上帶著很嚴肅的神色。

「少奶奶的腹中有癥疽，經過剛才的檢查，目前已經潰爛化膿，看來幾位大夫要改一改診療的方案了。」

杜若一聽，果然是另有原因，怪不得太醫院兩位太醫都沒能拿下。

「怪不得了，平日裡這病症也不算難斷，可偏巧少奶奶小產了，弄得混淆視聽，還以為只是惡露不盡。幸好七巧姑娘會做這檢查，不然耽誤了病情，少奶奶命懸一線啊！」胡大夫捋了捋山羊鬍子，對劉七巧表示佩服不已。

當然，眼前最佩服劉七巧的，除了捋著山羊鬍子的胡大夫，還有劉七巧的準公公杜老爺。不過杜老爺比較內斂，自然不會像胡大夫這樣就大聲讚美出來，只是微微瞇著眼睛，對劉七巧又是一番深入細緻的打量。這樣的媳婦，真是打著燈籠也難找啊！不過在外人面前露出這種欣喜若狂的神色合適嗎？算了，還是裝深沈老練吧。

杜老爺清了清嗓子，開口道：「既然七巧檢查出來是這個病症，那麼這藥方自然是要重新研究的。」

杜老爺和胡大夫便開始討論了起來。杜若也跟著他們一起商量道：「之前陳太醫和二叔的方子都是止血養氣，沒有找準病因，既然如今病因已經明確，我認為目前少奶奶最重要的是儘快活血逐瘀、消瘤破積、軟堅散結。」

杜老爺見杜若分析得很對，便點了點頭道：「好，你去寫個方子來，一會兒拿過來給我和胡大夫兩人看看。」杜老爺這分明也是要考驗一下杜若，方才他對劉七巧的醫術已經很賞識了，這會兒該輪到自己的兒子了。要是兒子太菜，如何配得上這樣能幹的媳婦呢？

劉七巧對中醫理論向來不是很懂，但是她願意學，所以坐在杜若的面前看他擬方子。

這時候，一旁的富安侯夫人也總算聽明白了兩位大夫的話，皺著眉頭道：「你們說，我兒媳婦肚子裡長了不好的東西？」

杜老爺見老人家一臉擔憂，這神色分明就是「我這兒媳廢了，只怕這輩子也不能給我生出孫兒來」的神色。

「侯夫人不要擔心，我們如今已經找到了病因，自然可以幫少奶奶醫治。不過短期之內，只怕少奶奶不光不能受孕，最好是連房事都不能有的，不然的話，後果不堪設想。」杜老爺說完，安撫著侯夫人道：「老人家的心情我是理解的，但凡事還是要以大人的身子為重。少奶奶這次意外，只怕也是跟這癥疸有關，俗話說病來如山倒，病去如抽絲，只要多多調理，這病還是能好起來的。」

富安侯夫人點點頭，心裡頭已經很清楚了。這意思不就是說，我媳婦這一年半載之內是不可能給我生下孫兒的，我想抱孫子，還是得另外想辦法了。

富安侯夫人嘆了一口氣道：「罷了，只怪我沒這福分，無論怎麼說，總還是她的身子要緊些，旁的什麼就以後再說了。」

這邊兩位大夫勸慰著富安侯夫人，那邊杜若的藥方也已經好了。杜若在最後幾味藥上面斟酌了一番，最後還是將藥方寫了下來，呈給了杜老爺。

杜老爺皺著眉頭看下去，到最後眉宇漸漸鬆開了，把藥方遞給了一旁的胡大夫。

胡大夫年紀大了，眼光不大好，一邊看一邊口中唸叨。「桂枝三錢、茯苓三錢、桃仁三錢、丹皮三錢、芍藥三錢、大棗四枚、薑炮三錢、益母草五錢、半枝蓮三錢、蛇舌草三錢。」胡大夫唸完，沈思片刻，繼續開口道：「方子是《金匱要略》上桂枝茯苓丸的老方子了，加了補氣養血的大棗；涼血解毒、散瘀止痛的半枝蓮；活血調經的益母草；清熱散瘀、消癰解毒的蛇舌草，老夫看著很是穩妥。」
杜老爺也點了點頭道：「之前陳太醫和杜太醫兩人的方子也是以此為要的，只是少了清熱散瘀、消癰解毒這一步，如今先用這個方子吃上半個月，若是有效果，再調一調。」杜老爺說完，把藥方遞給了富安侯夫人道：「侯夫人吩咐下人去藥鋪抓藥吧，每日早晚各兩次，先服用半個月看看效果。」
劉七巧在一旁聽著，也鬆了一口氣。她瞧了瞧杜若，好歹有個醫生傍身，以後就算有個頭疼腦熱也可以優先治療了。
杜若的藥方得到了兩位泰斗級中醫的認可，心下也是非常高興，只抬起頭偷偷瞧了一眼劉七巧，頗有一種夫妻合作、旗開得勝的意味。
劉七巧低下頭，抿嘴笑了笑。這時候杜老爺見病人已經看過病了，便起身道：「病人還需要靜養，我們就此告辭了。」
侯夫人也忙站了起來送客，將一行人送至垂花門外，又命方才引路的老嬤嬤們喊了轎子，幾個人再次入轎，搖搖晃晃地來到門口。
杜若雖然剛才得到表揚，心情愉快，可出了富安侯家的大門，心情又抑鬱了起來。就剛才杜老爺的態度，一定不會讓他送劉七巧回王府的，這樣他和七巧下次見面的時間，只能是給王妃請平安脈的時候了。
杜若想了想，覺得實在憋悶得慌，正打算為自己爭取一下，冷不丁聽杜老爺開口道：

「你先送七巧回去，我跟胡大夫先回長樂巷的分號。今日下值了就直接到那邊去，這幾日那裡病患頗多，知道不？」

杜若連連點頭道：「孩兒知道了，下值後一定去那邊的分號幫忙。」

杜老爺點點頭，只當沒看見杜若臉上掩蓋不住的興奮，跟著胡大夫一起上了馬車。

杜若目送杜老爺的馬車走遠了，這才高高興興跳上了馬車，接過春生遞上來的藥箱，轉身坐在馬車裡面。

劉七巧這時已經規規矩矩地坐在了馬車裡，笑咪咪地看著杜若。杜若什麼話都沒說，只放下了藥箱，轉身對春生道：「春生，你今天趕車趕得慢點。」

劉七巧聽他這麼說，噗哧笑了一聲，把他拉到自己身邊坐下，親親他的臉頰道：「哪有你這樣吩咐人的，只有讓人趕車趕得快的，從來沒聽說過有人要叫馬車趕得慢一點的。」

杜若紅著臉，把劉七巧抱到了自己懷裡，在她耳邊道：「要是這車走一天一夜也到不了王府，那就好了。」

劉七巧扭頭捏捏杜若的鼻子。挺拔的鼻梁、細緻的鼻尖，嘴唇紅潤，看上去很柔軟……她以前從來不曾這樣觀察過一個男人，也從來沒想過自己有一天會如此依戀一個男人的懷抱。莫不是自己的身體年齡變小了，連帶著心理年齡也跟著小了？不過劉七巧能肯定，跟這男人在一起很舒服、很輕鬆、很快樂。

杜若有些疑惑地問道：「七巧，妳說老王妃她會不會知道我們之間的事？今兒一早，我怎麼瞧著她就是故意的。」

劉七巧噗哧一笑。「算你聰明，上回在宮裡的時候，老祖宗就有點瞧出我們的關係了。」她撇撇嘴，一臉得意地說：「我貌美如花、聰明伶俐，說不定會被多少人惦記上呢！你看你看，我是不是對你很忠貞不渝？」

第五十七章

杜若把劉七巧抱得緊緊的，說：「我就知道，很多人惦記妳對不對？看來事情真的要加快了，祖母那邊實在不行，就按我娘的意思辦了好了。再這樣下去，我的一顆心總是七上八下的，只有把妳娶回家，天天供著，我才能放心些。」

「天天供著？那我豈不成了大菩薩了？我不要當大菩薩，我就要當杜若若的小媳婦。」劉七巧一邊說著情話，一邊臉也不自覺地紅了起來。唉呀，以前真沒發掘出自己還有這潛力，這甜言蜜語說的，可不得把杜若給甜死了。

杜若哪裡能招架得住這樣的劉七巧，摟著她狠狠親了下去，一雙手不安分地在劉七巧身上亂揉了起來。過了半晌，兩人才氣喘吁吁地停了下來。

外面的春生頭朝著天，眼珠子看著遠處，忽然站起來看了看，有些不大好意思地說：「少爺，我走錯路了，這會兒都到七巧家了。」

卻說張嬤嬤和錢大妞之前已經說好了，今日去杜家領回方巧兒的事情。因為李氏有了身孕，錢大妞不讓李氏出門，便自己跟鄭大娘打聽了杜家的位置，一路問著人去了杜家。

錢大妞到杜家的時候，張嬤嬤正巧又有事走開了，幾個在外院服侍的小丫鬟就把錢大妞領進了外院偏廳，說是喊了人去百草院帶方巧兒出來。

但凡是下人被放出去，總要跟主人家磕幾個頭謝恩，所以錢大妞就在外面多等了一會兒。這時候從外面走進來一個四十左右的管家媳婦，人還沒進門就已經在外頭喊道：「還不快給我倒杯茶來，真是累死我了。」

錢大妞是被人使喚習慣的，聽了這話就忙到一旁的茶房倒了一杯茶送過來，遞到那媳婦面前。這人不是別人，正好是那日李氏求了要贖回方巧兒的李嬤嬤，今兒剛辦完事情從外面趕回來。

當然，錢大妞不知道這李嬤嬤還有一個身分，那就是春生他娘。李嬤嬤喝了一口不燙也不涼的茶，覺得非常滿意，抬頭一看，這丫鬟似乎在府裡沒見過。她是專門負責杜府裡面丫鬟的人，怎麼可能有她不認識的丫鬟？李嬤嬤便問道：「姑娘，妳是從哪裡來的，怎麼在我們府上的小客廳呢。」

錢大妞忙低頭道：「我是順寧路劉家的。昨兒張嬤嬤傳話讓我們今天來領方巧兒出去，我家大娘身子不好，所以我來接巧兒了。」

李嬤嬤從上到下打量了一眼錢大妞，見她雖然沒有方巧兒長得那般水靈秀氣，但是一張鵝蛋臉大大方方，眉眼都很齊整，看著就比一般姑娘家瞧上去老實很多。她在杜家這麼多年，經手的丫鬟也有百八十個，就沒有一個像錢大妞這樣，長相讓人看著這麼舒心的。這才是做丫鬟的材料啊，不拔尖、不出挑，但又看著什麼都好。

「姑娘，妳是劉家的什麼人呢？」李嬤嬤一時對錢大妞有些興趣，便跟她攀談了起來。

「我是劉家的丫鬟。」錢大妞雖然低著頭，可回答的聲音卻不小，語氣也很平淡，讓李嬤嬤越發覺得她只怕不是普通的丫鬟吧？

「聽說劉家的姑娘還在王府當丫鬟呢，怎麼劉家倒自己也使喚起了丫鬟來，姑娘該不會是騙我老婆子吧？」李嬤嬤略帶不解地問道。

「我只想在劉家做個丫鬟。」錢大妞說著便抬起頭來，很坦然地對李嬤嬤道：「這位嬤嬤您不知道，劉家的大娘是個大善人，我爹娘都死了，我娘臨死的時候，把我妹妹託付給了李大娘，我想著妹妹年紀小又不懂事，也不能給他們家幹活做家務，不能因為他們家人好，就這樣天經地義地在他們家待著。」

「所以，妳為了妳妹妹，才到他們家當丫鬟的？」李嬤嬤一聽，心裡越發喜歡了起來。這年頭去哪兒找這麼有情有義的姑娘，這姑娘的妹子也是個好福氣的，遇上了劉家這麼好的人家，又有一個這麼懂事的姊姊，雖說父母雙亡了，只怕如今過得也還不錯了。

「我也幹不了什麼事，就是幫著大娘料理料理家務。」錢大妞說著，有些不好意思了起來。她平常也不多話的，怎麼今兒就跟人說起這些來了，便只笑了笑道：「不過就是因為無依無靠，想跟著妹妹罷了。」

李嬤嬤一邊笑，一邊搖頭，心想這樣的姑娘真是打著燈籠都找不著啊！不知道自己家那個臭小子春生有沒有這個福氣？看看年紀倒也是差不多的，於是李嬤嬤開始琢磨起來，到底怎麼樣才能把這麼好的姑娘給兒子娶回家。

不一會兒，方巧兒給杜家兩位太太都磕過了頭，跟著張嬤嬤出來了。張嬤嬤一見李嬤嬤便道：「妳倒是回來得早呢，我走的時候劉家的人還沒來呢。」

錢大妞不好意思地跟張嬤嬤福了福身子道：「嬤嬤不好意思，因為我很少出門，不大知道這杜府的路怎麼走，所以在路上耽誤了，多謝張嬤嬤擔待。」

張嬤嬤笑著道：「妳來了就好，我只怕到時候沒人來領，白白帶著巧兒磕了一串頭，一會兒再把人帶回去豈不是尷尬了？」

方巧兒站在張嬤嬤的身後，跟錢大妞點了點頭，兩個小姊妹算是招呼過了。

錢大妞說著，從隨身帶的斜挎小包中拿出兩吊錢來，遞給了張嬤嬤道：「兩位嬤嬤，這是我家大娘的一點小意思。杜家寬厚，免了巧兒的贖身銀子，倒讓兩位嬤嬤前前後後地跑腿，兩位嬤嬤好歹買些吃的，慰勞慰勞自己。」

張嬤嬤聽了，也不推辭，只拿了一吊錢出來，遞給李嬤嬤道：「拿著給春生攢媳婦本吧。」

錢大妞一聽，頓時就像是一道天雷從天而降，把她劈得僵在了當場，連句完整的話都不敢說了，還是方巧兒牽著她道：「大妞，我們該走了。」

錢大妞稍稍回過神來，再抬頭看李嬤嬤，這一張臉紅得火燒一樣，說話的聲音都變成了蚊子嚮。「李嬤嬤，那……我和巧兒就先走了。」

李嬤嬤送走錢大妞和方巧兒，心裡還嘀咕，這怎麼才覺得這姑娘好呢，一眨眼就變得這麼小聲小氣了？

劉七巧和杜若兩人在馬車裡摟摟抱抱親得也差不多了，聽見春生說這話，杜若便挖苦道：「你是故意的吧？大白天作什麼夢呢，路都能走錯，你早上起來衣服穿反了沒？」

春生嘿嘿笑了兩聲，有些不好意思地問道：「那這都到門口了，不進去瞧瞧八順嗎？他腿折了一個人在家肯定很無聊，我這不是想著過來陪他玩嗎？」

「你到底是想陪八順玩呢？還是想陪八順媳婦她姊玩？八順有我娘照顧著呢，也用不著你陪他玩，我都離開王府一個多時辰了，我得回去了。」劉七巧也跟著挖苦了春生幾句，一本正經地說。

「七巧姑娘，這都到門口了，我們忙了一上午，肚子都餓著呢，妳這主人家就這樣小氣嗎？我家少爺身子弱，可禁不起餓啊！」春生急得團團轉，跳下馬車跑上前叩門。

劉七巧看著呵呵笑起來道：「你看看你這小廝，有了媳婦連主子都不管了，你回去可得好好調教調教他。」

杜若也跟著笑了起來，不過他還是很給春生面子，拉著劉七巧的手道：「這會兒我也確實餓了，想吃妳做的刀削麵。」

劉七巧抽出了手，跳下馬車扭頭道：「你們這一主一僕就沒安好心，到我家騙吃騙喝，還騙姑娘！」

杜若笑著跟劉七巧下了馬車，說：「我這是被姑娘騙呢，無論姑娘怎麼騙，我都心甘情願。」

「少貧嘴，快進去吧。」來開門的正是錢大妞，她和方巧兒也是前腳才從杜家回來。方巧兒跟著出來，看見杜若跟在劉七巧的身後，臉上帶著笑，眼裡滿滿都是寵溺的神情，這種樣子，方巧兒在杜若的百草院待了四個月都不曾見過。

方巧兒只覺得心口上似乎被針戳了一下，帶著幾分尷尬上前福了福身子道：「少爺。」

「巧兒？妳怎麼在這裡？」杜若想了想，恍然大悟道：「原來要贖妳的人家是七巧家啊，那怎麼不早告訴我，這還用贖嗎？妳直接過來就成了，我差點忘了妳們是一個村的。」

方巧兒低下頭，過了一會兒才抬起頭來，跟劉七巧點了點頭，小聲道：「我去廚房幫啞婆婆做午飯。」方巧兒急忙轉身離去，眼淚不爭氣地落了下來。她的步子有些快，伸手擦了擦臉上的淚珠，往廚房裡鑽了進去。

劉七巧看著方巧兒的背影，心裡略略狐疑，怎麼方巧兒看起來並不開心的樣子？她抬起頭瞧了一眼杜若，見杜若還是一副雲淡風輕的表情，便覺得是自己多心了。向來當丫鬟的，沒幾個不喜歡年少英俊的主子，玉荷院裡那麼多丫鬟，人人都想著當世子爺的通房，就連二房的丫鬟們也都這麼想著。方巧兒在杜若的院子裡待了四個月，還是沖喜去的，只怕她早已經存了這個心思了吧！

劉七巧嘆了一口氣，不想煩這些。如今方巧兒既然已經出來了，他們家以後也不會虧待她，準備一份嫁妝，給她找一戶好人家體體面面嫁了，肯定是少不了的。

她拉著杜若的衣袖道：「走吧，我們進去看看八順。你說要給他找先生的事情可要放在心上了。」

杜若點了點頭道：「我一會兒吃過中飯，就備一份禮去那位先生家瞧瞧，他就住在這順寧路上，在街尾，一直走到底那家。」

劉七巧雖然很少在順寧街上走動，平常回來倒也是常聽李氏和錢大妞她們嘮叨的，便問道：「你說的是街尾范舉人家的老爺子吧？」

「對，就是他。聽說他孫子今年剛中了舉人，才十七歲，這會兒正準備來年的春試呢。」杜若繼續道：「他家孫子如今在玉山書院讀書，老爺子也就賦閒了，正好離得近，請他來他應該不會不樂意吧？聽說老爺子腿腳不是很俐落，我僱一頂轎子，每天接送他。」

「你想得可真周到。」劉七巧笑著站起來，為杜若沏了一盞茶送上來。

這時候李氏出來了，她如今已經可以用對待女婿的心情來對待杜若了，從房裡拿了茶點出來，又很隨意地回房陪著劉八順去了。

春生每次來都沒資格進大廳，總是和院裡的那棵大梧桐樹作伴。錢大妞悄悄進房間，在五斗櫥裡翻出一個布包來，偷偷護在胸口拿出去，丟到春生面前。

春生急忙撿了起來，抬頭看看錢大妞，翻開布包，裡面是一雙棉布做的小短靴，正適合他們這種跑腿的小廝穿。

「大妞，這是給我的嗎？」春生興奮得語無倫次。

「誰說給你的，明明是我扔了的。」錢大妞挑挑眉道。

「扔得好、扔得好，那我就撿了啊！」春生說著，脫下自己的鞋來，一腳蹬了進去。不一會兒，兩隻腳都穿齊全了，站起來走了一圈道：「我還從來沒穿過這麼合腳的鞋子呢！改明兒妳多扔幾雙給我，行不？」

錢大妞氣得瞪起了眼珠子道：「哪裡來的厚臉皮，誰有空淨扔鞋子？這一雙還是便宜了你呢！明兒起我要給七巧繡嫁妝了，誰有空啊？」錢大妞說著，整了整自己的衣裙，想起今兒早上看見了春生的娘，臉頰一下子泛得通紅。

春生聽了，急忙坐下來把鞋脫了，抱在布包裡放在胸口道：「那我可捨不得穿。七巧的嫁妝還不知道什麼時候能繡好，萬一我把這鞋穿壞了，可再沒有這麼合腳的鞋穿了。」

「瞧你那小樣子，不就是一雙鞋嗎？」錢大妞說著，低下頭羞答答地道：「你穿壞了，我再扔一雙給你就是了。」

春生激動得兩手揮舞著拳頭，錢大妞看他那模樣，轉身離開，笑著道：「傻站著幹什麼，進來坐吧，我們家又不是什麼高門大戶的府邸，不能讓小廝們進出的。」

「欸，好嘞。」春生笑咪咪地跟著錢大妞進了大廳。

第五十八章

劉七巧特意為杜若下廚做了一碗刀削麵，大夥兒一起吃過了午飯，杜若便讓春生揹上了劉八順，帶著禮物去范先生家拜師去了。

劉七巧是請假出來的，自然不能在外面待太久，所以吃過了午飯，也沒讓杜若送，就自己回了恭王府。

方巧兒一整天都神色懨懨的，心裡總帶著幾分不服氣。想當初明明是她先被賣到了杜家沖喜去的，誰知道竟然是一場空歡喜，自己沒做成杜若的通房，倒是讓劉七巧占了先。

她越想心裡就越難受，覺得自己像是被騙了出來一樣，要不是劉七巧和杜若有些什麼，李氏怎麼會就那麼爽朗地把自己給贖了出來？方巧兒想到這裡，覺得自己如今當真是無依無靠，就跟砧板上的魚一樣任人宰割。

方巧兒咬了咬牙，心想杜老太太是最不耐煩鄉下丫頭的，怎麼可能讓劉七巧進門呢？眼下杜若和劉七巧肯定還是瞞著杜家背地裡偷偷來往，以後也決計得不到好。

錢大妞在屋簷下繡枕套，看見方巧兒這般心不在焉的模樣，便尋思著方巧兒心裡只怕不開心。她想，劉七巧要進杜家做少奶奶，那是鐵板釘釘的事情，誰也不可能改了，與其方巧兒到那時候還過不了這一關，不如現在就跟她把話說清楚了。

「巧兒，有些事，我想跟妳說。」

方巧兒正在神遊天外，冷不丁聽錢大妞喊她，忙抬起頭呆呆應了一句。

錢大妞看著方巧兒，嘆了一口氣道：「巧兒，咱們三個從小一起長大，向來都跟親姊妹一樣，有些話我也不瞞妳。七巧和杜大夫兩人對上了眼，今後進杜家做少奶奶那是鐵定的事情，大娘怕到時候妳們一個主子、一個奴才的尷尬，所以才把妳贖了出來。」

方巧兒擰著眉，點了點頭。

錢大妞又問她。「妳覺得杜大夫如何？」

方巧兒聽錢大妞問起這個，頓時臉頰微微泛紅，低著頭不好意思地說：「少爺為人彬彬有禮，對下人也是極好的。」

「那妳是想做他的通房了？」錢大妞直來直去地問她。

方巧兒臉色更紅了，又把頭垂得更低，小聲道：「我、我以前想過。」

「做人家的妾室有什麼好的？聽七巧說，他們杜家二房就有個姨娘，先是不讓進門，如今進門了又不讓養自己孩子，搞得成天尋死覓活的，這樣有什麼意思？」

方巧兒想起沐姨娘的遭遇，心裡也是有些發憷的，可想了想又道：「若是七巧當了大少奶奶，斷然不會像二少奶奶那樣不容人的；再說大少爺比起二少爺來，好了也不是一點、兩點的。」

錢大妞聽了一團火，一針下去戳著自己的指尖，疼得直擰眉毛，搖著頭道：「妳怎麼就是不明白呢？杜大夫自然比他弟弟好，不然為什麼妳好端端地進門沖喜的，他還能把妳給退了？他這是不喜歡妳呢，他喜歡的是七巧。」錢大妞說著，嘆了一口氣道：「像杜大夫這樣要相貌有相貌、要人品有人品的人，有幾個姑娘不喜歡的？可我們也得自己照照鏡子瞧瞧，自己配不配得上人家。」

方巧兒被錢大妞這樣一說，臉更是紅到了耳根，卻還不服輸地繼續道：「論容貌，我和七巧也差不了多少；若論起家世來，我家雖然比不過七巧家，可七巧家跟杜家，那也是配不上啊，為什麼就只有我命苦呢？再說我壓根兒沒想著進去當少奶奶，不過就是想……」方巧兒說到這裡，越發覺得委屈，摀著臉哭了起來。

錢大妞見方巧兒說不聽，氣得搖了搖頭道：「算了，我不跟妳講，反正如今妳也出來了，要是還想回去呢，我這就去跟大娘說，說妳原本是不想出來的，妳願意以後在杜家服侍七巧，做小丫鬟。」

方巧兒見錢大妞這麼說，頓時急了，連忙拉住了錢大妞的袖子道：「大妞，我不是這個意思，我不過就是一時想不明白。」她低下頭，吸了吸鼻子，落下兩道淚痕來。

錢大妞覺得這會兒也差不多了，便沒繼續放狠話，只扶著方巧兒坐了下來道：「妳想想看，我們都是苦命人，若非大娘是個大善人，這會兒我已經被我的舅舅、舅媽不知道賣到了哪裡去了。妳呢，也只能在杜家繼續當下人，可妳年紀一年年地大了上去，又沒人去贖妳，妳難道真的要做個老姑娘嗎？」錢大妞拿起帕子，擦了擦方巧兒臉上的淚痕，道：「不說別的，在大娘家待著，大娘不會虧待我們的，換句話說，就算我們回了牛家莊，也別指望家裡有錢給我們置辦嫁妝啊！」

方巧兒聽著錢大妞的話，也覺得很有道理，便忍不住又抽噎了幾下，點點頭道：「大妞，我真沒想著要跟七巧搶大少爺，只不過杜家的丫鬟們都是這麼想的，我原就是送去給大少爺沖喜用的，他偏偏不要我，我難受罷了。」

「行了，不管妳以前怎麼想的，今後別這麼想就行了。我看著杜大夫對七巧那個心思，只怕是不會納妾的。」

方巧兒便沒再接話，只是低著頭在一邊，也不知道在想些什麼。

劉七巧回到王府，正逢王府來了客人，大夥都去了老王妃的壽康居。青蓮院的小丫鬟見了劉七巧忙上前傳話道：「七巧，妳可回來了，太太讓妳回來了就去老祖宗的壽康居。今天親家老太太來了，大家都在壽康居裡頭聊著呢。」

劉七巧在外面跑了半天，身上衣服也不乾淨，索性就進青蓮院換了一身衣服，這才往壽康居那邊走去。

小丫鬟口中的親家老太太便是王妃的母親，當朝首輔梁棟的原配夫人柳氏。柳氏祖籍江南，劉七巧進了恭王府三個多月都沒見她來過，那是因為她之前回江南祭祖去了。

劉七巧來到壽康居，裡面的小丫鬟忙不迭地進去通報，沒一會兒工夫，是冬雪親自迎了出來道：「大家夥都在說妳呢，妳怎麼才回來？老祖宗說了，下次可再不帶這樣借人的，妳就是我們恭王府的人，誰也借不走了。」

劉七巧忍不住笑了笑，被冬雪拉著就進去了，早有小丫鬟們上前為她們兩人支開了門簾子。劉七巧進去，見到一個約莫六十出頭的老婦人，體態端莊地坐在那裡，身上穿著寶藍色五蝠捧壽妝花褙子，頭上戴著同色的金鑲綠松石抹額，身材沒有發福，在老年人中算是保養得當的，形容間和王妃確實有七、八分相似，想必這就是王妃的母親柳氏了。

「七巧，快來見過親家老太太。」老王妃見劉七巧進來，拉著她的手向她介紹了起來。

劉七巧上前，恭恭敬敬地斂衽福身，臉上並沒有多少羞怯，讓人覺得大方得體。

「果然是個好姑娘，也就妳有福分，能遇上這樣的姑娘來服侍妳。」梁夫人說著，竟忍不住低下頭，擦了擦眼角。

王妃知道她是又想起來年前慘死的貴妃娘娘，急忙安慰道：「母親快別傷心了，如今瑩兒也已經進了宮，母親該往好處想一想的。」

梁夫人說著，只搖了搖頭道：「妳姪女進去也有小半年時間了，聽說也是極獲恩寵的，只不過一時還沒有消息罷了。」梁夫人說著，只安慰了自己一句道：「不過也無妨，聖上正值盛年，妳姪女也還年輕，以後總會傳出好消息的。」

王妃聽梁夫人這麼說，也點了點頭，跟著安慰道：「母親這麼想就對了，這次才回京，有沒有進宮去看看娘娘？」

「還沒呢，這不是聽說妳懷上了，就先來瞧妳了嗎？這麼看著，我回江南的時候妳是已經有了身孕了。」梁夫人說著，還帶著幾分氣憤道：「我一回府就聽說王爺帶兵打仗去了，可不又是妳爹和他那幾個同僚的主意？我已經把他數落了一頓，這打仗的事情，怎麼能讓自家女婿去呢！」

這會兒老王妃也笑了起來道：「親家太太說得容易，聖上那邊一早就屬意了讓王爺去，若不是她肚子裡這塊肉，只怕走得還要早些呢，怎麼說也是周家的江山，他不去，難道真的讓皇帝自己去？」

「唉……」梁夫人一邊嘆氣一邊搖頭。「也不知道那些韃子是吃什麼長的，從我記事起就跟韃子們打仗，從沒個停歇的，他們就不願消停過日嗎？」

梁夫人是土生土長的江南大家閨秀，對塞外邊關那些韃子們一點兒概念也沒有。唯一有的印象，就是十幾年前大雍打了勝仗之後，據說俘虜了一個韃子王爺，一路從戰場上給捆了回來。當時全京城的人都看見了，那模樣長得就跟鍾馗捉鬼年畫中的鍾馗一樣，以至於很長一段時間，京城的小孩子們說起韃子來，晚上都是不敢哭的。

「他們那地方窮，要吃的沒吃的、要喝的沒喝的，就想著來我們大雍搶。」老王妃把她僅有的知識分享一下，也就沒別的話說了。

「這搶來的東西終究不是自己的，還能占著不放？難不成把自己的老祖宗丟了搶別人家的東西，才是正理？」梁夫人對這些韃子還是感到匪夷所思。

「我們不談這些，還是說說我們娘們之間的事情吧。眼看著再過十多日就是中秋了，今年我們恭王府有家孝，倒是不作興熱鬧熱鬧了。」老王妃平常雖然不是個愛熱鬧的，但是逢年過節喜歡熱鬧這是人之常情，誰知道出了一個秦氏，搞得王府都要守起孝來了。

梁夫人想了想道：「這不我才回來，還沒在老姊妹們前走動開，不如就這樣吧，我作東，中秋那日妳們都到我家去，留妳們玩到下午，晚上就由著妳們各自回家吃團圓飯。」梁夫人說著，便又笑道：「我今年雖然去了一趟江南，回來一看這院子裡的桂花倒是一點沒壞，還開得跟往年一樣好。」

梁夫人說著，拉著劉七巧的手道：「好姑娘，到時候妳跟著老太太和太太一起過來，我們家那院子沒王府這麼大，不過當年是按著南邊的樣子建的，在這京城裡頭還有些名聲，妳看過了就知道了。」

劉七巧只笑著點頭應了。

「你們家那園子，確實在京城找不出第二個了，遠看小巧，近看倒也大氣，那一池的錦鯉養得好啊，我們王府的荷花池裡，可沒那麼好看的魚兒。」老王妃想起秦氏是從王府的荷花池給撈出來的，頓時又皺了皺眉，不說話了。

梁夫人在壽康居又坐了一會兒，陪著老王妃說了會兒話，這才跟著王妃回了青蓮院。這下母女倆終於可以說一些知心話了，王妃命小丫鬟們上了茶，只留下了青梅和七巧在邊上服侍，見了梁夫人已忍不住落下淚來。

「傻孩子，妳這是怎麼了？如今妳也是當婆婆的人了，怎麼還跟在家做姑娘時一樣。」梁夫人急忙安慰道。

「快別提什麼要當婆婆，女兒這回差一點就給這兒媳婦害死了。」王妃說著，將這幾個月的事情一五一十地都說給了梁夫人聽。梁夫人時而火冒三丈，時而拍案而起，時而揪著帕子覺得驚心動魄，時而又痛飲一杯茶覺得解氣。

「竟然有這等人家，有這等事情？那宣武侯府後來竟沒處置了那姑娘？」梁夫人一邊說，一邊擰了擰眉頭，看著溫婉的神色裡就透出了一絲淩厲，繼續道：「這樣的姑娘，就算是嫁給別人家，也是出去害人。依我看，你們王府也太心善了點。」

「那幾日正值王爺忙著出征，又攤到這些事，誰都沒什麼準備，只想著多一事不如少一事，能這樣靜悄悄地了結了，便是最好的。」

梁夫人氣呼呼的道：「依我看，這兒媳就算是死了，也應該讓珅哥兒出一封休書，便是個死人，也要休出門去。這樣的人，她配後面的繼室給她執妾室禮嗎？」

王妃嘆了一口氣道：「這也不光是我一個人的意思，老太太也是這個意思。」

「所以才說你們恭王府好說話啊，這事要是攤在我們家，少說也得鬧她一鬧，怎麼也不該便宜了這樣的下作人家！」梁夫人一邊說，一邊已經開始了自己的思緒了。

王妃低下頭道：「母親就別生氣了，如今我這不是好好在妳面前嗎？總算一切都雨過天晴了。如今只盼著王爺早些凱旋歸來，我也就別無所求了。」

第五十九章

梁夫人看看自己這個大女兒，也不忍心說她，只嘆了一口氣道：「論容貌，妳在妳妹妹之上，可當初愣是把妳妹妹送進宮了，妳知道為什麼嗎？」梁夫人低頭抿了一口茶，抬眸看著王妃道：「妳從小就不喜歡跟人爭，什麼東西都只知道給別人留著，若是妳進宮了，我倒是不怕聖上不喜歡妳這品性，就怕妳太謙讓了，讓著讓著，別人就把妳忘了。」

梁夫人說著，忽然眉峰一皺，想起一件事情來。「我這次回南邊，還聽說一件事情，我如今想起來就後怕，這才一回來就趕過來看妳。」

王妃見自己母親神色緊張，也跟著提心弔膽了起來。「母親有什麼事情，不妨直說，青梅和七巧都是我最貼心的丫鬟，她們斷然不會出去亂說話的。」

梁夫人憋著一口氣，不緊不慢地扣著茶盞道：「這事我還沒跟妳父親商量，我自己也還沒弄明白這事只是巧合呢，還是上頭故意的。若是上頭故意的，這也過了十多年了，怎麼就一點動靜也沒有了？」

王妃聽梁夫人說得雲裡霧裡，越發不知道她在說些什麼，只蹙眉問道：「母親這說的什麼？我竟一句也聽不懂。」

梁夫人嘆了一口氣，一臉無奈地湊到王妃耳邊道：「妳隔壁院子裡養著的那個林姨娘，妳可知道她是誰的女兒？」

王妃搖了搖頭，一臉茫然。林姨娘是皇帝賜的妾室，況且一開始是賜給自己老爹的，她只是為了爹娘的感情考慮，所以才接手了這個麻煩，至於她的身分，王妃確實從來沒有深究過。

「我原也是不知道的，這次回去，卻讓我給撞到了，這林姨娘居然是林邦直的女兒。當年林邦直在江南修河堤、建海防，因為貪污了銀子，所以讓妳爹給彈劾了。後來他們家抄了家，這閨女便不知去向了。」梁夫人說著，拍拍胸口道：「虧得我今年回去，讓我瞧見了妳表舅家裡的一幅畫，原來妳表舅媽是林家的一個親戚，當年這林家女兒曾去妳表舅家住過幾天，妳表妹曾經給大家畫了一幅畫。我這次回去就住在妳表妹原先住著的院子，無意中給我瞧見那幅畫，我當時一看就嚇出了一身冷汗來，這可不得了，我們竟然把仇人的閨女放在自己身邊，這還了得！」

王妃聽了，也是嚇出了一身冷汗，可表面還是平靜地道：「林姨娘來王府也有十多年了，倒是老實得很，王爺平常隔三差五也會過去她那邊瞧瞧，不過就是跟她下下棋、聽她彈彈琴，畢竟其他兩位姨娘都不會這些。」

梁夫人心裡一邊唸著阿彌陀佛一邊道：「幸好她這十年來沒生出一個種來，不然想想都覺得難受，這仇人的孩子還要拿來當成自己孩子。」梁夫人越想越覺得不妥，索性出了主意道：「不如趁著王爺沒回來，讓她出去了算了。這妻室還有七出之罪，她進王府十年沒有生育，難道就不能遣了她？」

王妃想了想道：「母親，這事情已經過去十年了，先不說林姨娘知不知道當年彈劾她爹的就是父親，就算知道了，這國有國法，家有家規，她爹犯了國法，受到懲處那也是理應的事情，我想她也讀過聖賢書，這些道理總能想得通的。」

「女兒啊，妳怎麼能這麼想呢！之前是不知道，如今知道了，斷沒有把一個炮仗放在身邊的道理，萬一哪天她炸了，粉身碎骨的可就是妳啊！」

王妃只坐在一旁，靜靜聽著，臉上帶著些許靜謐優雅的神態，過了許久才開口道：「那我還是當不知道吧。十年都過去了，也沒惹出什麼么蛾子，雖說她父親是咎由自取，可畢竟也害了她一生。」

梁夫人看著王妃，放下手中的茶盞，淡淡道：「話我是對妳說明白了，俗話說害人之心不可有，防人之心不可無，妳可以當不知道，但好歹從今往後多一個心眼。」

王妃點點頭，臉上露出溫婉的笑，扭頭對劉七巧道：「去把今兒早上做的山藥棗泥糕打包一些，一會兒讓親家太太帶回去分給哥兒姐兒們吃。」

「妳還想著他們，我今天原是想帶萱姐兒和蕊姐兒來的，又怕擾了妳，便沒帶她們過來，過幾日倒是要帶她們進宮瞧瞧娘娘去的。」梁夫人說著，便也要起身告辭。她才回京城，家裡也有一應事情要打理，若不是念著自己女兒，斷不會才回來沒幾日就過來的。

送走了梁夫人之後，青梅扶著王妃進房休息，在王妃的耳邊道：「親家老太太今兒說的話，奴婢聽著倒是不得不防的。」青梅跟著王妃的時間長了，更知道王妃的脾性，向來是最寬大不過的，也忍不住為她擔憂道：「之前親家老太太不說，奴婢也不在意，其實奴婢覺得，王爺對三位姨娘的寵愛，倒數對林姨娘最多一些。」

劉七巧進王府的日子不長，所以這些事情她是不知道的，便在一旁當八卦聽著。只聽那青梅道：「林姨娘進王府十年，未有所出，可是王爺對她卻沒有半點嫌棄之意，而且據奴婢觀察，王爺每月也總有三、五天是去林姨娘那邊的。」

王妃點點頭聽著，覺得青梅說得有些道理，想了半刻才恍然大悟道：「虧得妳們提點了我，我差點給耽誤了大事，林姨娘跟了王爺十年未有所出，莫不是她身子有什麼問題不成？」王妃說著，從榻上微微支起身子，對劉七巧道：「七巧，改明兒杜太醫過來請平安脈，妳提點著我，讓他去給林姨娘也瞧瞧，別是她身子有什麼病症。」

劉七巧聽著也覺得奇怪，一個女人和一個男人如果有正常的性生活，且那個男人是有正常生育功能的，沒理由十年了都生不出一個孩子來，唯一的可能就是，女的身體是有問題的。

王妃之前顯然一直沒有在意到這個問題，今天聽青梅這麼說起來，才悟起這個道理。劉七巧急忙應了一聲道：「太太放心，我只領著杜太醫過去瞧瞧便好了。」

王妃聞言便點點頭，在榻上軟軟靠著，睜開眼睛看著劉七巧端了一盞茶上來，王妃接過茶，抿了一小口放在一旁的矮几上，抬眸看著劉七巧道：「七巧，妳和杜太醫是什麼時候開始的？怎麼連老祖宗都知道了，我卻不知。我這幾次三番地還在想，妳這麼好的姑娘，若是能給我做媳婦那多好啊！」王妃嘴裡這麼說，可心裡畢竟沒存著讓劉七巧做周珅續弦的念頭，最多不過也就是一個側妃，故而說起失望倒也沒有這麼強烈，不過是有一點小小的失落罷了。

劉七巧低著頭，略帶羞澀地笑了笑道：「太太快別這麼說，什麼開始不開始的，不過就是看著杜太醫人不錯，心裡有個念想。只是姑娘家的臉皮薄，我也不敢說，倒是杜太醫也有這個意思，兩廂一合計就合計上了。太太也知道七巧這身分，哪裡配得上杜太醫，可七巧是立過誓不做小的，如今也只盼著杜太醫能說服他家祖母了。」

王妃一邊聽，心裡一邊暗想，劉七巧是聰明的姑娘，聽她話中的口氣，顯然杜若的父母對她都已經很滿意了，如今就只剩下杜老太太那一道坎了。

王妃想了想道：「幸好妳年紀還不大，王爺出征前曾跟我商量過，說是要收妳做個義女的，我也有這個意思，不如這樣，等王爺回京之後，我便跟王爺商量一下。」

劉七巧想了想，這的確是一個讓自己脫離鄉下丫頭身分的好辦法。雖然這辦法說白了就是掩耳盜鈴，不過就是一種心理安慰，但她一旦掛上了王府義女的頭銜，身分肯定是能配得上杜若了。雖然劉七巧很希望透過自己的努力去改變杜老太太的觀念，可目前她最大的目標就是嫁給杜若，一切能幫助自己嫁給杜若的辦法她都不想拒絕。

「太太和王爺的恩惠，七巧無以為報。七巧還未及笄，這事情也不急在一時，眼前最重要的事情，一是希望太太這一胎能平安無事，二是希望王爺和我爹他們可以凱旋而歸。」劉七巧說著，當真想念起了劉老二來。劉老二雖然平常很忙，幾乎很少回家，但是每次回牛家莊總能給她和劉八順帶上他們最喜歡的東西，無疑是一個合格的父親。

王妃聽劉七巧這麼說，也是嘆了一口氣，合掌唸了幾句阿彌陀佛。邊關的任何一點點消息，都牽動著京中家屬的心思。

而此時遠在軍營的王爺，正站在一沙盤前運籌帷幄，已經兩天兩夜沒有合眼了。這兩天兩夜，也正是劉老二跟著一千兵馬去營救周珅的這兩日。

從軍營到鴿子坳不過八十里，按照騎兵的速度，劉老二他們昨晚應該已經到了韃子包圍圈的周邊。昨夜下了一場大雨，邊關的泥沙山地勢險峻，如果趁夜間偷襲，還有一絲險勝的可能。

外面的軍營裡傳來營兵巡邏的聲音，篝火在雨水的沖刷下只剩下黑色的炭灰。舉著火把的衛兵在營帳外等候差遣，忽然在大營的門口，傳來一陣混亂的馬蹄聲，聲響還沒停止，披著濕透了的黑色披風的男人從軍營的門口跌跌撞撞地走進來，撲倒在王爺的營帳前。

「父親，我回來了。」周珅的臉在黑暗中看不真切，分不清上面是汗水、雨水還是血水。

王爺負手而站，良久才開口道：「副將周珅領兵不當，誤入敵人圈套，按軍法理應處斬。」

這時候，蕭將軍忽然從大帳外面一閃而入，攔住了王爺的話道：「勝敗乃兵家常事，若說是周副將領兵不當，倒不如說我這個主帥用人不當。」

王爺頓了頓，英氣逼人的臉上露出肅殺的神色。蕭將軍拍了拍他的肩膀道：「宗禮，誰沒有年輕氣盛過呢？」蕭將軍轉身，對著營帳外吩咐道：「傳我的軍令，周副將不遵軍令，罰五十軍棍。」

王爺咬了咬牙，緊緊閉上眼睛，五十軍棍，少不了讓周珅半個月下不了床的，不過這命總算是保住了。

王爺走到營帳外，一腳踹在周珅的肩頭道：「你這逆子，戰場是可以用來給你玩的嗎？劉老二他們都回來了沒有？你當初是怎麼答應你娘的？你對得起你娘、對得起七巧嗎？」

周珅渾身濕透，雙眸通紅，身子不住地顫抖著，硬著頭皮道：「劉二管家和他們斷後，讓我先回營了。」

「渾帳！」王爺深吸一口氣，負手而立，任憑冷雨淋濕了全身。

雨依舊下個不停，鴿子坳染了血，卻還是叫鴿子坳。

喊了整整一晚，殺了整整一晚，只怪雨太大，把所有的火把都澆滅了。到最後，連自己人和韃子都分不清，幸好他們王府的親兵都有自己的一套暗語，就算漆黑不見五指，還能憑藉暗語認出彼此。

王老四把劉老二從一個石峰中拖了出來，躲在山頭後面瞧了眼，整個山坳裡頭連一個鬼影都沒有了，路上橫七豎八地躺著幾具屍體。有韃子的，也有自己人的。

「老四，你不用管我了，這樣我們兩個都逃不了，現在馬也沒了，兵器也不見了，我們這一身衣服，只要一露面就得被砍死。」劉老二身上沒什麼傷，就是昨晚見著了周玾，一時跑得太快，被韃子騎兵的馬給踹了一腳，這會兒整條腿都沒了知覺。

王老四扯開劉老二的大腿一看，雖然看不出什麼傷口，可腫得跟鼓面一樣，只按一下，劉老二就疼得冒冷汗。

王老四想了想，把身上的盔甲扒了個乾淨，也把劉老二身上的盔甲給脫了，揹上劉老二道：「二叔，不怕，我揹著你走，就說我們是這一代的農戶，你受傷了我給你找大夫，遇到了韃子兵才會弄成這樣的。聽說韃子們是只殺兵不殺百姓的，咱別怕，混過這一路，等到了我們大雍軍的範圍就好了。」

劉老二挪了挪自己的傷腿，已然是動彈不得，也只能點了點頭答應。王老四把一百五十多斤重的劉老二揹到背上，在地上撿了一根樹枝當枴杖拄著，一步步往山外頭走去……

晚上陪著王妃用過了午膳，因要替劉八順把書本帶回家，所以劉七巧不得已又向王妃告了假。

王妃想了想道：「天色晚了，妳既然回家了，就明兒一早再來吧，一會兒我讓葉嬤嬤替妳喊一頂轎子回去，姑娘家一個人走夜路可不行。」王妃說著，又轉身對青梅道：「妳去把我櫃子裡那幾套月份小的時候穿過的衣服都取出來，讓七巧帶回去給她娘穿，那些衣裳我以後斷然是用不上的了，都不是姑娘家喜歡的鮮亮顏色，只怕妳們以後也不喜歡，不如給了七巧她娘了。」

當夜，劉七巧便坐著王府的轎子回到了順寧路的劉家，就連抬轎子的小廝都知道，這位七巧姑娘只怕是交上好運嘍……

第六十章

劉七巧回家，給送行的老嬤嬤和小廝們打了賞，在門口叩門。來開門的正是方巧兒，見了劉七巧便有些尷尬，只低著頭，小聲地喊了她一聲。

任憑劉七巧再遲鈍，從方巧兒中午到她現在的神情也大約明白了方巧兒的心思，而她更明白了為什麼李氏堅持要贖方巧兒的心思。

「七巧，吃過飯了嗎？」錢大妞迎上來接過劉七巧手中的包裹，好心問道。

「還沒有，服侍完太太晚膳就急忙回來了，也不知杜大夫給八順安排先生有沒有成，我總得先把書本給帶回來。」劉七巧說著，跟著錢大妞進了客廳，指著錢大妞手中的包裹道：「這些都是太太懷孕時候穿過的，非要賞了給我娘，我就帶了回來。」

李氏從錢大妞的手裡接過包裹，翻開來看了幾眼，嚇得連連擺手道：「這麼好的衣服，可不是我們這種人家能穿戴得起的。」李氏來京城已有兩、三個月，對京城的物價也摸索得差不多了，這幾件衣服光是料子錢還得幾兩銀子，看著做工，肯定不是出自一般人的手筆，想來又是價格不菲的。

「這一套衣服下來，少說也得十幾兩銀子，拿十幾兩銀子穿在身上，我還不如去買幾畝地呢！」李氏看著這華麗的衣衫，實在不敢想像它們穿在自己身上是個什麼模樣。

劉七巧笑著道：「又不是讓妳天天穿，這樣吧，等爹回來的時候，娘妳穿給爹看看。」

李氏聽劉七巧這麼說，便有些羞澀地低下頭。過了一會兒，李氏抬頭看了一眼如今家裡三個如花似玉的姑娘，一本正經道：「倒是妳們，正是長個子的時候，我看著應該多做幾套衣服了，轉眼天就冷了，到時候再趕怕又要來不及。」

劉七巧擺擺手道：「不用做我的了，王府裡每年都會發衣服，我身上這套還是新的呢。聽二太太那邊說，繡房已經開始做冬天的衣服了，到時候我還有新衣服穿。」

李氏聽了便笑道：「那是丫鬟的衣服，怎麼好和家裡的比？雖說那面料做工都是一等一的，可穿在身上人人都知道妳是個丫鬟，回家了自然要穿家裡的衣服。」

方巧兒聽李氏這麼說，只低著頭道：「嬸子也不用給我備了，我今兒想了想，還是想回牛家莊的家裡去。」

「怎麼？妳要回牛家莊？」李氏聽方巧兒這麼說，心裡嘀咕了一下，可轉念一想，方巧兒畢竟和錢大妞不一樣，她有父有母的，自然是要回到父母身邊的，既然她心裡也有這個意思，李氏倒是覺得不便強留了。

劉七巧如今也知道方巧兒的心結，只怕她如今對李氏並不存幾分感激，畢竟因為李氏的堅持，她連最後進杜若房裡的機會也沒有了。

錢大妞本還想勸慰幾句，見劉七巧不發話，便也只好按捺了下來。劉七巧想了想，只笑著道：「巧兒，既然妳想回去，那我們自然不強留妳，只是若是妳娘還要賣妳，妳記得來找我們，知道不？」

方巧兒眼裡蓄著淚，點了點頭。

第二日一早，劉七巧早早就回了王府。

因為方巧兒想要回牛家莊，所以李氏到外頭去看看有沒有什麼順路車可以帶方巧兒回去。偏偏走了一圈街坊，這幾日都沒有人要回鄉下去的。

李氏回到家中，正巧看見沈阿婆扶著劉老爺坐在前院的正廳裡頭，見了李氏便把她喊到了跟前。這會兒，劉八順已經被寶善堂的夥計給抱去上私塾了，錢大妞帶著方巧兒在外面街上逛逛，所以家中只有他們三人。

劉老爺敲了敲煙桿子，在一旁吧嗒吧嗒地抽了起來。沈阿婆道：「我和老爺打算回牛家莊住一陣子。」

李氏一聽，還以為是他們在城裡住得不順心了，著急道：「老二這些天不在家，一定是媳婦怠慢了，老爺你要是這會兒回去，媳婦可就沒臉見人了。」

劉老爺眨了一下眼，看著李氏道：「妳少多這份心思，我要回去也不是因為妳。」劉老爺接著抽了一口旱煙，繼續道：「這城裡畢竟地方小，好些東西不能安置，我記得鄉下宅子裡面，當年我建大屋的時候還留下了幾塊好木頭，這都什麼時候了，難道不回去找個木匠把七巧的嫁妝好好備一下？」

劉老爺一邊抽菸桿子，一邊皺眉。「我那幾年攢下不少銀子，當年建大屋的時候，全都埋在了下頭，本來是預備著等我死了再告訴你們的。當初沒想著七巧能嫁這樣的人家，如今既然攤上了這事情，便是少了我的棺材本，那也是要拿出來的，不能讓人家看扁了去。」

李氏聽劉老爺說出這些話來，眼淚就忍不住要從眼眶裡冒出來，只用帕子壓著眼角道：「只怪媳婦和老二沒本事，七巧的嫁妝還要讓您老人家操心。」

「這算什麼，我是在城裡住過一輩子的，見過了多少大戶人家嫁女兒，那嫁妝能多得這邊從夫家前門進去了，那邊還沒從娘家的後門抬出去，為了什麼？為的就是一個臉面。」劉老爺說著，蹙眉道：「我尋思著，這城裡的木匠又貴又沒啥真本事，還不如去鄉下找幾個，讓他們吃住在家裡，這一年下來，基本上也就差不多了。」

李氏聽劉老爺這麼說，還真覺得有一種劉家有女初長成的感覺。她起先就是擔心那些繡品、這些器具的，原本是預備著等劉老二回來再商議，如今聽劉老爺這麼說，到時候再辦，只怕還真的來不及了，木工也是細緻活，那是趕不了急的。

沈阿婆見李氏說著說著就紅了眼眶，便上前安慰道：「妳如今又有了身子，老二回來還不定怎麼高興呢！我跟老爺兩人回家，先把這些事情給安頓好了，妳就安安心心地在這邊養胎，有大妞和喜兒陪在妳身邊，我們也放心。」

李氏點點頭，心裡又是無限感慨道：「老爺在城裡住了幾十年了，如今回去可不是要不習慣？還有城裡另外那兩個……」李氏是有禮數的人，知道劉老爺還有一個庶子庶女，雖然沒怎麼聯繫，但畢竟也是骨肉至親。

劉老爺擺擺手道：「別管他們了，一個是只知道要錢、一個是嫁出去的女兒潑出去的水，罷了，就當我沒生他們。至於住的，我當年蓋那幾間大房子，就想著有這麼一天，要回去住的。」

因為劉老爺要回牛家莊，李氏便從外頭喊了一輛馬車送兩老回去，順便也把方巧兒給帶上了。方巧兒臨走時，錢大妞把自己為數不多的幾樣首飾都讓她帶了回去。

「大妞，這些妳留著，我不要。」方巧兒見錢大妞使勁塞進去，便也一個勁兒地推。錢大妞擰著眉頭道：「妳跟我客氣什麼？妳娘是什麼人妳也知道，以後妳能有幾分嫁妝？這些首飾雖然不值錢，好歹還好看，妳去了夫家，也要有一些體己。」

方巧兒擰不過錢大妞，把東西放回了包裹裡頭，低著頭問她。「大妞，妳一定覺得我很渾是不是？大娘對我這麼好，我卻想著回去。」

錢大妞其實也知道方巧兒的心思，也跟方巧兒懇談過了。但是人各有志，方巧兒始終耿耿於懷這件事情，她也不能拿她怎麼樣，也只能尊重方巧兒的意思，讓她回牛家莊去。其實方巧兒要回牛家莊，多少也有點賭氣的意思，可是話既然說了出來，這會兒想反悔也已經遲了。

吃過午飯，沈阿婆和劉老爺已經打理好了回家的東西。劉老爺還不忘把杜若給他的兩罈海馬酒給帶回去，沈阿婆用包裹把酒罈給包得嚴嚴實實的，生怕孩子們看見了裡面是什麼東西。

車夫是平日劉老二進出城經常請的，所以大家也都有個照應。李氏站在門口送走了兩老，一下子覺得心口空落落的。錢喜兒牽著李氏的手站在門檻上，見李氏有些失落，便道：「大娘別難過，有喜兒陪著大娘，現在八順也每天晚上都在家，大娘不用難過了。」

其實劉老爺想回牛家莊這事，是從劉老二要了杜若的婚書就開始的。他在城裡住的時間長，對城裡這些達官貴人、公侯府邸的人家也都有些熟悉，杜家的門風是沒得說的，便是以前的杜老太爺也是高風亮節的人。如今的杜大老爺膝下只有一子，也是一個重情重義的男人。劉老爺看杜若對劉七巧那股疼愛的勁，便知道這事情定然是八九不離十。他在城裡苦了一輩子，總算家裡要出個金鳳凰了，他也是樂得睡不著覺啊，早就跟沈阿婆盤算著劉家老宅裡頭的那些木頭到底能打多少嫁妝出來。

兩個老人都商量妥當了，才把這事情告訴李氏，所以還沒等李氏反應過來，兩人已經捲好了鋪蓋行李就要走了。

劉七巧在王府一連忙了幾日，總算又到了杜若進王府給王妃請平安脈的日子。因為上回王妃跟劉七巧提起過，所以她差了小丫鬟去給住在旁邊紫薇院的林姨娘傳了個信，說是一會兒杜太醫要過去為她請脈。

丫鬟去傳信的時候，林姨娘正拿著一卷書在窗邊發呆。眼看著中秋節就要到了，她也是越發地思鄉情切起來。這時候，小丫頭跑進來道：「林姨娘，太太說一會兒讓杜太醫過來給您請脈。」
林姨娘這廂正傷春悲秋，猛然聽說王妃請了太醫給她請脈，嚇得一肚子的情愁都給跑光了，皺眉問道：「我這好端端的，太太怎麼想起來讓太醫給我請脈了？」
那小丫頭不過就是個傳話的，哪裡知道那麼多，便道：「這我可就不知道了，太太既然發話了，姨娘就只管在這邊等著，就算沒病，給太醫瞧瞧也無所謂的。」
林姨娘嚇得花容失色。她小時候也是極愛讀書的，且年少時因為身子骨不好，林家是養著個大夫在府裡的，她曾從那位大夫的口中聽說，把脈能看出一個姑娘是不是還是處子。
林姨娘挽起衣袖，看著手臂上方那一顆紅豔欲滴的守宮砂，覺得一陣陣心寒。她愣了半刻，這才對著外面的小丫鬟回話道：「知道了，一會兒讓杜太醫過來就是。」
那丫鬟聽林姨娘回了話，便乖乖回青蓮院回話去了。
林姨娘著急地將自己的奶娘請進了房內，商量道：「奶娘，怎麼辦？好好的太太為什麼要讓太醫來給我請脈，難道她們知道了些什麼？」
薛奶娘也皺眉思量了一下，有些不確定地說：「聽說昨兒梁夫人來了，她可是剛從江南回來，雖說那事情過去了這麼多年，未必有人知道，可萬一妳的身分當真讓她們知道了，那可怎麼是好啊？」
林姨娘咬了咬薄唇，搖搖頭道：「我看著倒是不像，若是她們真的知道了，以老王妃的手段，如何能留我？只是這莫名其妙地讓太醫來診脈，我心裡沒底。」

薛奶娘想了想，也是愁眉不展，只好上前拍了拍林姨娘的背安撫道：「我勸了妳多少次了，妳如何能聽？如今妳自己都是朝不保夕的人，還想什麼報仇？妳花了十年的時間去感化一個男人，可有多少個十年可以耽誤得起呢？」

林姨娘抖了抖肩膀，一行清淚從明媚的眼眸中緩緩滑落，小聲抽噎了起來。薛奶娘急忙上前勸道：「好小姐，妳已經二十六了，是，妳以前覺著自己比太太年輕十幾歲，王爺沒理由不疼愛妳的，可是如今呢？比妳年輕的姑娘比比皆是，妳怎麼就知道太太不會再給王爺納新的姨太太呢？這次王爺若是得勝歸來，聖上再賞那麼一、兩個下來，王爺難道還會記得妳嗎？」

由於王爺從邊關寄來的家書只報喜不報憂，這幾日王妃晚上睡得很是安穩，連脈象也好了很多。杜若見王妃氣色不錯，便停了藥物，只囑咐劉七巧要注意調理王妃的飲食。

劉七巧這幾日正好有閒暇，就把王妃一應用過的膳食做了整理，寫了一小本孕婦飲食的宜忌錄。

杜若看了，連連稱讚道：「這倒是我看過最齊全也最好的食譜了。」劉七巧又從一旁拿了另外一本出來，道：「這一本是專門針對消渴症病人的飲食須知以及食譜，我還沒寫完，你下次來，我估摸著快寫好了。」

杜若笑著道：「妳如今還編起書來了，真是越發能幹了。」

劉七巧把一疊紙往杜若的手上一擺，揉揉手腕道：「這些都是我前世記下來的東西，有的知道些醫理，有的卻不知道，好歹還要你這個正經的中醫大夫給我好好瞧瞧，這些菜為什麼這樣配？這樣配都是因了什麼道理？我可是記不大全了。」

杜若翻看了幾頁，見一些菜色中不乏用到一些中藥，看著配方倒是很合理，只點了點頭道：「這把藥材放到菜裡面做，這菜還能吃嗎？」

劉七巧撇撇唇，拿筆戳了戳杜若的臉皮道：「不知道了吧，這叫藥膳，不光能吃，還能有保健養生的作用。」她繼續道：「其實像你們中醫裡面用到的很多藥材，也就是平常吃的而已，像什麼大棗、桂圓、薏仁米等等，不都是平常的吃食嗎？」

杜若見劉七巧如今也對中醫感了興趣，便彎著眸子聽她在那邊說，笑著看她。劉七巧見杜若半天都沒開口，一扭頭就見他正看著她，只低下頭，稍微有些臉紅道：「走了，給林姨娘請脈去，太太好心留這會兒時間給我們說話，你還真沒完沒了了？」

杜若想了想問道：「這林姨娘是有什麼病症？妳好歹先跟我說說。」

劉七巧起身，揹起了杜若的藥箱道：「也沒什麼病症，不過就是聽太太說，她進王府都十年了，一直不曾生下一男半女的。」其實她一直很奇怪，在這個沒有避孕措施的古代，那些生了一、兩個就再也生不出來的婦女們，肯定是得了婦科病吧？不然的話按照女性的生育規律，從十六歲到三十六歲都是受孕生育的高峰期啊！

「這倒真要瞧一瞧了，一般人家除了主人家自己不想要的，但凡一、兩年沒傳出消息的，都要請人瞧去了。」

「可不是，太太正自責呢，她以前忙著管家，哪裡顧得了這些，這幾天正巧說起，才覺得奇怪了起來。林姨娘進府的時候十六歲，如今二十六歲，正是鼎盛年華；王爺如今也不過才四十出頭一點，就連太太都又懷上了，緣何她就沒懷上呢？這不太太才著急了。」劉七巧淡淡解釋道。

「妳家太太還真是一個寬厚主子，如今的主子，若不是自己不能生的，誰稀罕姨娘們生什麼庶子庶女來？」

「可不就是嘛！」劉七巧附和道，想了想又問：「上回富安侯家的少奶奶你後來有去瞧過嗎？可是好了一點？」

「我正要對妳說呢，昨兒他們家派人到長樂巷的分號給胡大夫送了消息，說是惡露以比前幾日好了些，精氣神也好了點。」

「那方子可是你寫的，怎麼樣，大神醫，你覺得你表現如何啊？」劉七巧跟杜若逗趣道。

「我算哪門子神醫，不過就是看的書多了一點，論起經驗，我的資歷還淺著呢！」杜若謙遜說道。

劉七巧笑著轉身看著杜若。「我以前看書，說古代的神醫都是可以醫死人肉白骨的，不知杜神醫有沒有這個本事呢？」

杜若睨了劉七巧一眼，無奈搖頭道：「若真是這樣，妳這個月的月信就不該疼了。」

劉七巧被杜若這句話嚇出一個寒顫，只覺得腳底生涼。估摸著日子，可不是又快到了她親戚上門的時候了嘛！

第六十一章

兩人去了紫薇院，林姨娘已經在院中候著了。

她披著一件秋香色雲錦長袍，一頭烏黑的秀髮飄逸地落在胸前，頭上只簪了一支白玉蘭的玉簪，整個人看著清新雅緻。她見杜太醫進來，先是愣了愣，繼而低下頭去，隱在陰影裡的臉頰似乎有著淡淡的紅暈。

服侍林姨娘的丫頭叫青霜，青霜見杜大夫和劉七巧來了，便上前看了茶，只握著茶盤侍立在一旁。林姨娘揮手讓她出門，劉七巧見青霜出去了，估摸著自己站在這地方也不大方便，便放下了杜若的藥箱，跟著青霜一起在門外候著。

林姨娘見兩個丫鬟都走了，才稍稍挽起袖子，將自己的手腕擱在藥枕上，任由杜若為她把脈。

過了半晌，杜若鬆開了林姨娘的手腕，還沒開口，那邊林姨娘倒先開口道：「敢問杜太醫是來瞧什麼病的？你看我這樣子，像是個有病的人嗎？」

杜若對待工作一向非常認真也非常嚴肅，既然病人自己都問了，他便也開門見山地說：「太太讓在下來給林姨娘診脈，是想看看林姨娘是不是身子不大好，以至於進了王府十年，還不曾為王爺添上一男半女的。」

林姨娘臉色一變，慌張地把手縮了回去，抱住了膀子，帶著幾分試探道：「那依杜太醫之見，我的身子是不是真的有問題呢？」

「從脈象來看，林姨娘的身體除了有些肝失疏泄、脾胃不調以外，並沒有什麼別的症狀。在下先開幾副調理脾胃肝氣的中藥，林姨娘先喝起來，等到王爺回京之後，大概也好得差不多了，到時候林姨娘自然能為王府開枝散葉。」杜若循規蹈矩地說著，臉上沒有半分多餘的神色。

林姨娘卻啞然失笑了起來，有些百無聊賴地靠在軟榻上，抬眸看了一眼杜若，將手背上寬大的衣袖輕輕挽了起來。因為天氣炎熱，林姨娘的外衣之內只穿了一件薄紗一樣的中衣，隔著那件中衣，赤紅色的守宮砂已然可見。

「杜太醫以為，這樣的我能為王爺開枝散葉嗎？」林姨娘冷笑了一聲，從榻上起身。從她十六歲開始，就跟在那個男人的身邊，變著法子討他的歡心，幾次三番讓他動情，卻每次都在他要得逞的時候將他推開。直到某一天，他再一次在她身上情不自禁之後，還沒等自己推開他，他卻已起身了。

「林邦直的女兒，妳心裡想什麼本王並非不知，只是從今往後，妳也不必在本王身上多費心思了，王府就當是多養一個閒人罷了。」

這些話，她如何對薛奶娘去講呢？就連她這個身子，那男人也早已不屑一顧了，每月來的這三、五日，不過就是讓自己面上好看些，維繫她最後一點點的尊嚴而已。男人都是沒有耐心的動物，她早已經敗得一場糊塗了。
杜若依稀看見她那手臂上的守宮砂，急忙收回視線，只低著頭道：「王府內宅的是非，在下自然不會牽扯，在下只如實回稟太太，林姨娘並無大礙。」
林姨娘看著杜若，她從十六歲進王府到現在，就再也沒見過這樣俊秀的男子。她十五歲時常聽別人誇讚自己是一名絕色女子，可如今的自己，連自己都覺得厭棄了起來。
林姨娘起身，竟然情不自禁地走到了杜若的身邊。「那杜太醫，你是不是會幫我守住這個秘密呢？」
杜若仍舊神色冷淡地說：「在下說過，跟在下無關的事情，在下都不會過問。」他說著，稍稍往後退了兩步，以避過林姨娘身上一股熏香的氣息。
林姨娘見杜若如驚弓之鳥的樣子，無端笑了笑，轉身往榻上歪著道：「杜太醫何必要一副拒人於千里之外的表情，如今我的秘密都已經被你知道了，你還怕我什麼呢？」
杜若依舊垂著頭，聽她這麼說便冷冷道：「林姨娘若是沒有別的吩咐，那在下就告辭了。」
林姨娘還想說話，杜若已上前去收藥枕，誰知道林姨娘竟然一把抓住了杜若的手腕，抬眸看著他道：「我的手腕你摸過，你的手腕難道我摸不得嗎？」
即便杜若有再好的修養，在林姨娘這一番挑逗之下也不由冒了火氣上來，一甩手，奪了藥枕、揹起藥箱，奪門而走。

劉七巧見杜若神色匆匆地衝了出來，迎了上去，見他一臉怒意，頓時覺得這裡頭有事情。杜若從來是一個溫和的男子，平常待人也都是溫文爾雅的，她還是第一次見到杜若這種模樣。

杜若朝紫薇院外頭衝了出去，又走了幾步才算緩和了心情，心裡默默道：怎麼這王府的林姨娘竟然比長樂巷上的姑娘還輕浮幾分？說她輕浮吧，她這手腕上的守宮砂卻又還在。最後杜若做出了一個結論：此人多半有病。

劉七巧從杜若身後跟了過來，見他神色緩和了，這才忐忑不安地開口問道：「怎麼了，你剛才的樣子好嚇人啊！」

杜若這會兒回過神來，見劉七巧一臉擔憂地看著自己，便有些不忍心地笑了笑道：「也沒什麼，一會兒跟妳說，先去回太太的話。」

杜若回青蓮院，把林姨娘的診斷確認告訴了王妃，王妃很重視這件事，立馬安排了小丫鬟出門讓小廝去寶善堂抓藥。劉七巧知道杜若肯定沒有把話完全告訴王妃，所以自告奮勇地承擔起了護送杜太醫出府的重任。

兩人順著荷花池走了一段路，劉七巧幫杜若揹著藥箱，與他並肩走著，她見杜若沒說話，便伸手扯了扯他的袖子。杜若皺了皺眉頭，見四下無人，只湊到劉七巧的耳邊道：「林姨娘還是個處子。」

她聽杜若這麼說，又見杜若臉上神色怪異，便異想天開道：「喔……難道她想問你借種，然後你義憤填膺地拒絕了？」

杜若一時沒反應過來，嘟囔了一句。「什麼借種？」等他反應過來的時候，整張臉一下子紅到了耳根，瞪了一眼劉七巧，搶了她身上的藥箱，憤憤走了，只留下劉七巧一個人在後面笑得直不起腰來。

過了兩日，正逢三個姨娘給王妃請安的日子，送走了徐側妃和方姨娘，王妃把林姨娘給留了下來。

王妃抬起頭看了一眼林姨娘依舊冷冷的神色，開口道：「前幾日我讓杜太醫給妳瞧過身子，開的藥都吃了嗎？感覺好些了嗎？」

「多謝太太關照，其實我也沒有什麼，請大夫瞧了，總能說出兩、三處不是的，我自己覺得還好，也不覺得有什麼地方不舒服。不過既然是太太的恩典，藥我自然是用了的。」林姨娘說著，又抬起頭來，長長的睫羽一閃，繼續道：「倒是這幾日晚上睡得比以前安穩些了，也不知是不是吃了這藥的緣故，若是的話，奴婢當真要好好謝謝杜太醫了。」

王妃微微一笑，隨口道：「杜太醫的醫術自然是高明的，改明兒他來給我請平安脈的時候，我再讓他去妳那邊瞧瞧。」

林姨娘嘴角露出笑意，淡淡道：「如此，那就謝謝太太的恩典了。」

這會兒廚房的早膳也安排得差不多了，劉七巧領著兩、三個丫鬟進來布膳，林姨娘見王妃要用早膳了，便起身告退了。

劉七巧今兒去許婆子那裡看了看，聽說王妃昨兒想吃餛飩，所以今兒特意做了薺菜餡的小餛飩。又因為近了中秋，多蒸了一方桂花糕、包了一籠素三鮮蒸餃，弄出四、五樣小吃。劉七巧一一試過了味道，做得清淡可口也不膩人，才每個都挑了一些送進青蓮院來。

王妃現在月份越發大了，肚子便有些頂著胃，每次只吃那麼一點便覺得飽了，只好起身走動了一圈，才又吃了第二回。這時候，外面有小丫鬟來傳話，說老祖宗讓太太去壽康居聊天解悶。

王妃知道是老祖宗怕她吃了懶得動，故意派人來請的，也不好推辭，便笑著道：「妳去回了老祖宗，我換了衣服就過去。」

那小丫鬟道：「老祖宗說了，讓太太慢慢起、慢慢走，不必著急，若走到壽康居剛好是用午膳的時辰，就留下來一起用了午膳再回來。」

王妃聽了只笑著道：「難為妳這小丫頭，把這些話也給傳到了，青梅，賞她一個荷包玩。」

小丫鬟得了賞，高高興興地去了，劉七巧也跟著進房服侍王妃換衣服。青梅見王妃月份大了，便提議道：「不然還是讓葉嬤嬤喊了肩輿過來吧。」

劉七巧連忙擺擺手道：「那可不行，老祖宗分明就是怕太太懶怠，才讓這丫頭這麼說的，如今去喊個肩輿過來，豈不是白費了老祖宗的一片苦心了。再說太太這會兒多運動，等生的時候還能少受些苦處，依我看還是走路得好，我們扶著太太慢慢走，一邊走，一邊看看這院子裡的風景，豈不是更好。」

青梅見劉七巧這麼說，便也笑著道：「我自然知道老祖宗的意思，只不過看著太太受累，我不忍心，這幾日太太的腿有些腫。」

劉七巧聽青梅這麼說，蹲下去翻看王妃的腳踝，這會兒才早上剛起來，倒是沒見有多腫，便起身道：「姊姊不必擔心，這也是正常的，姊姊身上要是揹著這麼重的東西走一天路也會腿腫的。這樣吧，我們先走過去，一會兒再喊了肩輿回來，這樣就算不得是拂了老祖宗的心意了。」

王妃點點頭。

「還是七巧聰明，這偷懶還偷得有幾分心思。行了，我們這就過去吧，難道真讓老祖宗等我們到中午去？」

三人笑著，換好了衣服，青梅又喊了幾個老婆子小丫鬟跟著，眾人眾星拱月一般的，往老王妃的壽康居去了。

一路正好遇上了從西院來的二太太，大家夥兒便一起往老王妃那邊去了。

王妃由劉七巧和青梅扶著進了正廳，裡頭，老王妃正躺在一張廣寒木七屏圍榻椅上，下面兩個小丫鬟正拿著美人槌給老太太搥腿，只見外頭簾子一閃，自己的兩位兒媳婦就都進來了。

老王妃見了二太太道：「妳怎麼也來了，我不過就是讓人去傳個話，妳外頭事情多就忙妳的，不必專程過來陪我聊天解悶。」

二太太笑著落坐，接了丫鬟們送上的茶盞道：「今兒起得早，到這時候事情也理得差不多了。上回莊子上的事情大管家也已經處理好了，我想著還是過來回老太太一聲，好讓您放心。」

老王妃擺手道：「我有什麼不放心的，事情都交代給了你們年輕人了，我省得清閒。莊子上每年都會出那麼一、兩件事，我要是事事不放心，還能這樣安安穩穩地躺著和你們聊天嗎？妳是要歷練歷練的，往後分了家，難免你們都要自己當家過日子，事情總會遇上個把件的。」

二太太聽老王妃提起分家的事情，有些尷尬地笑了笑，可轉念一想，如今老王妃在，二房自然是在恭王府裡頭過，可到時候老王妃去了，也沒有不分家的道理，總歸還是要分的。

二太太想到這，心裡便有了些愁緒，指望老王妃能多活幾年才好，這樣也好讓他們二房的根基深一些，離了王府也不致讓那些人看輕了。

「老太太說的是，媳婦正學著呢。以前都是太太當家，媳婦在這方面確實還有很多地方要向老太太和太太請教的。」

「請教說不上，不過提點一、兩句吧。」老王妃從床榻上起了來，活動了一下筋骨，丫鬟們忙搬了一張紫檀鑲理石靠背椅讓她坐著，老王妃坐下來接了茶喝了一口，道：「我請妳們來，便是商量一下中秋節的事情。今年家中帶孝，就不擺宴席了，前幾日我交代妳做的月餅都安排下去了嗎？」

「都安排下去了，還是跟往年一樣，下人們每人一盒，這幾日廚房正做著呢。送人的那部分，已經按照往年禮單上的名單，統計好了送到杏花樓去了。那邊的老闆說了，會先趕製我們王府的數量。」

「這就好，雖然不過就是個意思，但也不能怠慢了。」

老王妃說著，請冬雪進了裡間，將幾樣事先準備好的東西拿了出來，給王妃過目，道：「這是給親家太太準備的，上回她來，我也沒準備什麼東西，倒是收了她好幾大箱子的玩意兒。」

王妃看了一眼，那盤中放著一根人參，足有一尺來長，那根莖比起一個男人的大拇指還要粗上幾分。一旁的錦盒裡面是滿滿一盒子雪燕，顏色乾淨清透，一看就是上好的成色。

「老祖宗這也太破費了，我娘怎麼好意思收呢！」饒是富貴鄉里長大的王妃，也覺得這兩樣東西太貴重了一點。

老王妃笑著道：「妳可別謝我，這又不是我得來了，要謝就謝七巧吧。這些可都是上回她跟著我進宮之後，太后娘娘賞的，我見著好，就自己扣了下來。」老王妃說著，連自己都笑了起來道：「說得倒跟我真的沒見過世面一般了。」

眾人又說了一會兒話，王妃也覺得有些乏了，便起身道：「我也不厚著臉皮在老太太這兒等午膳了，先回去了。」

老王妃也站了起來，吩咐一旁的丫鬟道：「去讓外面婆子抬了肩輿來，送太太回去，這會子太陽大，別曬壞了。」

第六十二章

劉七巧跟著王妃一起出了大廳的門，二太太還沒把眼神從她身上拉回來。這會兒她見老王妃這裡沒人了，便尋思著把這話先說一說。

按理呢，劉七巧是王妃的人，她應該先去找王妃才對，但王妃不一定會肯，所以二太太尋思著，不如仗著老太太對琰哥兒的寵愛，先把話說了，到時候有老太太的支援，也不怕王妃不肯給人。

老王妃又躺在了榻上，見二太太沒跟著一起散了，便問道：「妳還有什麼話想對我說嗎？」

二太太見老王妃這樣直截了當地發問，便也不藏著掖著了，只笑著道：「老太太好眼力，媳婦這事情憋在心裡也不是一天、兩天的事了，總覺得不好意思開這個口，以後少不得讓老太太幫這個忙。」

老王妃這會兒也有些糊塗了，便問道：「有什麼話就說吧，我是個爽快人，不喜歡彎彎繞繞，妳只管說，我聽著就是了。」

「這……」二太太覺得有些不好意思，可還是鼓起了勇氣道：「媳婦瞧著太太身邊的七巧實在是個好姑娘，之前媳婦以為太太會有心思讓她給世子爺做小，所以也一直沒提；如今世子爺那邊，老太太已經賞了兩個人了，我尋思著，老太太能不能把七巧賞給琰哥兒？」

老王妃這麼多年後宅裡頭摸爬滾打的，向來練就了一副喜怒不形於色的本事，笑了笑道：「這會兒妳可來晚了。」

二太太一聽，張著嘴不知說什麼好，心裡尋思著，什麼叫來晚了？我怎麼就晚了呢？這不還沒人先開口吧？我這來得還不夠早嗎？

老王妃見她臉上尷尬了，便笑著道：「太太是真心喜歡七巧，所以連珅哥兒都不捨得給，她一早和王爺說好了，等王爺回來要認了七巧做閨女，以後給七巧找一戶體面人家，風風光光地嫁出去做正頭太太。」

二太太就跟洩了氣的皮球一樣頓時蔫了下來。若是真讓王妃認了劉七巧當閨女，那是怎麼也不可能給自己兒子做小的。王妃是什麼樣的人她清楚，最重門第嫡庶，就連那幾個庶出的女兒也全嫁給了嫡子，這回只怕是真的沒指望了。

「太太既然有這樣的心思，怎麼也不早透露了，倒讓我這剃頭擔子一頭熱的，還為了這事尋思了大半個月，倒是讓老太太笑話了。」二太太硬著頭皮說笑道。

「這事又不是她一個人說了算的，既是正經有這個想法，到時候還要通稟了聖上，哪裡就隨隨便便一句話那麼簡單？再說七巧畢竟是小門小戶出身，這天大的喜訊砸下來，可不得把她給嚇著了，少不得也要給點日子讓她適應適應。」

二太太抱著一腔熱情而來，最終成了霜打的茄子，敗下陣來。老太太見著她這副模樣，心裡也尋思著：妳這樣樣要爭的心思，也就太太能忍妳了，我都看不過去了！

軍帳裡，王爺正在寫每日送回京城的戰報。

劉老二和王老四幾日都沒有回軍營，因為那鴿子坳還在韃子的軍事範圍，所以這邊的偵察兵也過不去。那日派出去的一千人馬，到最後回來的只有五百三十三人，王爺親自在校場上點了兩次兵，還是沒有劉老二和王老四的人影。

筆尖蘸飽了墨水，筆尖卻不知道怎麼落下。掐指算算，明日就是八月十五，這十幾年來，還沒有哪一日的中秋是一個人過的。

蕭將軍的傷已經痊癒了，抱著一罈烈酒從外面進來，見王爺正在發呆，把那酒往几案上一擱，笑著道：「宗禮可是想家了？這十幾年來你第一次出征，王妃又有了身孕，難免不放心吧。」

「倒也並非如此。」王爺伸手，拿了那酒灌了一口道：「以前跟在我身邊的劉誠，在我身邊十多年了，這次為了救珅兒，人沒有回來。他有一個女兒，如今在我媳婦身邊做丫鬟，我是在想，這信若是寫了回去，豈不是連累他們一家子傷心？」

「你說的那丫鬟，可是會給人接生的姑娘，叫什麼劉七巧的？」

「正是那個劉七巧。是個能幹的丫鬟，劉老二臨走時候曾讓我收了她做義女，其實還沒出征之前我已經動了這個念頭的，可如今要是劉老二不回來，我縱然這麼做，也抵不過這罪過。」王爺起身，負手往軍帳外走了幾步，一旁的衛兵上前幫他把帳門甩了開，王爺矮身走到外頭，軍營的篝火將他剛毅果敢的臉頰照得通紅。

蕭將軍跟在王爺的後頭，見王爺看著滿天的星斗發呆，也不作聲。王爺忽然轉過身來，將右手伸到蕭將軍的面前，朗聲道：「蕭將軍，十五年前，是老王爺和你爹一起把韃子趕出了大雍，十五年後的今天，那就看你我的了！」

蕭定伸出手，和王爺的手牢牢緊握，兩人相視一笑。

不遠處的營地門口，忽然傳來營兵焦急喜悅的聲音，一邊跑一邊往大帳這邊通報道：「稟報大元帥，您的親兵劉誠和王老四回營了！」

王爺鷹眸一閃，迸出笑來道：「快！快把他們帶到大營來！」

此時的王老四和劉老二，在長途跋涉了七天之後，終於回到了大雍的軍營。這一路上他們扮演大雍百姓，混在逃難的百姓中間，沿著當地百姓的逃難路線，和韃子們幾次狹路相逢，最後都險中求生。而且在他們逃到韃子的一處重鎮時，還聽說了一條讓人精神振奮的消息：韃子的大汗，就是他們所謂的皇帝，在草原上得了重病，快要治不好了。

雖然目前還沒有下令休戰，但是皇帝死了對任何一個國家來說都是一件大事。韃子和大雍不一樣，不分長幼嫡庶，他們是看拳頭說話的，誰拳頭厲害，就可以代替自己的父親當上草原上的皇帝。

王爺聽了這個消息，頓時興致大漲，找了幾位將軍一起來商量，並且派出了斥候往韃子的重鎮探聽確切消息。一旦消息屬實，就可以開始部署最後的總攻了。
劉老二的腿因為沒有及時救治，現在還腫得跟象腿一樣。王爺連忙喊了軍醫來為劉老二治病，又升了王老四的官，讓他去營裡當伍長。
王老四當場就給王爺磕了個響頭，高高興興地就任去了。
王爺這時候再看看鋪在案几上的軍報及家書，重重舒了一口氣道：「老二，你這次若是不回來，我當真還不知道這封家書怎麼寫。」王爺說著，又把前幾日收到的王妃家書遞給劉老二道：「你的夫人也有了喜，正等著你回家團聚呢。」
劉老二壓根兒都沒想過李氏會懷孕，簡直樂得跟孩子一樣，連軍醫給他去除壞死的腐肉都不覺得疼了，只是高興地在口中喊道：「這下可好了、這下可好了，雙喜臨門！」
王爺這時候有些不解了，笑著問道：「何來雙喜臨門？」
劉老二覺得到了這時候也不該瞞著王爺，便開口道：「王爺有所不知，小女和那寶善堂的少東家杜太醫，兩人……」劉老二說著，便覺得有些不好意思，只站起來要給王爺叩頭，被王爺攔住了道：「你別動，讓軍醫好好替你診治。」
「那杜太醫家世太好，奴才覺得配不上他們家，便想著要是能上前線掙個軍功，興許他們就不會看輕我們鄉下人家。奴才當時想著要是自己回不來了，反倒誤了女兒的好姻緣，所以才會對王爺有這個不情之請的。」
王爺聽劉老二把話說完，點了點頭道：「原來是為了這個。我便應了你，其實王妃很喜歡七巧，早就有了這個意思。」

那軍醫正好是上次給蕭將軍治傷的那一個，聽說劉老二家閨女看上的人是杜若，便笑著道：「那你不成了杜太醫的岳丈了？你閨女好眼光，杜太醫確實是人中龍鳳，最關鍵是醫術了得啊！蕭將軍的傷就是他給治好的。」

劉老二被這軍醫說得不好意思，憨笑了兩聲。王爺想了想道：「劉誠，你年紀也不小了，掙軍功這種事還是交給少年郎們吧，你以後就老老實實在我身邊照應著，做我的親兵。至於你閨女，以後就是王府的閨女，我定然給她一個體體面面。」

劉老二聽了更是心花怒放，拖著一條斷腿要給王爺下跪，那邊軍醫又挖苦道：「劉管家，你倒是少動兩下，你這動來動去的，我可醫治不了，不然讓王爺往京裡去封摺子，讓你的女婿來給你治算了。」

眾人一聽，都哈哈笑了起來。

王爺道：「老二，這次若是你和王老四帶回來的消息是真的，後面還重重有賞！」

劉老二這會兒高興過了，心情也平復了下來，只嘆了一口氣道：「王爺，這次若沒有王老四，我只怕一早就死在韃子的刀下了。王老四膽大心細、有勇有謀，這一路上護了不少逃難的百姓，我看著是個可造之材。」他受了王老四的救命之恩，給王老四美言幾句也是有的，不過他基本上所說的都是事實。況且王爺練了多年的兵，自然也是有眼力的，點了點頭道：「我看著也不錯，先放他去做一個伍長，以後有了軍功，再慢慢升上來，過個五年、十年的，說不準還真能混個將軍。」

劉老二笑著道：「他就是衝著當將軍才來的。他種了一輩子的地，不想種地了，所以瞞著老子娘出來投靠我，我看著他長大，是個好娃。」

王爺也跟著點了點頭，又想起被打了五十軍棍還在床上趴著的周珅，忍不住搖了搖頭。

雖說王府還沒公布王妃要認了劉七巧當義女的事情，可這事畢竟私下裡有人知道了，難免又有人多嘴了幾句，最近劉七巧覺得，她走在路上，一會兒有這個姊姊送個帕子、一會兒有妹妹送點頭油，雖然劉七巧不用這些東西，但是盛情難卻，她也只能一路就領受著回了青蓮院。

青梅見她在外頭逛了一圈便逛出一小包的東西來，笑著道：「就說做了姑娘不一般了，這會兒就已經有了那麼多奉承拍馬的。」

劉七巧萬般不理解道：「這是為了什麼呢？我一無權，二無勢，她們拍我的馬屁做什麼？」

青梅上前戳了戳劉七巧的腦門道：「平常妳這腦子不是挺好使的嗎？怎麼這會子不夠用了？妳笨啊！」

劉七巧想了半天，還是沒想通那些人為什麼要拍自己馬屁，愁眉苦臉地搖了搖頭道：「我真的是一點也想不出來。」

「傻子！」青梅湊上前，在劉七巧的耳邊小聲道：「妳以後是姑娘了，身邊總要丫鬟服侍的；我們府裡的姑娘，貼身的大丫鬟是四個、外面院裡做雜活的小丫鬟是八個，還有一個奶娘、一個貼身嬤嬤。」青梅掰著手指數了數道：「就算妳不是王府的正經姑娘，以後沒有奶娘、嬤嬤的，丫鬟也不能少吧？就算妳沒有姑娘們那麼多丫鬟，這貼身服侍的兩個、外面管雜事的總也要幾個吧？妳想想看，妳平常人又好，性子也不壞，妳不是正經主子，自然不會擺正經主子的譜，她們跟著妳那得多舒服呀，說不準妳也不要她們服侍，她們只要每天陪著妳聊聊天說說話的，這樣輕鬆的差事，誰不願意做？」

劉七巧聽青梅說得頭頭是道，真的震驚了。那些人的腦子也太能想了，怪不得她想破了腦子也想不出這些來，她壓根兒就不懂這裡頭的規矩，只當這不過就是王妃的一句話，以後在稱呼上改一聲也就算了，況且家裡人都這麼喊太太、王爺，估計她連稱呼也不用改了。

青梅說完，笑著對劉七巧道：「當然，這裡頭還有更要緊的關係，妳去給我倒杯茶，我就告訴妳。」

劉七巧見青梅賣關子，便笑著上前為她倒了杯茶送上，笑著道：「好姊姊，妳就告訴我了吧！」

青梅抿了一口茶，搖了搖頭，半笑不笑地說：「怪就怪在，妳如今還看上了那麼好一個人，老太太房裡那幾個可都是知道的，指不定誰說了出去，妳往後嫁了杜大夫，她們可以陪嫁過去的，這種好事，真是打著燈籠也找不到的。」

劉七巧差點氣得頭頂冒青煙。敢情自己如今這麼吃香，全都是託了杜若的好處了？

青梅見劉七巧急得跳腳，捧著茶杯笑彎了腰道：「傻子，瞧妳這小樣，急得跟什麼似的。老祖宗跟前的丫鬟再大嘴巴，也不會拿這事亂說的，若是讓老祖宗知道了那還了得，我是逗著妳玩呢！」

劉七巧一聽，頓時哭笑不得，上前扯了青梅的衣袖道：「好啊，這會兒妳和石頭哥哥是有了太太做主，不怕說了的，就拿我來尋開心了，我還當是真的呢，還在想改明兒那些人要是對我好的，都是指望著給杜太醫做通房丫鬟的！」

青梅被劉七巧扯得東倒西歪，一杯水有一半潑在了地上，笑著道：「她們若是知道了，妳也不怕，反正是遲早的事，妳說是不？」

劉七巧鬆了手，坐在一旁的椅子上，低頭嘆了一口道：「話是這麼說沒錯，可畢竟這門第是不匹配的，有太太和老祖宗的抬舉固然是好，但畢竟我的身世擺在這裡，也改不了。」

青梅難得見她帶著愁容的模樣，不解地問道：「妳怎麼也擔心起這個來了？平日裡就數妳最天不怕地不怕的，在主子面前也沒有一個奴才樣，我還當妳是不在乎的。」

「我心裡是不在乎的，可有人心裡在乎，我也不能昧著良心說不在乎。俗話說強扭的瓜不甜，我尋思著杜家老太太那邊，總還是要想個法子的。」劉七巧低下頭去，琢磨起自己的心事來。

青梅笑著道：「這還用妳想？太太一早為妳想了。明兒中秋，親家太太家擺中秋宴，太太特意囑咐那邊府裡給杜老太太也下了請帖的。」青梅見劉七巧還有些悶悶不樂的樣子，便給她倒了一杯水，遞上去道：「那些人娶媳嫁女的，不就在乎一個門第嗎？如今妳和王府攀了親戚，這門第也高了，怎麼說也不該再有什麼好挑剔的了。」

劉七巧想了想，這會兒擔心也是多餘的，徒增煩惱罷了，有道是船到橋頭自然直，不過就是一個老太太，能有多難纏呢？

——未完，待續，請看文創風431《巧手回春》3

文創風 424-426《追夫心切》全套三冊

情意繾綣 真心無價／江邊晨露

她肖文卿原為官家貴女，卻遭逢意外淪為陪嫁丫鬟，名喚春喜，
在一回夢境之中，她預見自己被小姐送給姑爺為妾，
懷孕生子之後，兒子被小姐奪走，而她在產子當夜悲慘死去……
夢醒之後，她努力改變自己悲慘命運──
她在御史府花園攔截一個陌生的侍衛表白，勇敢地主動求親；
失敗之後，為了逃避被姑爺收房，還主動劃傷了臉，寧死不願為妾！
就在她將要絕望之際，
命運兜兜轉轉地，她竟然幸運地嫁給了當初她主動求親的男人，
他待她體貼有禮，照顧有加，一切都很好，只除了他不願跟她圓房。
他說，他對她動心，但卻不能在這時要了她，
他要她等著，等著時機成熟，兩人將能有情人終成眷屬。
她知道他身懷巨大的秘密，卻仍滿心願意信任他……

7/5出版，新書75折，一本送一個書套，送完為止。

文創風 427-428

《丫鬟不好追》

全套二冊

大宅裡藏心計 風雨中現情深／青梅煮雪

顧媛媛怨嘆啊，上輩子是個小學老師，穿越後竟被賣到大戶人家當丫鬟，
說起這江南謝家，富貴無人比，連謝家大少也霸道得很徹底，
使喚她當他的專屬廚娘，把吃貨本色發揮得淋漓盡致。
不過她沒料到這只會吃的圓潤小子，長大後竟成了個英姿挺拔的美少年！
他身邊桃花不斷，他皆不屑一顧，只對她情有獨鍾，
她這模樣看在其他人眼中，無疑成了欲除之而後快的眼中釘，
大夫人和二小姐對她不喜，丫鬟使計爭寵，各家貴女虎視眈眈。
她努力置身事外，誰知卻換來他一句——以為忍氣吞聲就可以享一世安然？
身在異世，無枝可依，她一路戰戰兢兢，不就是為了保自己無虞？
但她其實也明白，早在不知何時，她便已交心於他，
以往都是他擋在她前頭，許是這回該換她賭一把……

文創風 429-434 《巧手回春》 全套六冊

青春甜美的兒女情長 妙手救世的女醫天下／芳菲

莫名穿到大雍朝，
劉七巧一身婦科好功夫卻受限於環境不同，
只能幫人接生，倒也在牛家莊裡有了點名號；
但她就只能這樣嗎？是否有機會改造古代產科文化？

前世婦產科醫師穿越來到這大雍朝的牛家莊，劉七巧根本是無用武之地！
但她職業病一發，看到古代婦女有難，怎能不出手幫忙？
也因此讓她一個農村小姑娘成了有名的接生婆，走路也有風～～
可沒想到在京城王府裡當管事的父親一紙家書傳來，
她劉七巧也要搬到京城，做個有規矩的王府丫鬟了 ?!
原本以為行醫生涯就此結束，沒想到王府少奶奶和王妃分別有孕，
她一不小心就從外書房升等到王妃的貼身丫鬟，
人人都指望她好好顧著王妃和未來的小少爺，這有何困難？
但身為太醫卻一副破身體的杜家少爺是怎麼回事，
從農村到王府，他一路能言善辯又糾纏不清，
她說東，他非要質疑是西；她好心幫產婦剖腹產子，卻被他潑冷水，
究竟西方婦科女醫遇上東方傳統神醫，誰能勝出……

7/19陸續出版，新書75折，一本送一個書套，送完為止。

關注狗屋閃報，好運就會跟著閃爆?!

狗屋大樂透舉辦多年，每年的獎品推陳出新，根據時下討論熱度，搭配實用性進行嚴選，從流行的豆漿機、棉花糖機、自拍神器，到關照讀者需求，方便又實用的循環風扇、火烤兩用電火鍋，而今年……狗屋又將推出什麼樣的獎品呢？

(記者 吉吉/台北報導)

頭獎 2名 Chromecast HDMI媒體串流播放器

長輩緣狂升！

常聽到家裡長輩看著手機哀嚎：「唉唷，這螢幕這麼小怎麼看啊？」這時就好懊惱不能把手機畫面瞬移到電視上，但現實沒有小叮噹，只能靠自己完成長輩的願望～～
只需將播放器插在電視的HDMI插槽，連上網路，手機上的畫面就會出現在電視上，長輩看得好開心，以為是佛祖顯靈……(有沒有這麼誇張？)

二獎 2名 飛利浦智慧變頻電磁爐

婆婆媽媽最愛趴萬！

堪稱人人家裡都要有一台，家裡沒廚房的更是不可或缺，煎炒/烤/火鍋/煮湯/蒸/粥/煮水一台包辦，外觀簡約時尚，是不是很心動？

三獎 3名 好神拖手壓式旋轉拖把組

婆婆媽媽最愛趴兔！

只需將拖把輕輕一壓，輕鬆脫水不費力；水桶貼心設計，倒水不再漏滿地，只能說好神拖真的好神。

四獎 3名 秒開全自動彈開式帳篷/遮陽帳

韓國熱銷款

現在野餐正流行，但又不想太陽曬，方便的彈開式帳篷幫你搞定哦！海邊玩水、溪邊烤肉也適用。

五獎 10名 狗屋紅利金200元

忠實讀者指定

關照多方需求，狗屋紅利金又來報到，堪稱書展的鎮台之寶，是不是該頒給他一個全勤獎？(笑)

讀者Q&A，豆漿下凡來解答

Q：大樂透獎品好誘人，想知道如何得到？

豆：只要在官網購書且付款完成後，系統就會發e-mail給你，附上流水編號，這組編號就是抽獎專用的！

Q：萬一我只買小本的書，是不是就無法參加抽獎了？(泣)

豆：狗屋是公平的，不管買大本小本、一本兩本，無須拆單，每本都會送一組流水編號喔～

Q：請問什麼時候會公布得獎名單呢？

豆：8/12(五)會公布在官網，記得上去看！

Q：如果平常想關注你們的活動，只能上官網看嗎？

豆：f 狗屋/果樹天地 持續活躍中！書展期間會在臉書上舉辦小活動，咱家的貓咪近況也會不定時在上面更新唷～

貼心備註：

(1) 購書滿千元免郵資，未滿千元郵資另計。請於訂購後兩天內完成付款，未於2016/8/4前完成付款者，皆視為無效訂單。

(2) 如果訂單上有尚未出版之預購書籍，會等到書出版後一併寄送。

(3) 活動期間，親自至本社購買亦享有相同折扣，但請先電話聯絡確認欲購書籍，以方便備書。

(4) 特賣書籍因出書時間較久，雖經擦拭、整理，仍有褪色或整飾痕跡，故難免不如新書亮麗。除缺頁、倒裝外無法換書，因實在無書可換，但一定會優先提供書況較良好的書給大家。若有個人原因需要換書，需自付來回郵資。

(5) 各書籍庫存不一，若遇缺書情形可選擇換書。

(6) 歡迎海外讀者參與(郵資另計)，請上網訂購或是mail至love小姐信箱(love@doghouse.com.tw)詢問相關訊息。

狗屋．果樹有權修改優惠活動的實施權益及辦法。

2016年5月出版

我的駙馬很腹黑

文創風 408～409

她，當朝皇帝的嫡長公主，自從來到邊關、憑女兒身立下戰功，
大靖朝無人不知這位威名赫赫的女戰神，她無心朝政但功高震主，
新帝一旨下來，她莫名被指婚，還指給一個無用的胖子?!

愛情變調 真心不移
詼諧機智的愛情角力 意料不到的精采對決／柳色

司馬妧，本是大靖朝最尊貴的嫡長公主，只是父皇不疼、母后早逝，
她幼時便自請跟隨外祖父樓大將軍常駐邊關，
雖是女兒身，卻能立下戰功，成了赫赫有名的邊關女戰神；
不過，平靜的日子在她那位不親的太子皇兄遇難之後便沒了，
新帝登基，最忌憚這身分尊貴、外家顯赫又把持軍權的長公主，
於是一道指婚下來，命她速速回京成親——
下屬、家人都為她抱不平，只有司馬妧對於婚事心如止水，
人嘛，成個親有什麼了不起？橫豎她又不會被丈夫欺負，
只是換個地方過日子，有何關係？
況且新帝為她百般挑選的對象，據說吃喝嫖賭無一不精，
家世良好卻不學無術，最重要的是——胖得不忍卒睹！
天哪～～這位顧家公子簡直是老天賜給她的大禮，
因為她雖然貴為公主，卻自小有個不能說、只能忍的祕密，
而未婚夫君恰恰能滿足她的癖好，令她愛不釋「手」呀……

妙手織錦文，巧心煉真情／墨櫻

2016年5月出版

小醫女的逆襲

穿越成農村娃，渣爹、渣娘不仁也就罷了，
還隨時有斷糧危機～～
不過憑著她這一手好醫術還有神奇的藥田空間，
還不將這苦逼人生給逆轉？

文創風 410 1

雖有神奇的藥田空間在手、豐富的醫藥學識在身，
可穿越到這一貧如洗的農家，而且是十歲女娃身上，
想她陳悠真可謂「英雄無用武之地」啊～～
老天爺還不忘為她的苦命生活添料，
而今她上有無良父母要侍奉，下有雙胞妹妹需看顧，
舉凡各種家務、每件活兒，她這長女都得做……

文創風 411 2

好不容易順利分家，他們三房終於能自個兒當家作主，
然而，置身於溫飽都困難的農家，
伯孃還老厚著臉皮來蹭吃蹭喝，這樣下去也不是辦法。
好在來自現代且身懷醫藥學本領的她，腦子一轉另闢生財之道，
一家人動員投入隨身藥包之製作，而且初登市集就賣得火紅，
本以為找到長久營生之計，卻招來有心人眼紅而從中作梗，
不只販售「山寨版」藥包，險些鬧出人命竟還想嫁禍給她?!
幸得貴人相助化險為夷，揭穿歹人的毒計，還她們母女倆清白……

文創風 412 3

想當初他們三房賣了田產、張羅起「百味館」，
是在家族多半看衰的情況下，憑著自個兒努力，
以藥食同源的經營理念才逐漸闖出名號。
豈料，因莊內遭逢蝗災，各家收成不佳，
他們如今的好日子便遭到二房伯孃的眼紅忌妒，
還不惜上演苦肉計鬧到祖父母面前，要求他們出手幫襯……

文創風 413 4

從農村窮娃晉升成商賈之女，而今一家人混得風生水起，
陳悠卻始終有個隱憂——藥田空間一直在主導她的人生，
若是她未能達成升級任務，便會對她「小懲大誡」，
將開掛般的外科手術能力收回，身上還會產生莫名劇痛。
而此次任務竟是要求她「認識一秦姓男子」，
可大魏朝秦姓男子那般多，莫不是開她玩笑吧？

文創風 414 5 完

出於藥田空間的要求，陳悠接近秦征並為之排憂解難，
不知不覺中原本彼此看不順眼的冤家逐漸互生好感……
無奈身分擺在那兒，一個望族高門，一個商賈醫女，猶如雲泥之別，
連皇帝都來插花亂點鴛鴦譜，讓他迎娶金誠伯府李三小姐，
本以為門不當、戶不對的愛情將會無疾而終，
幸而她曾替長公主治病而受賜鳳玉，正好能用來解除這門親事，
怎料，才剛擺平此事，緊接而來的新任務是「幹掉女配，配對男主」?!
不是吧，這任務分明要她將自己也搭進去啊……

流浪貓狗介紹所

為流浪貓狗加油 和貓寶貝 狗寶貝

廝守終生(一定要終生喔！)的幸福機會

對人來說，貓寶貝狗寶貝只是生活的一部分，
但妳(你)對牠們來說，卻是生活的全部，領養前請一定要考慮清楚——

▲ 擁有溫柔哥哥魂的 阿默

性　　別：男生
品　　種：米克斯
年　　紀：1歲半
個　　性：親貓，但對人的警戒心較高
健康狀況：已結紮、已完成第一計預防針，無愛滋白血
目前住所：新北市新店區

本期資料來源：責編的朋友

『阿默』的故事：

去年年初，在台大PTT的貓版看見需要中途的訊息，那時，阿默的媽媽帶著阿默以及弟弟們在外頭討生活，可是當地的鄰居非常不歡迎牠們，經常對愛心媽媽表達抗議，不得已之下只好將阿默一家誘捕並尋求中途家庭幫忙，看到這個訊息後，我決定將阿默以及牠的弟弟之一阿飛接到家中照顧。

阿默跟阿飛的感情相當地好，阿默非常照顧疼愛牠的弟弟，牠會幫阿飛蓋排泄物、會讓阿飛隨意踩踏，也會讓弟弟先吃美味的食物，甚至新的玩具也是先讓弟弟玩。但是阿默對人就不是那麼溫柔了，剛接到家中時，我還沒靠近阿默，牠就會躲開並且哈氣，甚至會出拳打人；阿飛則是對人沒那麼警戒，所以幾個月之後就送養成功了。

阿默因為個性不親人一直送養不出去，不過牠很親貓，遇到年紀比牠小的，阿默會很照顧人家；遇到年紀比牠大的，牠也跟對方相處得很好，阿默和我家的兩隻大貓就相處得不錯，牠們會一起玩逗貓棒，也會互相分享玩具。

中途到現在一年了，阿默雖然還是會怕人和哈氣，可是已經不會直接出拳打人了，不高興人家碰牠時牠也會先出聲警告；心情好的時候，阿默會翻肚討摸，現在比較會主動靠近人。如果你／妳正在找尋可以陪伴家中貓咪的小夥伴，相信阿默絕對是你／妳最佳的選擇！歡迎來信 pipi031717@gmail.com (陳喜喜)，主旨註明「我想認養阿默」。

認養資格：

1. 認養者須年滿20歲，有獨立經濟能力，並獲得家人、同住室友或房東的同意；若未滿20歲則須由家長出面。
2. 須同意簽認養寵物切結書(含定期健檢)。
3. 同意送養人日後之追蹤探訪，對待阿默不離不棄。
4. 希望認養者有養貓經驗，甚至家裡已有貓咪可陪伴阿默；若無經驗者，必須事前了解養貓注意事項。

來信請說明：

a. 個人基本資料：姓名、性別、年齡、家庭狀況、職業與經濟來源等。
b. 想認養阿默的理由。
c. 過去養寵物的經驗，及簡介一下您的飼養環境。
d. 若未來有當兵、結婚、懷孕、畢業、出國或搬家等計劃，將如何安置阿默？

文創風
430

巧手回春 2

國家圖書館出版品預行編目資料

巧手回春 / 芳菲著. --
初版. -- 臺北市 : 狗屋, 2016.07-
冊 ; 公分. --（文創風）
ISBN 978-986-328-615-8（第2冊：平裝）. --

857.7　　　　105008043

著作者　芳菲
編輯　張蕙芸
校對　黃亭蓁　許雯婷
發行所　狗屋出版社有限公司
地址　台北市104中山區龍江路71巷15號1樓
電話　02-2776-5889～0
發行字號　局版台業字845號
法律顧問　蕭雄淋律師
總經銷　知遠文化事業有限公司
電話　02-2664-8800
初版　2016年7月
國際書碼　ISBN-13　978-986-328-615-8
原著書名　**《回到古代开产科》**，由北京晉江原創網絡科技有限公司授權出版

定價250元
狗屋劃撥帳號：19001626
網址：love.doghouse.com.tw　E-mail：love@doghouse.com.tw